핑크, 블루3

해
바
라
기

핑크, 블루 3 -해바라기-

발행일	2018년 1월 10일

지은이	채 성		
펴낸이	손 형 국		
펴낸곳	(주)북랩		
편집인	선일영	편집	이종무, 권혁신, 오경진, 최예은, 오세은
디자인	이현수, 김민하, 한수희, 김윤주	제작	박기성, 황동현, 구성우
마케팅	김회란, 박진관, 김한결		
출판등록	2004. 12. 1(제2012-000051호)		
주소	서울시 금천구 가산디지털 1로 168, 우림라이온스밸리 B동 B113, 114호		
홈페이지	www.book.co.kr		
전화번호	(02)2026-5777	팩스	(02)2026-5747

ISBN	979-11-5987-939-5 04810(종이책) 979-11-5987-940-1 05810(전자책)
	979-11-5987-528-1 04810(세트)

이 도서의 국립중앙도서관 출판예정도서목록(CIP)은 서지정보유통지원시스템 홈페이지(http://seoji.nl.go.kr)와
국가자료공동목록시스템(http://www.nl.go.kr/kolisnet)에서 이용하실 수 있습니다.
(CIP제어번호 : CIP2018000266)

채 성
장편소설

핑크, 블루 3

북랩 book Lab

프롤로그

너에게 가는 길

이슬처럼 영롱한 맑은 눈 속으로 빠지듯이 빨려들었다.

색동저고리와 예쁜 꽃신을 신고,
봄날의 따스한 햇볕을 한 올 한 올 엮고,
분홍색 골무를 끼고, 한 땀 한 땀 따서,
나비로 꽃으로 바람에 실려
창호지 문으로 봄 햇살이 한가득 비쳐 들어오듯이
그대 마음에 가닿고 싶다.

빨간 장미꽃 송이에 이슬이 맺힌 듯이,
서리가 얼어 상고대가 꽃을 피운 듯이,
모래에 물이 스며들듯이,
창호지에 달빛이 스며들듯이,
새벽녘 계곡물에 낙수 치는 소리에 귀 기울이듯이,
하얀 나비가 빨간 장미꽃 송이에 내려앉아
물들어, 분홍색 나비로 펄럭이듯이.

이슬처럼 영롱한 맑은 눈 속으로 빠지듯이 빨려들었다.

구름 한 점 없이 파란 가을 하늘에 여우비가 지나가고,
물방울이 흩뿌려지면 황금빛 햇살에 무지개가 뜨고,
이슬을 머금은 꽃잎처럼,
빗방울을 머금은 솔잎처럼,
햇살에 반짝이는 기름을 바른 밤색 도토리처럼,
달빛에 반짝이는 다이아몬드처럼,
빨간 단풍잎에 내 하얀 눈물이 몇 방울 떨어지자
분홍색으로 변하는 단풍잎처럼.

이슬처럼 영롱한 맑은 눈 속으로 빠지듯이 빨려들었다.

나는 사랑에 빠졌지만, 그녀는 별 관심이 없었었다. 희망의 끈을 놓지 않고 그림자처럼 따라오는 나를, 그녀는(투석기) 마침내 생기로 빛나는 강렬한 눈빛으로 쳐다보며 손을 잡아 주었다. 서로서로가 기쁨의 사랑 나눔이다. 나와 투석기가 무명과 무명이고, 파란과 진홍이고, 나비와 꽃이다. 우리는 바늘 꽂은 상처를 마치 훈장처럼 몸에 지니고 살아가고 있다.

나는 20년 동안 주 3일 근무를 단 한 차례도 어김없이 하고 있다. 내가 하는 일은 단순하다. 근무일에 4시간씩 마라톤을 한번 하는 일이다. 그렇다고 내가 직접 뛰는 것은 아니다. 침대에 4시간

누워 있으면 투석기가 알아서 마라톤을 한다. 나는 심장만 내어주면 된다. 마라톤을 한번 하고 나면 내 몸은 3kg 정도 빠진다. 무게는 3kg 정도 빠졌지만, 사랑하는 마음이 그 무게만큼 채워진다.

굵은 바늘이 혈관을 짜릿하게 쑤시고 들어와 피를 순환시키면서 내 몸과 영혼을 한층 격렬하게 정화한다. 전쟁터 같은 삶. 살아있는 죽은 공간에서 '쌕쌕' 춤추며 숨을 이어간다. 그곳에는 공허만이 살아있는 듯 고요하다. 의미를 잃어버린 단어, 희망. 가지 않은 길에 대한 미련. 잔뜩 화난 저승사자(투석기)가 치렁치렁 줄을 달고 옆에 버티고 서서 피를 맑게 걸러준다. 혼탁한 내 영혼도 걸러주면 깨끗하고 맑은 영혼으로 또 하루를 감사한다. 손바닥을 펴본다. 호수가 그 안에 있다. 그 호수에는 꽃밭, 나비, 벌, 계곡물, 강, 바다, 해와 달, 하얀 목련, 개나리, 벚꽃, 진달래, 철쭉, 꽃비, 여우비, 소나기, 천둥, 번개, 밤꽃, 도토리, 첫눈, 첫사랑, 첫 경험, 눈꽃. ― 손바닥 안의 작은 호수. 심장 속 그녀와 나의 작은 방―

내 영혼은 비로소 살아있는 공간으로 사랑을 더해 돌아온다.
오늘은 기쁨의 향기, 하늘색 꽃잎 띄워 곱빼기로 먹어보자.

차례

/

/

우리의 시작

술에 취해 카페 문을 나서는데 날씨가 으스스하다. 비가 내리고 있었다. 지나가는 소나기였는데 푸르스름한 빛이 곱고 예쁘다.

나는 언제부터인지 비를 무척 좋아하게 됐다. 웬만한 비가 오면 항상 우산을 쓰지 않고 그냥 맞고 다녔는데, 내게 물들어 있는 모든 오염 물질을 깨끗이 씻어 본래의 순수함으로 돌아가는 느낌이었다.

예전에 시골 여자친구와의 약속을 지키지 못한 것이 항상 마음에 걸렸다. 그 친구는 10년이 지나도 100년이 지나도 나의 순수함을 잃지 말라고 했었다.

"비가 많이 오네요. 제가 택시 잡아 드릴게요."

아르바이트 시간이 다 끝난 것 같았다. 그녀는 대학교 1학년 학생인데 밤에 -저녁 5시부터 밤 10시까지— 아르바이트하고 있다. 우리는 벌써 6개월 정도 알고 지낸 사이지만, 그저 카페 안에서 인사나 나누고 몇 마디 이야기만 나누는 정도였다.

"나는 우산을 안 쓰는데…"
"그래도 나이 생각을 하셔야죠. 십 대도 아니고…"

나는 그녀의 등쌀에 못 이기는 척 우산을 쓰고 대로변으로 택시를 잡으러 나갔다. 술집이 대로변에서 많이 떨어져 있었기에 한참을 걸었다. 십 분 정도 걸었을까? 한 시간 정도의 느낌이었다.

"비나 우산에 얽힌 사연이 있나 봐요?"

아무 말 없이 그냥 빙그레 웃었지만, 순간 수많은 장면이 머릿속을 스쳐 지나갔다.
예전에 시골 여자친구와 나는 달도 뜨지 않아 칠흑 같은 밤에 비를 흠뻑 맞고 논길을 한없이 걸었다. 나는 키스를 하려고 기회만 엿보다가 조금만 이따, 조금만 이따, 용기를 내 용기를 내, 한번 해봐 얼른 해 봐, 혼자서 애만 태우다 집에 다다른 일. 둘이서 등산을 갔는데 무려 다섯 시간을 입으로 한 마디도 나누지 않고 상상의 눈빛으로만 대화를 나눈 일. 동네에서 조금 떨어진 공원에서 내가 용기를 내어 키스하는 순간 나를 짝사랑하던 후배 여학생이 나타나 무안했던 일.

내 생애 가장 멋있게 보았던 영화(주말의 명화) '카사블랑카'의 안개 낀 공항의 이별 장면이 떠올랐다.

성북시장은 여전히 사람들이 많고 우리는 방금 헤어졌다. 그 선배는 집으로 가다 몸을 휙 돌려 내게로 달려 내려와 나를 그냥 낚아챈다. 선배와 나는 서로 꼭 안고서 깊고 긴 키스를 나누었다. 서로 말은 하지 않은 채 그 자리에 서서 선배와 나는 서로의 눈을 보며 감정을 주고받았다. 장맛비가 제법 많이 오는데 우산도 안 쓰고.

"오늘 집에 꼭 가야 해." 그 선배의 뺨을 타고 눈물이 흘러내렸다. 비가 내리고 안개가 짙어졌다. 바람이 씽씽 불었다. 그날 밤 나는 첫 경험을 했다. 그때 내 나이는 19살이었다.

비가 아스팔트를 때리고 물안개가 피어오르는 모습이 마치 예전에 논길을 걷던 그 기분이었다. 혼자 과거에 심취되어서 그녀가 내게 팔짱을 끼고 있음은 감지를 못했다.

"우리 포장마차에서 소주 한잔하실래요?"

카페에서 아르바이트생과 손님으로 오랫동안 보아 왔지만 조금은 당황스럽고 당돌해 보였다. 평소에는 누군가와 대화하는 것을 잘은 못 보았는데?

"저 술 잘 마셔요. 제가 살게요."

나는 그녀의 손에 이끌려 포장마차 안으로 들어갔지만, 솔직히 싫지 않았다. 그녀의 어깨가 촉촉이 젖어있었다. 손수건을 꺼내 어깨를 닦아 주었다. 소주와 안주는 뱀장어를 시켰는데, 안주가 나오기도 전에 오이와 당근으로 벌써 소주 두 병째다. 서로 취기가 돌기 시작했다.

"뭐 하시는 분인데 꼭 혼자 오세요?"

"글쎄…."

"제가 한번 맞춰 볼까요? 예술 계통에 있으시죠?"

수려한 외모 때문에 모르는 사람들은 내 첫인상을 그렇게들 많이 본다. 뭔가 사연이 있는 슬픈 눈을 가진 것이 내 큰 경쟁력이기도 하다.

"친구가 없어서 혼자 다녀." 내가 방긋 웃으며 말을 이었다.

"예술가는 아니고 장사꾼. 내가 한참 어른이니까 편하게 말 낮춰도 괜찮겠지?"

"세상에 친구 없는 사람이 어디 있어요?"

"정말이야. 좋은 여자친구 있으면 소개 좀 해줘."

"그 말씀 진심이시죠?"

"진심이야."

"그럼, 지금 당장 소개해 드릴게요. 마음에 안 들어도 친구로 사귀어야 해요."

목소리는 떨리지만 익숙한 말로 속삭였다. 그녀가 소주잔을 비우고 내게 건넸다.

"그래? 한번 믿어 볼까?"

소주를 따르는 그녀의 손이 떨렸다.

"저 어때요? 저 이래 봬도 학교에서 인기 최고예요."

그녀는 가만가만히 아양도 부리고, 술에 취해서인지 쑥스러워서인지 목소리까지 떨리고 있었다. 말도 영어를 섞어가며 빨라졌다.

"이젠 술 취했다고 놀리기까지 하네, 다 농담이고 나는 그냥 혼자서 조용히 술 마시는 게 좋아서 혼자 다녀."

나는 사실 그랬다. 하루의 일이 아침부터 저녁까지 종일 전화로 상담하지, 거래처 담당자 만나서 영업하지, 접대가 없는 날에는 일 일찍 끝나면 조용히 혼자가 되고 싶다. 집에 일찍 들어가도 차가운 아내가 맞는다. 아내는 애교가 너무 없다.

그녀는 사뭇 진지했다. 목소리가 떨리기는 해도 술에 취해서 가

식적으로 하는 이야기 같지 않고, 마치 오래전부터 미리 준비해 두
었던 말을 하듯이 표정이 진지했다. 느닷없이 그녀가 물었다.

"제가 이런 질문하는 것이 좋을지 모르겠지만, 사랑의 정의가 뭐
라고 생각하세요?"

내가 지금 결혼 생활을 하고 있지만 '사랑'이라? 삶의 의미, 도덕
적, 숭고한 이념, 결혼 생활의 영원성. 평범하게 생각하기에는, 응.
32년 동안 깊이 생각해보지 않은 단어.

"나는 사랑이란 주어진 현실에 그냥 진실 되고 충실하게 최선을
다하는 것이라 생각해."
"어떤 현실이요?"
"가령, 내가 밖에 여자친구가 있고 집에는 아내가 있다. 각기 다
른 두 사랑에 진심을 담아 최선을 다하면 된다고 생각해."

왜? 이런 대답이 나왔지. 내가 지금 취한 것일까? 아마도 정신적
인 장애가 있든지 철학의 빈곤일 거야. ―작업 중―
그녀는 내가 어떤 문제의 정답을 맞힌 것처럼. 마치 그녀가 기다
리던 대답을 들은 것처럼 환한 미소를 띠며 소주를 한 잔 마셨다.
"그런 사랑이 가능할까요?"

내가 무슨 대답을 해줄까. 내가 어떻게 이야기해야 할까. 정리가 힘들다.

"설령, 우리가 정신적인 간음을 하였다고 치자. 그건 완전 범죄야. 정신적으로도 죄가 있으면 죄의 대가를 치러야 하는데 완전 범죄니까 상당한 범법자이지. 그러나 내가 밖에서 여자친구와 데이트를 하고 집에 들어갔다. 집에서는 그 사실을 까마득히 모르고 있다. 하지만 내 마음이나 정신적으로는 아내에게 미안하고, 죄책감에 좀 더 잘해주고 더 노력한다면 밖에서의 내 행동에 대한 죄의 대가를 정신적, 육체적으로 집에서 그 대가를 치르고 있으므로 정신적인 간음보다 죄가 한층 더 가벼울 것으로 생각해."

술에 취해 말이 두서없이 나온다. 조바심이 난다. 내가 말을 부드럽고, 아름다운 단어로 가려 이야기를 해야 할 텐데. ─잘 보여야 할 텐데─

그렇게 말은 했지만 나 자신은 그러하지 못했고, 그런 일이 있으면 안 되는 것이지만 그동안 몇몇 여성들과 만날 기회가 있었는데, 내가 너무 차갑고 마음이 닫혀있다고 다들 떠났다. 사실 그들은 육체적인 사랑을 원했고 나는 아내에 대한 죄책감과 일에만 빠져 있다 보니 그들을 멀리해서 떠난 것 같다. 내 아내가 일만 사랑하는 나와 어떤 마음으로 결혼했는지 나도 아직 이해가 안 된다.

가만히 내 이야기를 듣던 그녀가 정색하며 물었다.

"만약 부인이 아닌 그 누군가가 당신을 사랑한다면 당신은 그 사랑을 위해서 어떻게 할 건가요?"

"만약 누군가가 나를 사랑한다면? 나도 그를 사랑하는 마음이 생긴다면 그 사람의 손을 꼭 잡을 거야. 영원히." —열린 마음으로—

소주잔이 몇 번 더 오가면서 침묵이 흘렀다.

"제가 당신을 사랑한다면요?" 그녀는 입술을 꼭 아물린 채 나를 보았다.

그녀는 술에 취하지 않은 듯 또박또박 말을 했다. 내 심장은 또박또박한 말에 맞춰 쿵쾅쿵쾅 뛰기 시작했다.

'내게 무슨 일이 벌어지고 있는 거야?' 갑작스러운 그녀의 질문에 술이 확 깼다.

"그런 농담은 하지 마라, 가슴이 설레잖아."

예전에 시골 친구가 이별을 말할 때 나는 한참 만에야 그 뜻을 알아차렸지만 —그 친구는 내 자취방에서 사랑해, 사랑해 하면서 밤새 울었고. 그 뒤 한 달 만에 결혼했다는 소식을 들었지. 시골 초등학교 선생님하고. 나는 결혼식에 참석 못 했다— 지금은 상황이 다르다. 그녀가 무엇을 원하고 무엇을 말하려 하는지 예상할 수 있었다.

나는 성격이 개방적이고 자유분방한 쪽으로 많이 변했지만, 가슴이 떨리어 오는 것을 어쩔 수 없었다. 빨리 이 순간을 수습해야 했다.

"술 잘 마신다고 그러더니 몇 잔 마셨다고 술주정하는구나. 술 그만 마셔야겠는데."

나는 화제를 다른 곳으로 돌리려 했지만, 그녀는 자기 말대로 술을 잘 마셨다. 나는 정신이 오락가락하는데 그녀는 얼굴색 하나 안 변하고 눈이 초롱초롱했다. 순간 그녀는 정색하고 나를 바라보았다. 매가 꿩을 낚아채듯이.

"언젠가 카페에서 당신의 눈물을 본 적이 있어요. 당신은 아무런 이유도 없이, 왜 그랬는지, 무엇 때문인지 모르지만 혼자서 눈물을 흘린 적이 있어요."
"그랬나."
"저분도 나와 같이 슬픔이 많은 분이구나 생각을 했어요. 저는 그때부터 이런 내 마음을 고백하고 싶었어요. 당신의 반쪽만이라도 사랑할 수 있다면…"

그녀는 마지막 말을 못 하고 눈물로 대신했다.

"언젠가 당신의 눈물을 본 적이 있어요…" —그렁그렁—
"언젠가 당신의 눈물을 본 적이 있어요…" —그렁그렁—

그녀는 계속 흐느끼며 되뇐다. 그녀의 입술은 떨리고 있고, 그녀의 눈가는 물기로 번질거렸다.

"우리 이제 시간도 늦었는데 집에 가야지."
"오늘은 제가 이만 보내드리지만, 다음에 만나면 제 손을 꼭 잡아주세요."

그 여자

어릴 적 초등학교 졸업할 때까지 내게는 아버지가 없었다. 아버지는 있되, 없는 것, 그것이었다. 아득한 기억 속에 아버지(은밀한 단어)는 가끔 다녀가시지만 서로 마주치면 데면데면 바라보았던 생각이 난다. 우리 집이 그리도 잘살았던 것을 보면 꽤 돈이 있는 사람인가 보다.

무슨 사연이 있었는지 엄마는 내가 초등학교 졸업 즈음 재혼을 하셨다. 엄밀히 말하면 재혼이 아닌 초혼인 게지. 지금 나의 새아버지는 미국에서 큰 슈퍼마트를 하고 계신다.

엄마와 나는 미국으로 이사했고, 나는 미국에서 1년 동안 영어 공부를 하고 중학교에 입학했고, 고등학교를 마친 후 친구와 함께 (보디가드) 한국으로 돌아와 대학에 입학했다. 내 친구는 적응을 못해 1학년도 못 마치고 다시 미국으로 돌아갔다. 내 전공은 경영학이다. ―엄마의 권유―

그 시절에 나는 무인도에 살았다. 쓸쓸함, 외로움, 고독…. 내 안의 나하고만 대화를 했지 밖으로는 시선을 두지 않았다. 이때까지 나의 인생은 몇 줄로 표현되는 이것이 전부였다.

엄마는 내 용돈은 스스로 벌어야 한다며 친구 분이 하는 카페를 소개해줬다. 나는 미국에서도 슈퍼마트에서 파트타임 아르바이트를 해서 용돈을 벌었다. 엄마는 내성적인 내 성격 개조에도 좋고, 나중에 슈퍼마트 한국 체인점을 하려면 여러 면에서 참 좋은 인생 공부가 될 거라 하셨다.

개강하려면 아직 몇 개월 남았기에 그때는 많은 시간을 아르바이트했다. 엄마의 부탁으로 카페의 사장님이신 엄마 친구 분이 오피스텔을 구해 주셨고 나는 미국에서 같이 온 친구와 함께 쓰기로 했다. 카페는 대학로에서 조금 벗어난 곳에 있었고 오피스텔도 근처고 학교도 가까웠다. 엄마의 친구 분께서는 엄마의 돈으로 이 카페를 운영하고 계셨다. 내 마음은 여전히 차가운 겨울이고 앞으로도 바람이 씽씽 부는 무인도일 것이다.

오피스텔에서의 첫날. 그날은 일요일이었다. 지적지적한 눈을 빼꼼히 뜨더니 바람 맑은 그 날. 위치도 알아두고 카페도 볼 겸 터덕터덕 걸어 대학로에 나섰다가 나는 각인되었다.

'오리는 태어나서 일곱, 여덟 시간 안에 본 것을 죽을 때까지 쫓아다닌다고 해서 태어나서 처음 본 것을 사랑한다'고 한다.

그것은 마치 공의 세계이다. 그의 눈을 보는 순간 모든 것이 멈추어 섰다. 그도 멈추어 나를 바라본다. 잠시 시선이 내게 머물더니 빠르게 발걸음을 움직여 신기루처럼 내 시야에서 사라졌지만, 현상은 그 순간이 마치 슬라이드 필름을 돌리듯이 장면 장면이 조각조각 나뉘어 천천히 돌아가며 내 눈 속으로 걸어 들어왔다.

1초, 10초⋯. 내 심장에 그 찰나의 사이에 문신이 새겨진 시간.

깊은 곳, 마음속 깊은 곳에 숨어있는, 아주 깊숙하고 은밀한 곳에 새겨진 문신. 이끌림(끌어당겼다). 달빛이 창호지에 스며들 듯이 내 마음이 젖어들었고, 머릿속에서는 풍금 소리가 휘몰아쳤다.

저 눈 속에는 무언가 있다. 깊고 슬픈 그 눈빛. ―훗날 그는 그것이 자기의 유일한 경쟁력이라 했다―

청바지(리바이스 501). 물이 많이 빠졌다.

검정 티(리바이스).

나이키 운동화.

바닐라 색 바바리(J—vim). 손에는 레이밴을 들고 있다. 그는 아주 편하고 바람 같은 옷차림이었다. 내 인생 처음으로 맛본 따뜻함. 얼어있는 내 마음에 연분홍색 따뜻한 햇살이 한줄기 비치고 있다.

―눈이 내렸다. 방울방울이 하늘을 품고 있다. 두 손을 모아 손바닥을 펴보니 방울이 팡팡 터진다. 가만히 보니 비였다. 꽃비. 선홍빛 복사꽃이 꽃비가 되어 휘날리는 어느 봄날이었다. 지난 밤, 달콤한 꿈―

바위 같은 내 마음에 미풍처럼 가벼운 나비의 날갯짓으로 작은 꽃씨가 싹을 틔워 꽃을 피운다면, 하루하루가 녹음이 우거진 봄날일 텐데.

집에 돌아오는 내내 가슴은 두근두근했고, 발걸음은 사뿐사뿐했다. 나는 그때 그곳에서 차가운 바람이 씽씽 부는 겨울로부터 해방되었고 달콤한 꿈도 꾸어보았다. 추운 겨울이 오기 전에 잠깐 맞이하는 여름 '인디언 summer'

내가 그분을 다시 본 것은 2월 말쯤이었다. 일하고 있었는데 저녁 8시쯤 그분이 들어오셨다. 손님이 들어오셔서 맞으러 다가가다 나는 그분과 눈을 마주쳤는데 그 순간 나는 또 그분의 눈 속으로 빨려 들어갔다. 나는 제자리에서 공의 상태로 꼼짝을 못했다. 정신이 들었을 때는 벌써 테이블에 앉아 계셨다. 내가 공의 상태로 1초, 10초, 혹 1분, 알 수가 없다. 혹시 누가 보았을까? 다른 사람들이 눈치 채지는 않았을까? 조심스러웠다.

그의 눈빛은 정말 슬픔 그 자체였다. 아주 깊고 투명한, 뭔가 사연이 있는 그런 인상이었다. 나와 눈이 마주치면 부드럽게 미소 지었다. 제비꽃처럼. ―많이 알고 싶어졌다―

눈은 깊고 크고 깊이를 알 수 없다. 쌍꺼풀은 짙고 깊다. 예쁘다.

코는 오뚝하니 다비드상이다. 입술은 두툼하며 마치 여자들이 쓰는 빨간 립스틱을 바른 듯 빨갛고 선명하다. ―키스를 부르는 입술―

머리는 파마했는지 원래 곱슬머리인지 모르지만 조금 짧게 깎고 곱슬거렸다. 키는 178―180cm. 피부는 약간 희고 샤프한 모습이다. 남색 더블 양복을 입고 겉에 바닐라 색 바바리—일전에 일요일 대학로에서 보았던 그 옷이다—를 걸쳤다. 구두는 단정했지만 그리 깨끗하다고는 표현하기 어렵다. 평일에는 저리 차려입나 보다. 힐금힐금 곁눈질로 훔쳐본 그의 모습이다. 사장님께서는 이 카페의 단골이라 하셨다.

그는 그 이후로도 1주일 길게는 2주일에 한 번씩 들렀는데 양주와 마른안주 그리고 맥주 한 병. 첫 잔은 맥주와 양주를 섞은 폭탄주 한 잔 원 샷. 그렇게 시작해서 5분에 양주 한 잔 원 샷. Marlboro 담배 1개비 '쪽쪽'

'담배를 저리도 맛있게 피는 사람은 없을 거야.'

술이 한 잔 들어가면 평상시에도 빨간 입술이 문신한 것처럼 새빨갛게 하트 모양이 된다. —저 입술에 키스하고 싶다. —

그는 한 시간이면 자리에서 일어선다. 테이블에 박하사탕 한 개. '화아'—행운의 알약— 나도 한 개입에 넣어본다. —화아—

'맑고 향기로운 행운의 알약을 먹은 나는 용기를 내어 요술 램프의 지니도 되고 마법의 지팡이도 타고 인디언 summer를 기다려 보는 거야.'

마른 억새가 서걱서걱 바람에 흔들린다.

그는 비가 와도 우산도 없이 그냥 나간다. '언젠가는 꼭 내가 우산을 씌워주어야지.' 아마 우산이 마법의 지팡이가 되어 우리를 어떤 끈으로 엮어 줄지도 모르지.

당신이 있어 이 세상이
이토록 아름다운 것을
당신은 알고 계시는지요.

아침에 떠오르는 태양도
당신이 있어
더욱더 찬란히 빛나는 것을요.

저녁에 지는 산 너머의 노을도
당신이 있어
더욱더 아름답게 수놓는 것을요.

이제 우리의 일상은 우리가 만들어낸
'우리'라는 속에서

아름답게 키워질 것을요.

"오늘은 제가 이만 보내드리지만, 다음에 만나면 제 손을 꼭 잡
아주세요."

잔잔한 나의 호수에
끊어질 듯 이어지는 너의 미련

고요히 스며드는 바람

파문의 설렘

영롱한 너의 눈물은 이슬이었다.

어느 날 그녀에게 선홍빛 복사꽃 비가 내렸다면, 내게는 목련같이 하얀 바람이 불어왔다. 내 머리를 쓰윽 날리고, 내 가슴을 파고들며 하얀 바람이 불어왔다. 이 바람이 거센 폭풍우를 몰고 오는 바람이 아니길, 그냥 있었던 듯이 없었던 듯이 조용히 지나쳐 주기를, 오! 자애로운 바람이여.

갈등이 일기 시작했다. 잔잔한 호수의 파문이라는 표현이 맞을 것 같다. 처음에는 요즘 젊은이들의 충동적인 생각이려니, 미국 생활을 오래 해서 참 개방적인가 보다 무시했지만, 점차로 그녀를 생각하는 시간이 많아졌다.

내 일상은 아침 6시에 밥 먹고 출근하면 일에 묻혀 쉴 없이 하루하루를 보내고 특별한 일이 없는 한 밤늦도록 일하고, 거래처 접대하고, 카페에 들려 술 한잔하고. 집에 들어가 잠자는 것이 전부인데 뭔가 새로운 느낌이 일기 시작했다. 조금씩, 조금씩. ─점점, 점점─

그동안은 너무 일에 묻혀 살아오다 신선하고 풋풋한 여대생으로부터의 프러포즈로 가슴이 뜨거웠다. 결혼도 어떤 설렘이 없이 중매로 그냥 평범하게 가정을 꾸렸고, 뜨거운 정열은 가슴에 감춘 채 일에 빠져 살았다. 이제 기회가 주어진다면 그 어떤 고통도, 그 어떤 희생도 감내하며, 사랑받기 위한 사랑이 아닌, 사랑하여 행복한 사랑을 할 수 있는 용기가 생겼다. '가슴 떨리는 진정한 사랑을 할 때가 된 거야. 나는 열등감에 매번 겁먹고 다가서지도 못하고 마음은 뒷발에 힘을 잔뜩 두고 물러날 생각만 하고. 이제는 진정한 남자가 되는 거야. 생리적 남자 말고, 깊은 곳, 마음속 깊은 곳에 숨어 있던 나—뜨거운 정열을 가슴에 감춘 예민 감성의 남자—를 찾는 거야.' —차츰차츰—

나비가 껍질을 벗고 단 한 번의 펄럭임은 있어야지. —하루하루—

불같은 사랑을 꿈꾸어 봤다. —김칫국물 먼저—

한 달 동안을 정신없이 보냈다. 거래처 납품 건이 큰 건이 걸려 있었기에 너무나 바쁘게 시간을 보냈다. 월말 마감도 끝내고 한가해질 무렵 그녀가 생각이 났다. 일을 빨리 마치고 카페로 가는 길에 마음이 두근두근했다.

그녀가 그동안 그만두었으면 어쩌나? 그냥 술 취해서 한번 해 본 말이라고 하면 어쩌나? 아무 일 없었다는 듯 모른 체하면 어쩌나?

나는 결혼을 했고, 남편이고, 아버지이고, 그는 젊고 매력적인 대학생이야. 내가 지금 무엇을 기대하는 거야. 그냥 술 먹고 한 번쯤은 일탈을 꿈꾸는 그런 학생에게서 왜? 그런 복잡한 무엇을 기대하는 거야. 별생각을 다 하면서 카페에 들어서는데 그녀가 나를 보고 미소 지었다. '복숭아'

"그동안 바쁘셨어요? 어디 출장 다녀오셨어요?" —쏙닥쏙닥—

상냥한 그녀의 모습에 마음이 놓였다. 술과 안주를 주문하고 기다리는 동안 한 가지 사실을 깨달았다. 내 마음이 온통 그녀에게 쏠려있구나. 어쩌나!

사실 그동안 아주 바빴지만, 틈틈이 하늘하늘한 그녀를 떠올리고 혼자서 여러 상상도 해 보고 한 편의 달콤한 꿈-선홍빛 복사꽃이 휘날리는 어느 봄날-도 꾸고 연분홍색 그녀가 보고 싶다는 생각이 자주 들었다.

"제가 부담스러워 안 오신 것 아니죠?" ―나붓나붓―

술을 들고 다가선 그녀가 말했다. 이런저런 생각에 몰두했던 나는 깜짝 놀랐다. 몸이 뻣뻣하게 굳고 침이 마른다.

"어머! 제가 무서워졌나 봐요?"
"아니야 다른 생각 좀…."

술이 몇 잔 들어가니 또 갈등이 일기 시작했다. 내가 이래도 되는지? 이러면 안 되는지? 미처 결론도 내리기 전에 많이 취해 버렸다. '너는 당연히 안 되는 것이지.' 아니 취하려고, 내 마음을 부정하고 싶어 술을 많이 마신 것 같다. 갈등이 파도처럼 일렁인다. 검붉은 심연의 깊은 곳에서.

"전에 제가 한 말 생각해보셨어요?"

그녀는 손을 내밀었다. 나비 날갯짓처럼.

"손을 꼭 잡아주신다고 하셨죠?" ―어디서 이런 용기가 났을까―

그동안의 나의 갈등은 바람처럼 사라졌다. 솜사탕 녹듯이. 그녀의 손을 꼭 잡았다.

"영원히. 평생 꼭 잡아주세요." ―가만가만히―

그전에는 별로 말은 없었으나 남을 의식하지 않고 편하게 말했었는데 언제부터인가 내가 알아들을 수 있을 정도의 또박한 소리로 나지막이 이야기한다.

그녀가 내 마음속에 자리 잡고 있음을 애써 외면하지 않겠다. 내 사랑이 그녀에게로 흘러넘치도록 내 마음의 문을 열어놓으리.

꽃망울에 흘러내리는 한 방울의 이슬이여
내 그대가 미워 흘려보내지 않았어요.
내 온몸 전신에 그대의 영롱함과 청결함을 머금고
수줍은 듯도 한 눈망울을 활짝 웃는 얼굴로
세상을 맞이하려 함이오.

그녀가 끝나는 시간을 맞추어 기다리며 술을 마셨다.

"저 다 끝났어요. 이제부터는 자유의 몸이에요."

오늘은 날씨도 좋으니 대학로 마로니에 공원에서 술 마시기로 했다.

대학생들이 삼삼오오 모여앉아 젊음을 마음껏 누리고 있다.

"저 애들하고 노는 것이 더 즐겁지 않을까?"

"나를 밀어내는 거예요?"

"그럴 리가, 푸름이 부러워서 그러지."

"내 눈 속에 누가 있나요?" ―나긋나긋―

우리가 일차로 사 온 맥주와 안주가 다 떨어졌다.

"더 사올게. 꼼짝하지 말고 여기 있어."

"같이 가요. 화장실도 다녀올게요."

우리는 벌써 꽤 많이 마신 것 같다.

"내가 비밀을 하나 말해줄게. 나는 참사랑을 못 해봤어. 나는 누구에게도 애정을 주지 않아. 자라온 환경 탓도 있겠지만, 내가 덜 성숙한 인간이라 그럴 거야. 아직도 많은 사람이 사랑은 첫눈에 번개가 일어나는 열정적인 사랑이나, 꿈같은 낭만적인 사랑을 꿈꾸고 있지. 내가 나쁜 것인지, 모르는 것인지는 잘은 모르겠지만, 열정도, 낭만도, 모두가 다 시시하게 여겨."

"나는 첫눈에 내 가슴 깊은 곳에 문신이 새겨졌는데, 대학로에서 처음 본 그 순간 내 심장에 각인되었어요. 마치 바람 같았어요."

"섹스에 관한 내 관점도 편견이 있다고 봐야지. 나는 사랑하는 마음-어쩌면, 아닐 수도-만 있으면 결혼의 울타리에 얽어 매이지 않고 성관계를 맺을 수 있다는 것이 내 생각이야. 더 나아가 조금 더 가볍게 이야기하면, 서로 마음 맞는 사람끼리 오늘 테니스 한 게임 어때? 오늘 스쿼시 한 게임 어때? 그거와 오늘 우리 섹스 한 게임 어때? 내가 만든 단어인데 '섹스포츠(sex+sports), 사랑 없는 섹스는 그냥 원초적 본능이지. 생각은 전통 관념을 따르지 않고 자유롭지만, 그 행위에 대해서는 진실하지. 열정적으로."

"정말 그렇게 생각하고, 그렇게 행동하셨어요?"

"생각은 그런데, 상대가 가까이 다가오면 한 걸음 두 걸음 뒷걸음질 치고 도망가기 바빴어."

"지금 나한테 나쁜 남자로 보이려고, 그래서 내가 실망하고 떠나길 바라고 두서없이 막 그런 이야기하시는 거죠?"

"나는 사실 두려워. 이런 감정이 처음이야. 무서워."

그녀는 목소리는 떨리지만 익숙한 말로 속삭였다.

"저는 무인도에서 이제 막 탈출하려고 해요. 그동안은 참 슬프게 살았지만, 당신의 반쪽만이라도 사랑할 수 있다면 좋겠어요."

가슴이 몹시 아팠다. 그녀와 내가 한참을 이야기하다 정신을 차려보니 새벽 4시가 넘었다. 미리 늦는다고 전화를 해놓았으니 망정이지.

"우리 또 다음을 기약하고, 오늘 즐거웠어. 내 명함."

집에 들어가는데 푸르스름한 새벽이 아름답다.

일주일이 지난 어느 날. 일이 늦게 끝나 카페에 같다.

"저 다 끝났어요. 이제부터는 자유의 몸이에요." —소곤소곤—

우리는 노래방으로 갔다. 그녀는 록카페에 가고 싶었는데 나를 배려해서 노래방으로 온 것이다. 한 시간이 거의 그녀의 독무대였다.

그녀는 노래도 잘하고, 춤도 잘 추고, 참 발랄하였다.

누군가와 함께—그녀는 항상 혼자였다고 했다— 이토록 신나게 놀기는 처음이라 했다. 거의 모든 시간을 혼자서 보내고, 술도, 노래도, 춤도, 항상 피에로같이 혼자서 했고, 다른 무엇도 고립된 생활을 했다고 말했다. 그녀는 또 나를 슬프게 한다.

그녀가 나이에 맞지 않게 '김수희'의 '애모'를 부르는 동안 나는 한참을 또 생각했다. 미모나 성격이나 거기다 몸매까지. 외모가 완벽한 데다 대학 생활을 하며 지성까지 겸비한 여자가 어째서 나 같은 유부남을 그냥 매력적으로 생겼다는 그 이유만은 아닐 테고, 그 무엇이 그녀가 나를 가까이하려는 것일까.

"아이 재미없어. 우리 춤 한번 춰요."

"나는 노래도 못 부르지만 춤은 더 못 추는데."

"괜찮아요. 그냥 흉내만 한번 내보죠. 제가 처음으로 마음의 문을 열고 다가간 분이에요. 당신."

나는 그녀의 손에 이끌려 춤을 추게 되었다. 노래방 곡에 맞춰 말 그대로 그냥 안고만 있었다.

나는 그녀의 향기를 가장 가까이에서 처음으로 느낄 수 있었다. 카페에서 담배 피우는 사람이 많아 담배 냄새가 조금 나지만 나올 때 손을 씻고 와서 그런지 향긋한 비누 냄새가 난다.

그녀의 몸이 내게로 더 밀착되었다. 가슴에 뭉클하고 그녀의 젖가슴이 닿았다. 순간 갑자기 열정이 일었다. '화 아' 박하 향

"우리 이제 나갈까?"

"어디로 가시려고요?"

그녀는 나를 꼭 안은 채 어디로 갈 건지 정하면 놓아 준다고 했다. 이대로 우리 둘이 그냥 꼭 안고 있어도 좋을 듯싶다. ―말랑말랑―

"오늘은 아무 말 없이 내가 하자는 대로 다 해줄 거지?"

"그래요 무엇이든 다 들어 줄게요."

우리는 가까운 모텔로 들어섰다.

그녀가 화를 내면 어쩌나 걱정했는데 아무 말 없이 내 팔을 잡고 다정하게 웃으면서 동행했다. 이때까지만 해도 이것이 신세 대식 사랑인가? 아메리칸 스타일인가? 생각해 보았다.

이제 아무도 없는 우리 둘만의 공간에서 한껏 자유로웠다. 조금은 서먹서먹한 분위기였는데.

"저 먼저 샤워 좀 할게요."

그녀가 침묵을 깨고 먼저 말했다. '일어나! 집으로 가. 이러면 안 돼!' 마음은 한구석에서 자꾸 후회했다. '아니야 괜찮아. 나는 그녀를 사랑해 진실로 그녀를 사랑해. 내 아내와는 각기 다른 사랑이야. 그녀를 만나면 그녀에게 집에 들어가면 아내에게 아이한테 각기 최선을 다하면 돼. 아내를 사랑하지도 사랑해 본 적도 없잖아.' 결국은 자기 합리화를 시켰다. 그녀가 욕실에서 나오면서 말했다.

"샤워 안 하실래요?"

목욕 가운을 걸쳤지만 나는 애써 그녀를 보지 않고 시선을 다른 곳에 두고 말했다.

"나도 샤워 좀 해야겠어. 낮에 땀을 너무 많이 흘렸거든."

샤워를 하면서도 나는 합리화를 자꾸 시켰는데도 갈등이 자꾸 일었다. '그래 오늘은 내가 여기까지 왔지만 나는 그녀와 육체적인 사랑을 하면 안 된다. 내가 추구하는 것이 정신적인 사랑 아닌가.' 결론을 내리고 샤워를 마치고 나왔다. 미처 내가 말을 꺼내기도 전에 그녀가 내게 안겼다.

"저요. 지금부터 '자기'라고 부를게요. 괜찮죠?"

"괜찮아. 환영해."

"운동 많이 하시나 봐요. 몸이 마치 맑고 투명한 계곡물 속에 있는 차돌 같아요."

그녀가 매우 예쁘고 귀여웠다. ―팅커벨―

나는 아무 말도 못 하고 자석에 이끌리듯이 그녀의 입술에 키스했다. 그녀는 열정적으로 아주 열정적으로 나의 키스에 응했다. ―초보운전―

정말 달콤하고 황홀했다. 우리는 한참 동안을 아무 말 없이 계속 키스했다. 머릿속은 '여기서 멈춰야 한다, 더 발전하면 안 된다. 그래 이선에서 멈춰야 한다.' 생각하면서 나의 손은 자꾸 그녀의 가슴 쪽으로 움직이려 하는 것이 아닌가. 나는 애써 참았다. 인고의 시간이었다.

"자기야. 우리 입술은 맞춤인가 봐요. 어쩜 이렇게 잘 맞을까요? 자기 입술은 두툼해서 키스하기에는 안성맞춤인 걸요."

그녀는 신이 나서 내 입술을 찬양했다. 왠지 슬퍼 보인다.

"우리 누울까?"

그녀는 스스럼없이 내 옆에 누웠다. 가끔 아주 가끔은 산등성이에 앉아 맞은편 산등성이를 마주 보고 한참을 응시하다 보면 한순간 무아지경에 빠질 때가 있다. 사람들은 그것을 '공의 세계, 공의 순간'이라 한다. 찰나의 순간이지만. 그 시간이 0.5초 아님, 1초 아님, 10초. 그 길이는 알 수 없지만, 아무튼 찰나이다. 그렇게 한순간 주위의 모든 것이 다 멈추고 깊이를 알 수 없게 빠지는 경우. '첫눈에 반한 사랑이다.'

전체적으로는 예쁘고 청초한

등에는 분명 투명한 날개를 감추어 두었을 거야

(햇살을 받으면 맑고 투명한 파란 혈관이 펄럭이겠지)

연꽃을 받치고 있는 가느다란 목선

(분명 달빛을 담았을 거야)

실버들(수양버들)처럼 가냘픈(잘록한) 허리

복숭아 같은 엉덩이

고운 뒤태

부드러운 혀

달콤한 입술

앵두 색 버찌 같은 유두

탄력 있고 풍만한 가슴(벚꽃처럼 새하얀)

요술 램프의 지니요, 팅커벨이요, 천사이다.

앉아서는 서로 얼굴을 마주 보고 이야기하기가 거의 벗은 모습
이라 왠지 겸연쩍어 누운 것이다.

"나 할 말 있어."

"뭔데요?"

"나도 자기라고 불러도 돼?"

"환영합니다. 자기."

환하게 웃으면서 그녀가 대답하며 손뼉까지 쳤다. 나는 팔을 뻗
어 그녀를 안았다. 그녀는 내 젖꼭지를 만지작거렸다.

"자기는 운동을 많이 하는구나. 가슴이 딱딱하네요."

욕정이 물밀 듯이 몰려 왔지만 냉정해야만 했다. 이것은 차라리
고문이었다. 춘향이 목에 칼을 채워 고문하듯이 육체적, 정신적 고
통이다.

"나는 꼭 이런 것이 사랑이라고는 생각하지 않아. 물론 나도 사
랑은 정신과 육체가 하나 되었을 때 진정한 사랑이라고 생각하고,
정신적으로 사랑하지 않는 사람과는 육체적인 관계를 맺지 않는
것으로 생각해. —거짓말—지금 이 순간 너무 소중한 시간이야."

"그럼 정신적으로 저를 사랑하지 않아요."

"가슴 벅차게 사랑하지."

"그런데 뭐가 두려워서 그래요? 제가 성적 매력이 없어서 그래
요?" 하고 그녀가 말했다.

"내가 말은 두서없이 자유분방한 것처럼 이야기하지만 사실 나
두려워, 도망가지 않고 내가 하는 첫사랑이거든." 얼굴이 '확' 달아

올랐다.

"우리는 서로가 마음속으로 그리워하고 보고 싶고 그러다 만나면 이야기하고 즐겁게 놀고 정신적인 고민이나 고충, 외로움을 달래는 것이 우리가 나눌 수 있는 진정한 사랑인 것 같아."

"자기야. 내가 자기를 사랑하고 자기는 나를 사랑하는데 무슨 문제가 있어요. 나는 오늘 밤 자기에게 내 모든 것을 주고 싶어요. 아니 자기의 모든 것을 갖고 싶어요."

그녀는 더욱더 저돌적으로 나를 원했다. 정말 큰 용기를 낸 것 같다.

"지금 내 귀에는 아무것도 들리지 않아요. 그저 감정에 충실할 뿐이에요."

"자기야. 우리의 사랑은 이러면 안 돼."

"저는 괜찮아요. 우리가 서로 사랑하는데 무슨 문제예요."

그녀는 심각하게 말을 이었다.

"부담 갖지 마세요. 저요, 대학 졸업하면 미국으로 들어가요. 부모님이 그곳에서 큰 슈퍼마트를 운영하시거든요. 사실은 초등학교 졸업할 때까지 내게는 친아버지가 있되 없는 것 그것이었어요. 늘 외톨이였어요. 어머니가 재혼하셔서 새아버지예요." 그녀는 '흑흑 흑' 흐느꼈다.

나는 이제야 해답을 찾았다. 유유상종이라고 그녀가 왜 나를 좋아하게 됐는지, 내가 왜 그녀에게 빠져들었는지, 아무 스스럼없이 그녀가 나를 좋아하게 됐는지. 그동안 그녀가 했던 모든 이야기의 퍼즐이 맞추어졌다. 외로운 그녀의 눈에는 외로운 나의 모습이 보인 것이다. 마음속 깊이 묻어두었던 외로움이 그녀의 마음에 읽힌 것이다. 그것이 그녀가 나에게 연민의 정을 느끼게 하였다. 나는 더욱더 소중히 간직해야 한다고 생각했다. 흐르는 눈물을 닦아 주었다. 부드러운 혀로. 핑크 초콜릿 맛이다. 그것은 쓰라림의 아릿한 향기였다. 그녀는 쓸쓸한 얼굴. 외로운 마음으로 슬프게 살아왔구나, 가슴이 몹시 아팠다. 겨울 함박눈이 퍼부어 내리는 밤. 그 밤의 한복판에 서 있는 느낌. '세상의 끝에 버려진 것 같은 외로움, 그녀가 나만큼이나 슬프게 살아왔구나.'

"진정한 사랑은 정신과 육체가 하나 되었을 때 비로소 그 사랑이 완성되는 것 아닌가요?" '흑흑흑'

"자기야. 조금 더 생각해봐. 나는 유부남이고 자기는 이제 막 이십 대 초반인데 이건 전적으로 나의 무책임한 행동이야. 조금 더 신중하게 생각을 해보자. 오늘의 행동은 내가 매우 경솔했다고 생각해 진심으로 사과할게."

나는 그녀의 말문을 막기 위해 다시금 그녀에게 키스했다. 가볍게 "이것으로 우리가 서로 좋아하고 있다는 사실이 확인되었어. 가만히 누워서 이야기나 조금 더 나누자."

그녀는 이제 내 젖꼭지만 만지작만지작 그럴 뿐 더는 강하게 요구하지 않았다. 잠시 어색한 침묵이 흘렀다. '마음을 달래줘야지.'

"나중에 세월이 흘러 대학졸업하고 그때는 철이 들었을 텐데 나를 버리고 미국으로 가거나 시집을 가면 나의 빈자리는 누가 채워 줄까?"

"자기나 나를 떠나지 말아요. 나는 자기가 언젠가 가정으로 돌아가 버리면 어쩌나 겁이 나요. 참, 말 나온 김에 가정 얘기 좀 해 줘요."

"아내와 아들 하나 있어."

"그게 다예요? 조금 더 자세히 얘기 좀 해 줘요."

"별로 할 이야기가 없어. 그냥 결혼했고, 아이 낳았는데 아들이야. 그게 다야."

"에이 재미없어."

맞다, 맞아. 참 재미없는 결혼생활이다. 언제나 낯선 타인처럼. 그러니까 부부가 되었던 처음부터 한 번도 사랑했던 적이 없었던 것은 아닐까? 자신이 없다. 더 묻고 싶어 하는 눈치였는데 내가 별로 안 좋아하는 것 같으니까 그 이상은 물으려 하지 않았다. 항상 나에 대한 배려가 극진했다.

"저 그리고 한 가지 고백할 게 있어요."

"뭔데."

"제가 고등학교 때 미국에서 한 남자를 사귀었어요. 대학생이었죠. 그때 그 남자하고 첫 경험을 했어요. 지금 이 순간 자기 옆에 누워있는 내 모습이 좀 더 맑고 순결했으면 얼마나 좋을까? 생각하고 있어요. 정말 후회스러워요."

"아니야, 내가 생각하는 사랑은 육체적인 것보다는 정신적인 사랑이 더 값진 것으로 생각해. 앞으로 우리 서로의 정신적 위안으로 삼자. 그리고 나는 유부남이잖아."

"자기야. 혹시 내가 섹시하지 않은 건 아니에요? 그래서 나를 안고 있으면서 나를 차지하고 싶다는 생각이 안 드는 것 아니에요? 왜 대개의 남자는 여인의 벗은 모습을 보면 이성을 잃고 덤벼들잖아요."

"자기가 그렇게 말하면 지금 늑대로 변해 볼까? 농담이고 자기는 눈으로 조각한 것처럼 맑고 눈부셔. 자기 풍만한 가슴도 만져보고 싶고, 깊고 푸른 바다를 헤엄쳐 보고 싶지만, 눈이 사르르 녹을까 봐 많이 참고 억제하고 있어. 이보다 더한 고문은 없을 것 같아. 세대 차이 느끼지? 문화적 차이는 아니겠지?"

"입술에 침 발랐어요? 그렇게 과찬을 하시다니."

내가 엄지손가락에 침을 발라 그녀의 이마에 찍었다. ―방금 배웠다. ―

"이제 내가 찜을 했으니까 아무 데도 도망 못 가."

"자기야. 내가 좋아하는 시가 있는데 들어볼래요."

한용운 님의 '행복'

나는 당신을 사랑하고, 당신의 행복을 사랑합니다. 나는
온 세상 사람이 당신을 사랑하고, 당신의 행복을 사랑하기를
바랍니다.

그러나 정말로 당신을 사랑하는 사람이 있다면, 나는 그 사람을 미워하겠습니다. 그 사람을 미워하는 것은 당신을 사랑하는 마음의 한 부분입니다.

그러므로 그 사람을 미워하는 고통도 나에게는 행복입니다.

만일 온 세상 사람이 당신을 미워한다면, 나는 그 사람을 얼마나 미워하겠습니까.

만일 온 세상 사람이 당신을 사랑하지 않고 미워하지도 않는다면, 그것은 나의 일생에 견딜 수 없는 불행입니다.

만일 온 세상 사람이 당신을 사랑하고자 하여 나를 미워한다면, 나의 행복은 더 클 수가 없습니다.

그것은 모든 사람의 나를 미워하는 원한의 두만강이 깊을수록, 나의 당신을 사랑하는 행복의 백두산이 높아지는 까닭입니다.[1]

정말 근사한 시였다. 그녀가 나를 사랑하는 마음이 얼마나 큰가를 알 수 있었다. 단순한 신세대식이나 아메리칸 스타일 사랑이 아님을 깨달았다.

"시 내용은 난해해서 잘 이해가 안 가는데, 자기 시 낭송 솜씨는 백 점이다. 가슴이 찡해 눈물이 나올 뻔했는데. 미국 생활을 오래

---

1) 한용운, 『님의 침묵』, 책만드는집, 1926(개정판 2012), P.49.

했는데 말이 참 담백하다. 나도 보답을 해야지."

　　　내 마음 둘 곳이 없어 정처 없이 떠도는 구름이어라
　　　바람에 스쳐 오는 꽃향기를 찾아 산마루에 누웠나니
　　　오마지 않을 이가 나를 보고 손짓하네. 미소 짓는 그대
　　　산 냄새를 머금고 피어나는 한 떨기의
　　　산딸기 같은 그대의 입술
　　　잔잔히 퍼지는 엷은 미소로 나를 바라보네.
　　　그대의 눈은 정녕 꽃잎에 반짝이는 이슬이어라
　　　아이야! 혼자 떠나 주렴 나 여기 머무르련다.

"자기를 위해 지금 지은 거야. 마음에 들어?"
"너무 멋있어요. 그런데 '아이야'에서 그 아이는 누구예요?"
"어떤 얘가 아니고 그동안의 나의 방황, 슬픔, 외로움, 이런 종합
적인 것이지."
"집에 부인이 있고 아들이 있는데 웬 방황이고 슬픔은 무엇이며,
왜 외로우세요?"
"그냥 그래."

　나는 차마 내 아내와의 벽을 세세히 말하고 싶지 않았다. 통상적
으로는 남자들이 다른 여자를 만나면 자기 부인을 흉보고 욕하고
한다지만 그녀에게는 그런 통상적인 이야기는 하고 싶지 않았다.

나와 내 아내는 사실 중매결혼을 했고, 사이가 그다지 나쁜 편은 아니었는데 그저 서로가 벽에 가려 상대를 이해하려 노력하지 않았을 뿐이었다.

　얼마 전에는 동네에서 우연히 결혼식에 온 옛날 시골 여자친구를 만나 둘이 근처 커피숍에서 커피를 마셨는데 아내의 친구가 그것을 보고 아내에게 말했나 보다. 아내는 내 이야기는 들어도 안 보고 내가 밖에서 다른 여자들을 만나고 다닌다고, 서로가 평소에 연락하니까 결혼식에 온 것을 알 것 아니냐며 이 상황이 불결하다고 잠자리도 멀리하더니 이내 아내의 결벽증이 심해졌다. 이때부터 밖에서의 나의 일은 철저하게 아니 완벽하게 모든 것이 거짓으로 일관했다. 그러한 것들이 부부 사이의 벽을 더욱더 견고하게 만들었다.

　나는 보육원에서 자라 자수성가해서 평범하고 단란한 가정(아들 2명, 딸 1명)을 꿈꾸었는데 아내는 부유한 집안에서 자라 어릴 적부터 넘치는 풍족한 삶을 살아와서 씀씀이에서도 큰 갈등이 있다.

　정기적으로 방문하는 보육원도 지금은 혼자 다녀온다. 그곳에 시골 여자친구가 사는 동네가 있어, 오며 가며 서로가 편한 마음으로 차도 마시고 살아가는 이야기도 나눌 수 있었다. —오래전 그 친구는 내가 자취를 할 때 '밥이나 한 끼 먹자'고 왔었는데 밤새 울었지.— 나는 결혼식에는 참석하지 못했다.

　얼마 전 시작된 동창회가 그곳에서 열렸다. 이미 오래전 고등학생이었던 내 동창(여학생)들은 장미를 잃어버리고(자신들도 모르고), 국화꽃의 은은한 멋들이 풍기고 있다. 소쩍새가 멀리 뒷동산에서 '소 쩍소쩍'울고 있다.

오늘 밤 하늘의 수많은 별이 모두 숨어버렸다. 꽃밭도 아닌, 별 밭도 아닌, 추억이 온 대지와 온 창공을 차지하고 못 찾겠다 꾀꼬 리, 꾀꼬리를 외친다. 별이 동창들 마음의 밭에 무수히 뿌려졌다. 그때 남학생이었던 남자들은 여전히 이 새끼, 저 새끼다.

오랫동안 끊었던 담배 한 모금은 띠 잉.
빈속에 소주 한잔은 짜르르.
첫사랑들과의 오랜만의 만남은 머 쓱, 황홀.
도 레 미 파 솔 라 시 도. 그리고 다시 도.
덩 덩 덩ㅡ덕 쿵.

"오늘은 내가 집에 바래다줄게."

우리 오피스텔에 가려면 멀리 돌아가야 하고, 부도난 병원을 가 로질러서 샛길이 있었다.

"멀리 돌지 않고, 샛길이 있어요."

부도난 병원은 영안실 위쪽에 간호사 숙직실이 있고 그 앞에 한 때, 테니스장이 있었다. 그 옆으로 담벼락 하나를 두고 H 아파트. 그 아파트로 연결되는 뒷문이 있고 H 아파트 옆이 우리 오피스텔 이 있다.

"혼자 다닐 때는 절대 이 길로 다니면 안 돼. 여자 혼자 다니기에는 위험해."

테니스장 -한때— 늦은 시간이지만 H 아파트의 몇몇 집들이 불이 켜져 있었다. 달도 보름달이어서 매우 밝은 밤이었다. 맑은 밤.

—예전에 시골 여자친구와 달도 뜨지 않아 칠흑 같은 밤에 비를 흠뻑 맞고 논길을 걸으면서 키스를 하려고 혼자서 애만 태운 일이 생각난다. —

아파트의 불빛이 의식은 되지만 큰 문제는 없었다. 예전에 내가 첫 경험을 한 그날 밤 성북시장에서는 많은 사람 앞에서 깊은 키스도 했는데 뭐. 나는 그녀의 허리를 와락 안았다. 그녀의 감은 눈을 보며 파르르 떨리는 입술에 키스했다. 깊고 열정적인 키스였다. 우리 둘 다 술 취하지 않고 맨정신으로 키스하는 것은 처음이다. 가슴에 설렘이 온다. 그녀는 테니스장으로 쓰러졌고 나는 키스를 계속하며 손은 셔츠의 단추를 풀어서 그녀의 가슴을 홍시를 집듯 조심스럽게 만지고, 입술은 애무했다. 그녀의 외마디 '하 악'(처음으로 적극적인 그이의 열정적인 키스, 내 가슴에 애무. 내 머릿속은 온통 달빛, 별빛, 그리고 아파트 불빛, 내 눈에서는 꽃비가 내리고 있었다). 나의 손이 아래로 내려가는 순간 그만 옷 안에서 사정을 하고 말았다. 민망했다. 내가 생각의 홍수. 그러니까 도덕적이나 정신적인 죄의식. 밝은 달도 민망한지 구름으로 들어갔다. —지적지적—

그날 이후 무슨 흑심이 있지 않을까?—그도 그럴 것이 어디 말이 되는 이야기인가. 결혼한 유부남과 대학생이 그것도 그냥 대학생도 아니고 장래가 촉망되는 아주 매력적인 여대생이— 끊임없는 친구의 충고도 뿌리치고 잦은 데이트를 했다. 우리는 편한 마음으로 서로 이야기를 나누고, 차를 마시고, 술을 마시고, 춤을 추고, 노래를 부르고, 포켓볼을 치고, 영화를 보면서 서로가 나이를 잊은 채 마냥 즐거웠다. 하지만 그녀와 헤어져 집으로 향할 때는 언제부터인지 지금 헤어졌는데도 그녀가 또 보고 싶고 밤이 새도록 같이 있고 싶은 그리움이 커지고 있었다.

그녀는 시를 참 좋아했다. 나를 만날 때는 근사한 시를 한 편씩 분홍색 편지지에 써서 헤어질 때 건네주곤 했다. 같이 있을 때 우리는 늘 우리를 주제로 시를 써 보곤 했다. 기초 지식이 없는 나는 형식 같은 것은 못 맞추고 그냥 생각나는 대로만 썼다. 계절은 잘도 간다.

선홍빛 복사꽃이 휘날리는, 연분홍색 한 편의 달콤한 꿈을 꾼 어느 봄날. 그 무렵.

그날은 아들 생일이어서 거래처를 들렀다가 일찍 집에 들어갔다. 저녁을 일찍 먹고 쉬고 있는데 '삐삐'가 울렸다. 집에서는 핸드폰을 항상 꺼놓고 있었다. 메시지를 보니 '1004' 아내가 다가오면서 물었다. —암호해독

"누구예요."

"거래처인 것 같은데."

부엌으로 가는 아내를 확인하고는 핸드폰을 켜고 메시지를 들었다.

"자기야. 오늘 무슨 날인지 알아요? 바로 제가 성년이 되는 날[2]이에요."

그러고 보니 나는 여태껏 그녀의 나이는 물어도, 생각도 안 해 왔던 것 같다. 나를 만나면 모든 것을 그녀가 항상 챙겨주니까 그녀가 어리다는 사실은 잊고 가까운 친구처럼 그렇게 지내 왔다. 우리 둘 사이에서 나는 늘 수동적이었다. 아내가 또 물었다.

"뭐라고 메시지가 왔어요."

"응. 거래처. 담당자인데 오늘 술판이 벌어진다고 미아리 쪽으로 나오라는데. 늦을 테니 기다리지 말고 일찍 자."

나는 옷을 얼른 갈아입고 그녀를 찾아갔다. 그녀는 환하게 웃으며 나를 반겼다.

"오늘 하루 휴가를 받았어요. 선물 사 왔어요?"

"미안해. 급히 오느라고."

"어디서 오시는데 그래요?"

"집에 있었어."

"어머 미안해라. 집에 있는 줄 알았으면 호출 안 했을 텐데. 그래서 핸드폰이 연결이 안 됐구나."

"그런데, 성년의 날 기념으로 무슨 선물을 사줘야지?"

"성년의 날 주는 선물 모르세요?"

---

2) 성년의 날: 만20세로 성년이 되며, 1985년부터 5월 셋째 월요일.

"그런 게 있어? 어쩌지. 몸으로 때우면 안 될까?"

내가 미리 챙기지 못해서 미안한 마음에 순간적으로 가볍게 농담을 했다. 그러나 그녀는 기다렸다는 듯이 받아쳤다. —매가 꿩을 낚아채듯이—

"틀림없는 거죠? 오늘은 제가 원하는 건 뭐든 다 들어주는 거예요."

우리는 차를 몰아 구리를 통해 일동으로 해서 산정호수에 도착했다. 오는 길에 케이크 하나를 사 왔다. 산정호수 끝나는 곳에 산정호텔이 있었다. 우리는 방을 하나 예약하고 근처 식당으로 갔다. 호숫가 경양식 식당에 들러 칵테일을 곁들어 저녁을 먹고 호텔로 돌아왔다. 우리는 서로 말은 하지 않았지만 아주 자연스러웠다. 역시 내가 그녀를 몹시 그리워했던 것 같다.

그녀는 방에 들어오자 몸이 바빠졌다. 욕조를 닦더니 따뜻한 물을 틀어놓고 나와서 케이크를 테이블에 펼쳐놓고 초는 두 개를 꽂았다. 그녀는 내 손을 이끌고 욕조에 들어가라고 했다. 잠시 후 그녀는 실오라기 하나 걸치지 않은 몸으로 욕조에 들어 왔다. 우리는 서로의 몸을 깨끗이 닦아주고 간간이 키스하며 물장난을 쳤다. 그냥 그대로 벗은 채로 가운만 걸치고 케이크 앞에 마주 앉아 초에 불을 붙이면서 그녀가 말했다.

"지금부터 제 성년식을 치르겠습니다. 오늘은 저와 함께 밤을 새우는 거예요. 상대가 자기라 무척 행복해요."

그녀는 그렇게 말하면서 나에게 분홍색 편지 한 통을 주었다.

"자기야. 이 편지는 내일 아침에 눈을 뜨면 읽어 봐요."

그녀가 눈을 감으며 말을 이었다.

"자. 우리 이제 기도합시다. 우리의 사랑이 상대에게 부담되지 않는 사랑 그 자체만을 볼 수 있도록 도와주세요."

그녀는 어떤 신한테 기원을 한 건지는 모르지만 짧게 끝냈다.

첫눈이 내려서 가슴이 설레고, 온 천지가 하얗게 뒤덮고. 그 위에 진달래꽃[3] 한 송이 '하악'하고 떨어졌다.

두견화 한 송이 낙화(洛花). 빨갛고 창백한 꽃.

멀리 산정호수 뒤편 명성산에서

두견새[4]가 "소쩍 바꿔주우" 하고 피를 토하고 있다.

소쩍새[5]도 "소쩍소쩍" "소쩍소쩍"

---

3) 진달래꽃(두견화) : 두견새가 밤새워 피를 토하면서 울어 그 피로 꽃이 분홍색으로 물들었다는 전설에서 유래. 진달래꽃으로 담은 술은 '두견주'라고 한다. 진달래는 철쭉보다 먼저 꽃을 피우고 잎이 나중에 나온다. 진달래는 '꽃으로 먹을 수 있다' 하여 '참꽃'이라 불림

4) '소쩍 바꿔주우'('홀딱 자빠졌다')

5) '소쩍다 소쩍다' ('솥 적다'). 4월 하순에서 5월 상순 사이에 울며 8월경까지 운다.

그녀는 오늘이 첫 경험이었다. 예전에 분명 나에게 거짓말을 했다. 내가 어떤 죄책감에 끝까지 그녀를 지켜야 한다고 덧없는 생각을 할까 봐 나에게 부담을 주지 않고 꿈같은 우리의 사랑을 정신과 육체적으로 발전시키려 한 것이다. 나는 두견화 낙화(洛花)를 보고 짐짓 놀라 그녀를 보았다. 그녀는 부끄러워하며 나의 가슴에 얼굴을 파묻고 말했다.

"사랑해요. 거짓말해서 미안해요. 첫 경험이라 말하면 자기가 선뜻 나를 안을 수 있을까 걱정했어요."

그녀와 나 우리는 서로서로 기대어 사랑하며 아름답게 사랑할 것이다. 나는 소중한 너무나 소중한 그녀를 한동안 말없이 안고 있었다. ─우리─

우리는 또 한 번, 그리고 또 한 번. 열정적이지만 조심스럽고 세심한 몸짓으로 뜨겁게 사랑을 나누었다. 그날 밤 우리는 밤새 피를 토하며 울었다.

세상을 모두 얻은 것 같은 환희의 순간. 그것은 잠깐이었다. 눈이 내려서 온 천지가 하얗게 물들었을 때의 맑고 투명함. 그러나 눈이 녹아 거리가 질퍽거릴 때의 느낌. 그것은 그녀에 대한 미안함, 아내에 대한 죄책감.

그녀를 안았을 때 나는 소유했다는 것보다 사랑하며 살아갈 날들에 대한 깊은 회열과 두려움을 느꼈다. 결국 사랑해서는 안 될 사람을 사랑하고 사랑해야 하는 사람을 사랑하지 않았던 고통이었다. 그러나 분명한 건 내 안에 그녀가 있고 그녀 안에 내가 있으니 우리는 이제 하나. 새로운 하나의 세상을 만들어 꽃이, 웃음이 넘치는 그 세상 안에서 우리의 진정한 사랑을 키워나갈 것이다.

깨어보니 그녀는 달콤하게 잠을 자고 있었다.

'복숭아. 그 꽃비는 사랑을 부르고 소소한 솜털은 나를 간질이고 그 골은 매력적인 엉덩이골' 그 엉덩이에 키스하고 입술에 키스하고 어제저녁에 그녀가 아침에 보라고 준 편지를 들고 베란다로 나왔다.

이른 아침. 잠에서 깨어나는 호수. 물안개가 짙어 호수의 물이 보이지 않을 정도였다. 짙은 안개가 잡으면 손아귀에서 도망쳤다, 마치 우리의 앞날과 같았다. 명성산에서는 꿩이 '꿩꿩' 울었다.

말해줘요 '아침의 천사'라고

Juicy Newton의 'Angel of the morning'

내 사랑이 당신의 마음을 사로잡을 수 없는데
쇠줄로 팔을 묶은들 무엇하리요
시작은 내가 했는데 누구에게 하소연한들 무슨 소용 있을까?
그렇지만 나는 오늘 집에 가지 않겠어.
내 나이 정도면 하룻밤 정도 새는 데에 지장이 없거든.

그러니 그대여 나를 "아침의 천사"라고 불러 줘요

떠나기 전에 내 볼을 한 번 만져주는 거야

천천히 내 곁을 떠나란 말이야

희미한 아침의 메아리가 우릴 보고

"너흰 죄를 졌어"라고 말한다면

그건 모두 사실 내가 바라는 대로 됐다는 얘기지

우리가 밤의 희생물이 된다해도 그건 내가 알 바가 아냐

사정하지 않을 테니 제발 나에게서 천천히,

천천히 멀어져 가줘

수많은 날을 눈물로 지새울지언정 나는 사정하지 않겠어.

나는 그녀의 볼에 가볍게 키스를 했다. '아침의 천사.' 이제 자기는 나의 천사야. 나를 위해 날개를 접은 귀여운 천사. 방긋 웃는 그녀의 얼굴에서 새벽 호수에 피어오르는 물안개처럼 평온함을 볼 수 있었다.

그녀는 팔을 벌려 나를 또 안았다. 나는 자석에 끌리듯 또 그녀의 몸속으로 들어가 '하악, 하악' 피를 토했다.

─추운 겨울이 오기 전에 잠깐 맞이하는 여름. 인디언 summer─

우리는 일찍 출발해서 올라오는데 라디오에서 최성수의 '해후'가 흘러나왔다.

'사실은 오늘 문득 그대 손을 마주 잡고서,

창 넓은 찻집에서 다정스런 눈빛으로···'

우리는 손을 꼭 잡았다.

"영원히."

"영원히."

목련, 벚꽃, 개나리,

진달래, 철쭉[6], 아카시아.

눈부신 초록의 생명.

장미, 송화, 밤꽃.

"꽃향기는 맡는 것이 아니라 듣는다."

사랑을 찾은 이 봄에 사랑의 눈으로 다시 보게 된 꽃들.

그녀도 많은 갈등을 겪고 있구나. 그녀가 나에게서 멀어지고 싶어 나를 멀리하려고 많은 노력하는구나. 내가 멀어져가는 연습을 해야지. 하지만 나의 노력도 그녀의 사랑 앞에서는 허사였다. 그녀는 많은 갈등을 겪으며 이제는 모든 것을 체념한 채 그냥 우리의 사랑이 목적지 없이 흘러가는 강물처럼 자연스러운 것이라 여기며 더욱더 우리의 사랑에 불을 당기였다.

---

6) 진달래가 지고 난 후 잎과 함께 적갈색 반점이 있는 꽃을 피운다. 철쭉은 독이 있어서 먹지 못하기 때문에 '개꽃'이라 불렀다 함.

또 다른 일상의 시작.

우리는 시간만 나면 사랑을 나누었다. 문뜩문뜩 자꾸만 그녀에게 길드는 내 모습을 보았다. 늘 수동적이고 정신적인 사랑을 추구하던 내가 점차 육체적인 사랑을 추구하고 능동적인 사랑으로 변해가고 있었다. 다음부터는 거리를 좀 더 두고 그녀와 많은 이야기를 나누어 봐야겠다. 그러나 그녀만 만나면 내 다짐은 다 허사가됐다.

"자기야. 우리 사랑 나누러 가요."

"응! 으응 그래."

"왜? 가기 싫어요. 대답이….."

"아냐, 좋아. 그 시간이 얼마나 좋은데."

사실 좋았다. 그녀를 품에 안고 있으면 마음이 평온하고 마치 엄마 품에 안겨 젖을 먹는 아이처럼 마냥 즐겁기만 했다. 그러나 내가 언제까지 내 굶주린 정을 채워 갈 수만은 없었다. 그녀의 장래가 걱정되고 앞으로 우리의 사랑에 대해 정리도 해야 했다.

나는 이렇게 차츰차츰 그녀에게 길들고 있었다. 정신적인 사랑을 추구하던 내가 이제는 하루라도 육체적인 사랑을 나누지 않으면 그녀가 날개를 펴고 날아갈 것만 같고 마치 초등학생이 소풍날이나 운동회 날을 손꼽아 가슴 부풀게 기다리다 비가 와서 연기되었을 때의 그런 기분처럼 집에 오는 길이 허무하고 하루의 일상이 무의미해졌다. —탐구 생활—

그런 다음 날은 우리는 몇 번인가 사랑을 나누었다. 내가 그녀를 만나는 것이 오로지 성적 쾌락을 느끼기 위해서일까? 요즘 들어 그러한 생각이 자주 든다. 나는 우리의 사랑의 길을 잃을까 두려웠다.

나는 지난 여러 번의 경우, 몇몇 여성들을 만나보았지만 내가 이래도 되는가? 도덕적이나, 정신적인 죄책감이 지배적이어서 아내가 아닌 다른 여자와 육체적 관계를 갖는 것에 제약이 많았다.

예를 들어 발기가 잘 안 되든지, 사정을 일찍 한다든지. 그러나 내가 이 사랑을 위해서라면 그 어떤 벌도 감내할 수 있고, 모든 것을 다 잃는다 해도 두렵지 않다는 생각이 들자 더없이 훌륭한 사랑을 나눌 수 있었다.

자기 합리화를 위한 궤변일 수도 있지만, 그동안 정에 굶주린 내가 이성적 판단을 해도, 자기비판을 해보아도 결단코 정답은 하나밖에 없다. '사랑' 그녀의 육체적 신비나, 성욕이나, 쾌락이 아닌 우리가 완전한 사랑을 위한 섹스. 유부남인 나에게는 모순일 수가 있다. 운명은 그것을 운명으로 받아들이는 이에게만 진정한 위력을 발휘한다고 한다.

"자기와 하나가 되는 느낌이 좋아요."

그러면 나는 또 신이 나서 충분한 시간을 가지고 섬세하고 조심스럽게 여러 번 사랑의 행위를 나누었다. 내가 느끼는 감정, 그녀를 사랑하는 감정. 비정상적이고, 일반 상식에서 벗어난 체험. 지극히 그런 체험. 단지 궤도가 약간 벗어났을 뿐, 지금 주어진 현실에서 진정으로 충실이 사랑할 수 있다.

오래전 짝사랑 이후 처음 느끼는 포근함. 상처받아 옹이가 박힌 내 가슴에서 새살이 돋고 있다. 지금 같이 사는 아내와는 사무적이어서 항상 벽에 막혀있다.

투석

낡고 구겨진 바닐라 색 바바리(J—vim). 나뭇잎 떨어진 공원을 걷고 있는 그의 주름진 모습에서 세월의 긴 고독감이 물씬 배어 나왔다. 빛바랜 은행잎처럼.

"오늘도 오셨네요? 일은 안 하세요? 매일 여기 오시네요."

공원 관리인이 말했다.

"매일은 아니죠. 이틀에 한 번이죠."

피식 웃음으로 인사를 대신하고 몸이 피곤해 벤치에 앉았다. 벌써 투석을 시작한 지 1년이 넘었다. '만성 신부전증'으로 이틀에 한 번씩 혈액투석을 하는데 한번 할 때마다 기계(투석) 돌아가는 시간만 4시간. 준비하고 지열하는 시간까지 하면 5시간 정도 소요된다. 처음에는 심적으로 무척이나 황당했었는데 이제는 병원을 간다는 생각 보다는 생활의 일부분으로 받아들이니까 마음이 한결 가볍다.

오늘은 아침부터 무척이나 기분이 가라앉았다. 어제 처가댁에서 장인어른의 말씀이 자꾸 머릿속에서 맴돈다. 당연한 이야기지, 외동딸 가진 아버지로서 당연하지, 하면서도 이내 섭섭하다. 내가 이식을 원하지도 기대하지도 않았는데 왜 이리 섭섭할까. 우물 물 같이 고이는 슬픔.

"혹시 유전이면, 나중에 애가 아프면 그때 이식을 해줘야 한다." 애 아빠, 그러니까 나한테 그렇게 변명하라며 절대 안 되는 일이라며 아내에게 다짐을 받았다. ―살금살금―

그 남자

내 나이 4살 나는 보육원에 맡겨졌다. 내가 고아라는 사실은 한참의 세월이 흘러 초등학교 4학년 때쯤 이해를 한 것 같다. 그전에는 어려서 아무것도 모르고 생활을 했는데 그 당시만 해도 정부의 보조가 넉넉하지 못해서 미국에서 원조품으로 보내오는 우유가루, 강냉이가루, 밀가루, 내지는 라면과 보리밥으로 끼니를 해결했다.

막 끓은 맹물에 소금만 풀어서 밀가루 반죽을 뜯어 넣고 먹는 수제비. 150명분을 한꺼번에 한 솥에 끓여서 떡이 되어서 먹는 라면. 시래기에 둥둥 떠다니는 보리쌀. 떠먹을 건더기도 없이 잠시 식혔다가 후루룩 마시면 끝나는 시래기죽. 양은 많이 부족했지만 어렵사리 의식주는 해결됐기에 다소 배는 고파도 그저 그런 것이려니 하고 유년시절을 보냈다. 그 시절에는 배도 고팠지만, 사랑도 고팠던, 항상 굶주린 시절이었다.

철이 들어 나 자신을 발견했을 때는 벌써 소년이 되어 있었다. 나는 착하고 잘생기고 활동적인 소년이었다. (겉으로만) 성격이 매사에 적극적이고 긍정적이었지만 다른 면으로는 열등감과 어두운 구석이 많았다.

내가 초등학교 다닐 시절엔 연필도 무척 귀했다. 단 한 자루밖에 없는데, 질도 나빠서 잘 부러진다. 수업시간에 받아쓰기 시험을 보면 몇 자는 못 써서 부러진다. 그러면 또 얼른 깎은 다음 받아쓰는데 이미 몇 문제는 지나가 버린 뒤라서 백 점을 한 번도 받지 못했다. —공부도 못했다—

어느 날인가 한 번은 기막힌 일이 벌어졌다. 우리 반 여학생이 연필을 분실하였다고 해서 선생님께서 각자 가지고 있는 연필을 책상 위에 올려놓고 분실했다는 여학생에게 찾아보라고 하셨는데, 바로 내 자리로 와서는 내 것을 집어서 자기가 분실한 연필이라고 하였다. 그 연필은 보육원에서 중학교에 다니는 누나가 쓰다가 몽땅 연필이 되니까 나를 준 것이었는데 그 당시의 신제품인 삼각형 연필이었다.

어이가 없어 화가 치밀었다. 하지만 내가 선생님께 차분하게 그 경위를 설명해 드렸더니 선생님은 그 여학생과 단둘이 면담을 하시고 일을 마무리 지셨다. 그 여학생은 그 당시 시골에 있는 병원 집 딸이었다. 초등학교 졸업 전에 그 애는 서울로 전학을 갔다.

또 한 번은 학교 운동회에 계주 대표를 학급에서 한 명씩 선발하는데 내가 달리기를 참 잘했기에 일등은 내 차지였다. 그런데 때마침 그날이 학교 육성회 모임이 학교에서 있었는데 육성회 회장의 아들이 우리 반 반장이었다. 그분이 그래서 우연히 우리 반 달리기 시합을 관전하게 되었다. 분명히 내가 일 등을 했는데 선생님은 이등으로 들어온 우리 반 반장, 그러니까 육성회 회장의 아들을 학급 대표로 뽑았다. 나는 어린 나이에 상처가 깊었다. 나도 부모님이 살아 계실까? 돌아가셨을까? 내 부모님이 살아 계신다면, 지금 같이 살고 있다면, 이런 식으로 상처받는 일은 없었을 텐데. 그러나 부러움, 외로움, 그런 것은 나에게는 사치였다. 당장 오늘 저녁에 3개월째 먹고 있는 라면 말고 시래기죽이라도 밥알을 씹어 봤으면 하는 것이 내게는 더 큰 문제였다.

그날. 선생님께서는 점심 도시락을 나에게 주셨다. 그리고 20원을 주시면서 크림빵과 단팥빵을 사서 먹으라 하셨다. 그때는 맛있게 잘 먹었지만 왜 크림빵과 단팥빵이어야 했는지 지금까지도 미스터리 '원'이다.

보육원의 큰형들이 축구부에 뽑혔다고 돈을 모아 폼 나는 운동화를 사주었다. 드디어 운동회 날. 달리기에서 운동화를 신고 달려보기는 처음이었다. 그동안 맨발로 뛰었는데 운동화가 어색해 빨리 달리질 못했다. 옆 라인에서 친구가 치고 나가는데 내 머릿속은 운동화를 사 준 형들의 얼굴이 자꾸 떠올라 나도 모르게 옆 친구를 손으로 막고 겨우 내가 1등으로 들어왔지만, 지금까지도 나는 양심의 가책을 받고 있다. 문제는 그날 저녁이었다. 형들에게서 올바른 정신을 갖고 살라며 많은 꾸지람을 들었다.

초등학교 6학년 초겨울 일이다. 나는 축구선수로 활동하고 있었는데 그날은 운동 계획이 없어 빨간 내의를 입고 학교에 갔다가 다른 학교에서 연습 경기를 하러 우리 학교에 와서는 예정에 없던 시합을 하게 되었다. 나는 유니폼을 갈아입어야 하는데 안에는 빨간 내의를 입고 있었으니 탈의실에 갈 수가 없었다. 고민 끝에 나는 화장실에 가서 근근이 갈아입었는데 미처 화장실 문 잠그는 걸 잊어버리고 옷을 갈아입었다. 때마침 친구가 화장실에 들어오다 나를 본 것이다. 그 친구 또한 빨간 내의 때문에 온 것이었다. 그날 이후부터 그 친구와 나는 둘만의 비밀로 한 채 지금껏 가장 친하게 지내고 있다.

빡빡 깎은 머리에 떨리는 마음으로 중학교에 입학했다. 중학교는 교복을 입어야 했기에 상의는 형들 것을 물려서 입고 바지는 군복을 검은 물을 들여 입었다. ―분홍색이면 예뻤을걸 ―

초등학교 때에는 점심에 강냉이 빵이 급식으로 나왔는데 이제는 의무적으로 도시락을 싸서 다녀야 했다. 고민이 생겼다. 밥이 보리밥인데-깡 보리밥- 어찌 그걸 싸서 가나? 나는 생각 끝에 보리밥과 고추장을 반찬으로 싸가지고 가서 도시락에 고추장을 붓고 한참을 흔들면 보리밥이 빨갛게 비벼져서 그렇게 또 점심을 먹곤 했다. 보리쌀이 떨어진 어느 날은 점심으로 강냉이떡을 싸서 갔다. 착한 내 짝은 집이 제과점을 했는데 맛있는 빵을 싸와서는 강냉이떡이 먹고 싶다며 빵과 바꿔 먹자고 했다. 참 눈물이 나게 고마운 친구다.

중학생이 되니 사회를 보는 눈이 좀 더 트고, 자존심 또한 커졌다. 부잣집 아이들이 나한테 친절하게 무엇을 베풀 땐 단호하게 거절했다. 쓸데없이 자격지심에 가진 자들의 위선이라고 생각해서였다. 사실은 그리 큰 것도 아니었다. 작게는 달걀부침 두 개 해 와서 하나씩 나눠 먹자는 것까지도 거절했다. 아무 부담 없이 그냥 자연스럽게 먹을 만도 한데 그동안 내 어린 시절부터 열등감이 많이 자라 있었다. 사람이 가난하게 살다 보면 가질 수 없는 것만 눈에 보이는 것 같다. 다른 아이들의 행복한 모습만 눈에 들어왔다. 내가 보기에는 모든 것이 모순덩어리였다. 남의 행복에 끼어들지 말자, 자기 보호 본능에 안으로는 울타리를 쳐놓고 남이 내 영역을 침범하는 것을 철저히 막아 놨다. 학교 친구들이 친하게 지내다가 좀 더 가까워지고 싶어 내게 가까이 접근하면 나는 반사적으로 뒤로 멀찌감치 물러서서 그들이 다가오지 못하게 담을 쌓았다. 눈에 보이는 행복보다 마음의 행복이 더 소중함을 모르던 때였다.

유유상종이라고 학교가 끝나면 바로 집으로 돌아와 원생들과 재미있게 놀고, 떠들고, 밥 먹고, 뒷산 공동묘지에 올라 뛰어놀고 바깥세상과는 멀리하고 지냈다. 이때부터 나는 죽은 이들이 사는 마을에 익숙해졌다. 묘지 위에 핀 꽃, 연보랏빛 도는 파란색(가슴의 쓰라림)과 흰색의도라지(백지장처럼 맑은 아기들의 마음). 내 마음만큼이나 쓰디쓴 도라지는 내 심장에 심는다.

어쩌다가 같은 반 친구들이 놀러 오면 내 사는 모습이 초라해 그냥 서먹서먹하게 있다 돌려보내곤 했다. 그 친구들은 내 생활이나 환경을 다 이해하고 편한 마음으로 왔을 텐데. 내 열등감에 그런 것 같다.

―축구부가 없어 서운하다―

몸도 많이 컸고, 마음은 조금 큰 상태에서, 고등학교에 올라가니 남녀 합반이었다. 처음에는 어색하고 부끄러웠다. 얼마 후 봄 소풍이 다가왔다. 학교를 파하고 친구들과 집으로 가고 있는데, 저 멀리서 한 여학생이 나를 부르며 뛰어오고 있었다. 다음날 소풍 갈 때 내 도시락을 싸 오겠다고 한다. 같이 있던 친구들은 부러워서 나를 놀린다.

화학 시간이었다. 여선생님께서는 교실에 들어오시면서 바로 내 이름을 부르시며 손들어보라 하셨다. 손은 들었지만, 이유는 말씀하시지 않았고, 다음날 전근을 가셨다. 그 선생님이 왜 그러셨는지 지금까지 미스터리 '투'다.

원내에서 고등학교 제일 큰 형이 되었을 때. 또래의 몇몇 아이들은 적은 돈이라도 벌겠다고 신문도 돌리고 나름대로 아르바이트를 하였다. 많은 아이가 살다 보니 동네에서 싸움도 잦았고 사고도 잦았다. 내가 나서 사과도 하고, 화해도 시키고, 때로는 상대를 혼내주기도 했다. 저녁 식사가 끝나면 학생들을 모두 식당에 모이게 해서 예습, 복습을 시켰다. 원생들의 제일 큰 형으로 내 동생들을 보살피고 교육하는 데 많은 시간을 할애했다. 학교에서 축구부 운동이 끝나면 남는 많은 시간을 동생들을 위해서 그렇게 보냈다. —고등학교에는 축구부가 있어 다행이다—

원장님이 원내 선생님을 시켜, 학교에 가짜 진단서를 체육선생님께 제출해서, 잠깐 운동을 못 한 적도 있다. 원생들을 돌보는데, 내 손이 필요했기 때문이다. 특히 미군이 위문 오면 다급해진다. 체육선생님의 배려가 없었다면 축구를 못할 뻔했다.

훗날 나에게는 그때의 리더십이 큰 도움이 되었다. 이 무렵 사춘기가 찾아왔는데 나는 의지가 강했다. 스스로 문제를 정면으로 부딪쳤다. 어릴 적부터 운동에 소질이 많았는데 특히 축구는 상당한 수준의 실력이었다. 사춘기의 방황과 외로움을 축구로 풀었다.

한 여학생과 친해질 기회가 있었다. 남녀공학에다 남녀합반이었기에 이성에 눈을 뜬 나는 호기심도 많았고 모든 것이 신기해 보였다. 그러나 나는 항시 여학생들도 멀리했다. 의식적인 것은 아니지만 내 성격에 문제가 많았던 것 같다. 원내에도 내 또래의 여자아이들은 없었고 한참 아래 동생들뿐이었다.

어릴 적에도 무슨 단체나 협회가 위문을 오면 같이 놀며 즐기다가 정들만 하면 모두가 떠나 버리고 떠나 버린 그 자리에는 가슴만 뻥 뚫려 빈자리가 더욱더 커지고, 매번 그러한 일들이 반복되니까 이제는 정을 주지 않고 그저 주는 척만 하는 것이 습관이 됐다. 어린 시절부터 그러한 생활이 몸에 배어 남에게 정을 주는 것이 어려웠다. 우선 나 자신을 사랑할 줄 몰랐다. 남을 사랑하기 이전에 나 자신부터 사랑하는 법을 배워야 하는데 어렵다. 정을 많이 받은 사람이 정을 많이 베푼다는데, 그렇지 못했기 때문에 내 마음속에서 자기 보호 본능만 커져 갔다.

유독 한 여학생과 거리감 없이 자연스럽게 가까워졌는데 내가 지금껏 살아오면서 처음으로 느끼는 포근함, 다정함. 부모님의 정이 이러하리라 생각했다. 걷는 것을 좋아해서 몇 시간씩 아무 말 없이 무작정 걷기만 한 적도 꽤 있다. 내가 일부러 삐딱하게 행동하면 그 애는 꼭 엄마가 아기를 달래듯이 나를 감싸 안았다. 남몰래 중3 때부터 피운 담배도 그 애 앞에서는 자연스럽게 피웠다.

"담배는 절반만 피우는 게 건강에 좋다던데."

그애는 끊으라고 말하지 않고 다정하게 이야기해줬다. 그러한 그의 간섭이 너무 좋았다. 담배와 맥주는 미군들이 가끔 봉사활동 나오면 많이 얻는다.

그 애는 소풍을 갈 때도 내 도시락을 꼭 챙겨왔고, 축구부 운동이 끝나면 기다리고 있었다. 중국집으로, 튀김집으로 데리고 다니면서 맛있는 걸 많이 챙겨 주었다. 아침에 학교에 갈 때는 생계란 두 알을 꼭 챙겨 와서 "이것 먹고 운동 잘해" 하고 건네주곤 했다. 무엇보다 그동안 내게 있던 열등감이 씻은 듯이 사라졌다. 그러나 행복은 그리 오래가지 않았다. 학교에 소문이 나고 그 애 집에서 그 일을 알고 그 애는 오빠와 부모님들에게 많은 걱정하는 말을 들은 것 같다. '그래 역시 정이라는 것은 주면 안 돼. 가진 자들의 소유물인 거야.' 하루는 그 애가 학교 뒷산 밤나무 숲으로 나를 불렀다.

"너는 너무 착해. 너를 많이 좋아해. 10년이 지나도, 100년이 지나도 너의 순수함을 잃지 마. 우리 약속하는 거야."

"알았어. 꼭 약속 지킬게."

그애는 잠시 머뭇거리다가 다시 말을 이었다.

"너는 꼭 하얀 광목천 같아. 그런데 내가 무슨 말을 해야 하는데, 그 말이 하얀 광목천에 먹물을 찍는 것 같아 차마 말을 못 하겠어."

그애는 그리 말하곤 울면서 뛰어갔다. 나는 그애의 그런 뒷모습을 보면서 이것이 이별을 고하는 것인 줄도 모르고 영문도 모른 채 돌아섰다. 무척이나 순진했기에. 한참의 세월이 흐른 뒤 그 애가 나를 멀리하는 걸 보고 그 뜻을 알았다. ─자랑이다. ─

산중 절간에서 들려오는 종소리인지, 미풍에 날리는 풍경소리인지, 노란 나비가 힘겹게, 힘겹게 바람을 거슬러 안으로, 안으로 치고 들어온다. 시퍼렇다, 피 솟는 슬픔이다. 등이 가렵다, 날개가 펄럭이려나 보다. '각혈' 두견새가 피 토해 진달래꽃을 피운다. '결핵' 그 이후로 나는 보건소에서 일 년이나 약을 타 먹었다. 잃었으되 잃은 것도 아닌 하늘 바람이다. 눈웃음 끝 촉촉이 젖은 눈망울, 낮달이 차오른다. 어서 오셔요. 나의 축구 인생은 그렇게 끝이 났다. 청소년 시절의 마지막 훈장이 폐에 남긴 문신이다.

그로 인해 나의 외로움은 한없이 반복되고 외딴 자아 속으로 웅크리고 숨는 쪽이어서 이십 대까지는 무색무취로 요약된다. ─어쩌면 핏빛─

친구들과의 놀이도 흥미가 없고, 소풍이나 수학여행도 관심이 없다. 고독보다는 고립 쪽이었다. 뒷동산에 올라가 호기심 어린 눈으로 묘지들을 하나하나 쫓으며 신비로운 사연들을 하나하나 상상력을 동원하면. 죽은 이들이 사는 마을에 대해 작은 정령들이 이야기해준다. 바람에 날리는 꽃씨들이 햇살을 받으면 반짝이는 요정으로 변한다. 묘지 위에 핀 도라지를 뽑아서 졸졸졸 노래하는 옹달샘에 뽀드득뽀드득 흔들어 씻고, 고추장에 찍어 막걸리 안주 삼아 씹어 삼키면 가슴에 쓰라림이 한 송이 꽃을 피워낸다.

이후 아무 일 없이 그저 그렇게 학창 시절이 흘러 졸업을 했다. 특기생으로 대학 진학은 못 하고 취직을 해야만 했다. 외모가 뛰어났고 성실해 보인 덕에 청계천에 쉽게 취직을 했다. 점원 또는 '꼬마'라 불리었는데 첫인상이 좋았다고 했다.

이것은 내 인생 일대 전환점의 시작이었다. 사회 구성원으로서 본격적인 인생의 시작이며 의식주의 해결에서 홀로서기의 시작이었다. 그저 야망이나 계획은 없었다. 당시 규정이 고등학교를 졸업하면 보육원을 나와야 했기에, 단지 먹고 살기 위해 내가 일할 수 있는 것이 있다는 것만으로도 만족하며 주인의 마음에 들어 오래도록 일할 기회가 주어진다면 그것으로 만족했다. 장래성이나 작업환경 같은 그런 것은 생각지도 못하고 그저 열심히 최선을 다해 일할 뿐이었다.

그래도 긍지와 자부심은 대단했다. 항상 주인의식을 갖고 제일 먼저 출근해서 맨 마지막으로 뒷정리 다 하고 퇴근했다. 사실은 내 성격과는 거리가 먼 직업이었는데, 기계부품 도, 소매업이다. 내가 내성적인 성격이어서 잘 이겨낼지 걱정이 되었다.

　우선 당장 숙소가 문제였다. 그래서 방은 보육원을 먼저 나온 형의 집에 얹혀살면서, 당장은 아침저녁으로 밥 지어 주고 빨래도 해 주면서, 염치없이 점심값도 아까워서 도시락까지 싸서 가지고 다녔다. 아침에 출근할 때는 점심 도시락과 토큰 2개 달랑 가지고 즐거운 마음으로 집을 나섰다. 어쩌다 친구가 찾아오는 날에는 밥 한 끼 살 돈도 없고 어디 재워 줄 곳도 없어 할 수 없이 형네 집에 가서 밥을 지어 대접하고 좁은 방에서 서로 끼워 자곤 했다. 그 형에게는 늘 미안했다.

　운전 면허증을 따기 위해 필기시험에 합격한 나는 코스시험을 봤는데 S 코스에서의 일이다. 코스를 다 빠져나온 나는 기어를 중립에 놓고 사이드 브레이크를 당겨놓고 대기하고 있었다. 그 순간 어디선가 내 이름을 크게 부르며 아직은 빠져나오지 않았다고 방송을 했다. 시간제한이 있어 바삐 기어를 넣고 빠져나왔지만, 이 또한 지금까지 미스터리 '쓰리'다.

　나는 2년 만에 독립했다. 조그만 월세방—쪽방—을 얻어서 자취했다. 이제는 친구들이 와도 편한 마음으로 집으로 데리고 가서 밥도 해 먹고 술도 한잔하곤 했다. 밖에서 밥 먹고 술 먹고 하는 것은 생각도 못 했다. 돈 한 푼이 새롭기 때문이었다.

　여자친구들이나 여자 후배들이 오면 밖에서 라면 300원짜리 사먹여 보냈다. 떡라면이 350원이었는데… 그 50원이 아까웠다.

일하는 시간에도 남들보다 몇 배는 더 열심히 했고 아무리 힘들어도 즐거운 마음으로 웃음을 잃지 않았다. 군대는 고아이기 때문에 면제가 됐고 4주 기초 훈련을 받았다. 나는 무엇보다도 '나' 자신을 잃지 말자는 각오를 단단히 했다. 원래 청계천 장사를 하다가 보면 말이 트이고 '꾼', 장사꾼이 된다고들 하지만 순수한 내 마음만은 꼭 간직하고 싶었다. 시골에 있는 내 여자친구와도 약속했었기에 그것만은 꼭 지키고 싶었다.

나는 열심히 일하고 알뜰하게 생활한 끝에 강남구 논현동에 있는 조그마한 전셋집을 장만하고 결혼도 하였다. 바보 온달이냐며 친구는 반대를 많이 했다.

처음으로 가정이라는 울타리 안에서 내 아내가 해주는 밥에, 아내가 빨아주는 옷에, 이제는 나 혼자가 아닌 가정이라는 울타리 안에서 때로는 기대고 때로는 기대어주면서, 그렇게 익숙해지면서 생활하기를 기대했다. 나는 남을 사랑하는 법을 빨리 배워야 했다. 나를 버리고 상대를 배려해야 결혼 생활이 원만하다고들 말했다. 나 자신은 최선을 다해 노력했지만, 그것은 내가 알고 있는 범위 내에서의 최선이지 전부가 아니었다. 하나에서 열이 있는데, 내가 알고 있는 것이 하나에서 다섯이라면. 최선을 다해야 다섯까지 뿐이다. 그 나머지 열까지를 생활하면서 하나하나 개선하려고 많은 노력을 했다. 정상적인 가정에서 자라온 내 아내는 내가 자라온 환경을 이해하기보다는 내 노력 그 이상을 항상 원했다. 시간을 두고 하나하나 개선해 나가면서 모자라는 부분을 채워 주면서 원해야 하는데 무척 성급하게 많은 것을 요구했다. 가정이란 것이 어머니 품속이 그리워 학교가 끝나면 달려오는 초등학생의 마음처럼 포근하고, 마음의 고향처럼 그려왔던 나에게 너무 한꺼번에 많은 것을 요구하니까 가정에 대한 실망과 허무 속에서 나의 노력은 갈 길을 잃었고 언제부터인지 마음의 문을 닫아두기 시작했다. 이때부터 우리 부부는 보이지 않는 벽이 쌓이고 있었다. 명품만을 찾는 아내와 취향이 서로 맞지 않아 생활용품부터 화장품, 옷, 그 밖에 내 것은 모두 내가 직접 샀다. 팬티, 양말까지도.

사회에 첫발을 내디딘 지 10년. 그동안 나는 나의 사장님으로부터 많은 부분 길들어 있었다. 정확히 말해서 나는 경영자 수업을 착실하게 받았고. 보육원에서의 백여 명 동생들을 리드하던 경험이 자연적으로 내 몸에 배어 있었다. 무엇보다 그분한테 장사꾼보다는 사업가 기질을 배웠고, 투기보다는 투자를 하는 방법을 배웠다. 그분은 장소를 옮겨 시 외곽에 큰 빌딩을 지어 주식회사를 차리셨고 기존에 있던 가게와 사무실을 내가 인수했다. 물론 권리금과 인수금은 확실하게 계산했다. 내 아내는 그분의 외동딸이다.

일은 뜻밖에도 술자리가 많았다. 거래처 접대도 많았고 직원들이 다 가족처럼 좋았지만. 나 자신 혼자 결정해야 할 일들이 많았다. 주로 거래처 납품은 외상이기 때문에 직원들이 결정을 못 내리면 내가 선택을 해야 하기 때문이다. 그러니까 금전적인 면에서는 철저하게 혼자 해결을 해야만 했다. 스트레스도 많이 쌓였다.

─지금 생각을 해보면 돈 버는 것이 인생에서 제일 쉬웠다. ─

거래처 접대가 없는 날에는 자연히 혼자서 술 마시는 날이 잦았다. 주로 대학로 근처에 있는 조용한 카페가 내 단골집이었다. 시끄러운 것을 싫어해서 일부러 재즈가 흐르는 조용한 곳을 찾아서 단골로 이용하였다. 언제부터인지 못 보던 대학생이 아르바이트하고 있는데 몰래 나를 훔쳐본다. 착각인가? 어디서 본 듯하다. 그녀에게서 연분홍색이 보인다.

이 무렵 몸에 약간의 이상이 왔다. 혈압 때문에 벌써 2년째 병원에서 한 달에 한 번씩 진찰을 받고 약을 타서 먹고 있다. 고혈압이었다. 운동 잘하고, 술 담배도 줄이고, 몸 관리 잘할 때는 약을 안 먹어도 조절이 잘되는데, 그동안의 내 생활이 긴장과 스트레스의 연속이었다. 혈압이 높으니 입원해서 정밀 검사를 받자고 의사 선생님께서 말씀하셨지만 무시했다. 의사 선생님 말씀을 그리 크게 생각하지 않았다. ─왜? 나는 건강하니까─ 술과 담배를 끊으라고 하셨고 커피도 마시지 말라고 하셨다. 하지만 16살부터 배운 술과 담배를 쉽게 끊을 수가 없었다. 일요일 조기 축구에 나가면 아직은 쌩쌩하게 달릴 수가 있었다. 끊으려는 노력도 하지 않았다. 이 중에 무엇 하나 끊으면 내게 사는 재미가 없을 것 같아 가볍게 받아들이고 약만 꾸준히 먹었다.

담배의 용도는 다른 곳에도 있었다. 밖에서 혹시 데이트가 있는 날에는 집까지 가는 자동차 안에서 창문을 꼭 닫고 담배를 쭉쭉 빨아 내 몸에 묻은 여인의 향기를 지운다. 효과가 있다.

그 당시 나는 전철도 잘 못 탔었다. 지하로 들어가면 숨이 막혀 가슴이 답답했다. 그래서 자가용을 이용하지 않는 날에는 늘 택시를 이용했다. 아마도 작은 울타리 안에서 오랜 세월 구속을 당하며 자라온 환경 때문인가 생각했지만, 혈압 때문이라고는 생각하지 못했다. 이때의 소홀함이 나중에 큰 화를 불러올 줄도 모르고 몸을 너무 아끼지 않았다. 젊어서 고생은 사서도 한다는데 이까짓 것쯤이야 피식 웃음이 나왔다.

카페의 그 대학생 느낌이 좋다. 서구적인 느낌인데, 내게 있는 슬픔이 많이 보인다. 왠지, 그녀에게는 마음을 열 것 같은 예감이 든다. 같이 살고 있는 아내에게조차 닫혀있던 내 마음을.

"비가 많이 오네요, 제가 택시 잡아 드릴게요."

우리 2

우리

당신이 있어 이 세상이
이토록 아름다운 것을
당신은 알고 계시는지요.

아침에 떠오르는 태양도
당신이 있어
더욱더 찬란히 빛나는 것을요.

저녁에 지는 산 너머의 노을도
당신이 있어

더욱더 아름답게 수놓는 것을요.

이제 우리의 일상은 우리가 만들어낸

'우리'라는 속에서

아름답게 키워질 것을요.

하루는 점심시간에 전화가 왔다.

"자기야. 나 회사 근처인데 점심시간 괜찮으면 맛있는 것 좀 사줘요."

"알았어. 금방 갈게."

가볍게 스킨, 로션만 바르고 생전 화장을 안 하던 얼굴에 진한 화장을 하고 양장까지 입었다. 그녀의 한층 성숙한 모습에 사뭇 놀랐다. 분홍색 날개를 달았다. ─선녀다

"웬 화장에, 옷차림까지?"

"왜요? 잘 어울려요." 그녀가 어색해하며 '헤헤' 웃는다.

"어제 엄마하고 아버지께서 오셨어요. 여기서 혼자 고생하며 인생 수업 다 끝냈으니 미국으로 들어오래요."

순간 가슴이 철렁했다. 손이 떨리고 눈이 아른아른했다. 내가 어릴 적 시골버스를 타고 비포장도로를 달릴 때, 그 멀미. 예전에 결핵에 걸렸을 때 흘리던 식은땀, 산중 절간에서 들려오는 종소리, 미풍에 날리는 풍경소리, 나는 토하려 한다.

"저 그래서 오늘부터 준비할 거예요."

말문이 막혔다. 아니 숨이 막혀 말이 나오질 않았다. 갑자기 주위가 빙빙 돌아 정신을 차릴 수가 없었다. 머리를 둔기로 세게 한

대 맞은 것 같다.

"자기 얼굴이 왜 그래? 왜 이렇게 빨개요? 이 식은땀은 또 뭐고?"

그녀의 말도 멀리서 들려오는 음악처럼 좀처럼 가닥을 잡을 수가 없었다. 혈압이 많이 오른 것 같다.

"아니야, 아니야, 내가 농담 한번 해본 거예요. 부모님이 오신 것도 미국으로 들어오라는 것도 사실이지만 난 안 가기로 했어요."

하지만 아직도 마음이 진정되질 않고 마음이 안 놓였다. 그녀는 나를 품에 안고는 어루만진다.

"체인점을 내려면 내가 필요하지만, 아직 학생이라 시기를 조금 미룰 테니 열심히 공부하라 하셨어요." 그녀는 손사래를 친다.

"내가 밝은 모습으로 한국의 경제 상황 등 많은 이야기를 나누었어요. 엄마, 아빠가 긍정적이고 밝아진 내 모습에 매우 흡족해 하셨어요. 특히 아빠가요."

"여기 맥주 한 병만 주세요."

"오늘 엄마가 인생 공부 그만하면 됐다고 아르바이트 그만하라고 통장에 돈도 많이 넣어 주셨어요. 아버지도 예전 같지 않고 자상하게 대해 주셨어요. 내 밝은 모습을 보고 보너스로 아파트도 한 채 사주셨고, 소형차도요. 이번에 미국 들어가시면 한동안 한국 나오기가 어려울 것 같다 하시며 졸업하면 바로 미국 들어올 수 있게끔 평소에 준비 작업을 잘하라 하셨죠. 이 모든 것이 자기 덕분이에요."

나는 이제야 겨우 정신을 차릴 수 있었다. 단숨에 물 두 컵을 비우고는 그래도 진정이 되질 않아 연거푸 맥주 한 병을 다 비우고서야 겨우 진정이 됐다.

"자기 그렇게 놀랐어요? 미안해요. 그냥 자기가 나를 자꾸 멀리하려는 것 같아 놀려주려 했는데. 미안." '쪽'

그녀는 계속 내 얼굴을 어루만지면서 나를 달래주었다.

"자기의 말이나 행동이 처음 같지 않고 많이 신중해지기 시작했고, 나에게 깊이 빠져들지 않으려고 한 발 두 발 거리를 두기 시작했어요. 그거 아세요."

"너무나 갑작스럽게 당해서 정신이 하나도 없네. 자기 또 그렇게 놀리면 나 심장마비 일으킬지 몰라."

"무슨 남자가 그래요. 나 떠나면 다른 여자 사귀면 되죠. 날라리님."

말은 그렇게 하고 있지만, 그녀의 얼굴은 만족스러운 표정이 역력했다.

"그러니까 있을 때 잘해요. 농담이고요. 시간만 되면 바쁘게 일어서는 자기를 보면서 아주 조금만이라도 더 같이할 수 있는 좋은 방법이 없을까 생각했어요."

처음이다. 이런 말. 헤어지는 일에만 생각하고 사랑을 저울질한 나 자신이 부끄러웠다. 나는 그녀에 대한 우리들의 불확실한 미래로 항상 미안하고 죄책감에 마음이 아팠지만. 다른 한편으로는 신이 주신 내 생에 최고의 선물이라고 생각하며 늘 감사하고 있다. 내가 태어나서 여기까지 오는 과정이 고난의 연속이었기에 신께서 그 보상으로 사랑이라는 선물로 그녀를 내게 보내주신 것이라 믿었다. 우리라는 울타리 안에서 아름답게 승화시킬 것이다,

　지금껏 내가 살아오면서 가면을 벗은 일이 없다. 항상 가면의 인생을 살면서 가면 속의 나를, 내 모습을 한 번 도 세상에 내보인 일이 없다. 이제는 가면을 홀홀 벗어 던지고 진정한 내 모습으로 그녀를 진실로 사랑해야 한다. 어느 방패도 뚫을 수 있는 창과 어느 창도 막을 수 있는 방패. 서로 모순이다. 유부남인 내가 그녀를 진실로 사랑해야 하는 것 역시 모순일 수 있지만 오페라의 유령처럼 가면을 쓰고 하는 사랑이 아닌 내 민낯으로 사랑하리다.

　"저요. 오늘부터는 아르바이트도 안 나가요."

　"잘됐다. 늘 마음에 걸렸는데. 이제는 학업에만 치중해. 우리 저녁에 수영 다닐까?"

　"싫어. 그 시간에 자기랑 단둘이 있는 게 더 좋아요."

　마음이 어느 정도 진정이 되자 우리는 밥을 먹고 후식으로 커피를 마셨다. 그녀는 헤이즐넛을 즐겨 마셨다.

　"자기야. 이제는 점심에도 자주 만나고 저녁에도 일찍 만날 수 있어서 너무 기뻐요."

　"나는 무엇보다 자기 아르바이트를 안 한다니까 마음이 놓여. 늘 그게 마음에 걸렸는데. 인생수업은 잘 끝난 거야? 그런데 아파트는 어디에 구했어?"

　"강남이요. 짐 정리 다 하고 예쁘게 꾸민 후에 같이 가요. 인생수업은 자기한테 배우고 있잖아요. 한국 경제, 기타 등등."

"강남이면 학교가 멀어졌네."

"학교는 멀지만 자기네 동네하고는 가깝죠. 차도 있고요."

그래 그녀는 모든 걸 나에 대한 배려에서 생각하고, 말하고, 행동했다. 평소에 내가 늦은 시간 허둥지둥 집으로 향하는 걸 보고 편안한 마음으로 만나길 바랐나 보다.

유부남임을 알고 반쪽 사랑이라는 그 사실을 감수하면서 선택한 사랑이기에 부담을 주지 않으려 많은 배려를 해주었다. 그러나 그녀도 여자이기에 좀 더 오래도록 가능하면 밤새도록 같이 있고 싶은 마음이 간절했을 것이다. 아니 어쩌면 그녀는 매일같이 내 남자임을 확인하고 또 조금이라도 더 같이 있고 싶은 생각에 나를 품에 안고 육체적인 사랑을 했는지도 모른다.

"콘돔 끼지 말고, 나. 아기 가질까? 콘돔 끼고 하는 거 싫은데."

요즘 들어 그녀가 사랑을 나눌 때마다 늘 하는 이야기다.

강릉 경포대 경포 호텔. 가족 여름휴가를 왔다. 낮에 해수욕장에서 뛰어놀아서 피곤했는지 아이는 저녁을 먹고 일찍 잠이 들었다.

아내와 나는 베란다에서 검은 바다를 보고, 파도 소리를 들으며, 맥주를 한 잔 마시고 부부관계를 맺기 위해 침대에 누웠다. 한참 절정에 이르자 아내가 말했다.

"콘돔 챙겨 왔어요?"

"그냥 해. 콘돔 없어."

"안 돼요,"

"그럼, 어떡해."

"안 돼요. 지금 배란기예요."

"그럼. 아이 하나 더 낳으면 되지."

"안 돼요." —앙칼지다. —

아내와 나는 실랑이만 벌이다 홍이 다 깨졌다. 음.

"나. 올라가면 바로 수술할 거야."—완벽한 알리바이—

검은 바다가 그들 눈앞에 펼쳐졌다.

　그녀의 아파트는 참으로 예뻤다. 마치 만화 속 궁전처럼—인어 공주가 사는— 꾸며 놓았다. 내가 휴가 간 사이에 지루함을 달래기 위해 꾸민 것 같다. 그녀를 아는 내 친구와 셋이서 집들이를 마치고, 내 친구는 약속이 있다고 먼저 나갔다.

　"자기야. 샤워하고 이 옷으로 입어요."

　그녀는 언제 마련해 놓았는지 잠옷과 필수품들, 화장품과 양말, 팬티까지 내가 지금 쓰는 것과 같은 것으로 모두 준비해 놓았다. 언젠가 '양말과 팬티까지 내가 직접 사는걸' 하는 말을 듣고 마음 놓고 자기 취향대로 샀다고 했다. 나는 지방 출장도 자주 다녔고, 거래처 경조사에 다 참석을 하다 보니 집에 못 들어가는 날도 많았다. 가끔 여기서 밤을 지새워도 의심받지 않고 밤새 사랑을 나눌 수 있을 것 같았다. 그러나 그녀는 웬만하면 나를 꼭 집으로 보냈다. 특히 토요일, 일요일에는 무슨 일이 있어도 가족과 함께하라고 전화를 하지도 받지도 않았다. 그러나 평일에는 시간만 있으면 만나곤 했다. 그렇다고 일에는 지장을 주지 않으려 애썼다. 항상 내가 하는 일이 우선이고 그다음이 우리들의 사랑이라고 말하며 시간을 같이할 때면 안타까운 마음을 감추고 내 일에 지장이 없도록 조심스럽게 쪼개 썼다. 수업이 없는 날에는 점심시간에 만나서 점심을 빨리 끝내고.

"우리 사랑 나누러 갈까요? 예쁜 이름의 모텔을 봐두었는데."

"자기 말대로 한 달 후부터는 이제 콘돔 안 끼고 해도 돼. 나 수술했어."

그러나 그녀의 반응이 내 생각과는 다르게 침울한 표정이다.

자주 있는 일은 아니지만, 점심에는 모텔에서 짧게, 저녁에는 그녀의 아파트에서 여유 있게 서로의 사랑을 확인하면서 뜨거운 사랑을 나누었다. 특별한 일이 없는 한 우리는 그녀의 아파트에서 거의 매일 사랑을 나누었다. 수술 후 더욱 잦아졌다.

거래처가 있는 공단으로 가다 보면 외곽지역에 뱀탕을 하는 곳이 있었다. 정기적으로 챙겨 먹었다. 그녀를 위해서. 일 년에 봄, 가을에 한 번씩. 한 번 먹을 때 일주일씩 먹는다. 그래야 집에서도 충실할 테니까.

—완전 범죄—

삼각관계

얼마 남지 않은 그녀의 졸업 선물을 사주기 위해 우리는 잠실 롯데월드로 쇼핑을 가려다, 압구정동 현대 백화점 쪽에 약속이 있어서 현대 백화점에 갔다. 쇼핑을 마치고 손에는 물건을 잔뜩 들고 주차장으로 향하는데 뒤에서 누군가 나를 부르고 있었다.

"오빠"

"어! 너"

그 애는 시골 학교 2년 후배였다. 옛날에 서로에게 좋은 감정이 있었는데 그 애가 결혼한 후에 헤어져서 오랜만의 재회였다.

"자기야. 차에 먼저 가 있어. 내 곧 뒤따라갈게."

그녀를 먼저 보내고 우리는 잠시 커피숍에서 차를 마시며 명함을 주고받았다. 마음속으로는 많은 이야기를 나누고 싶었지만, 그녀가 기다리고 있기에 나중에 전화해서 한가롭게 이야기 하고 싶었다. 다른 마음은 없었고 그냥 시골 동생으로 그동안 살아온 서로의 이야기나 나누어 볼 생각이었다.

"자기 벌써 와요?"

"응. 그 애도 바쁜 시간이고 나도 자기가 기다리니까."

"누구예요? 근사하게 생기셨던데."

"학교 후배. 시골에서 우리 동네에 살았는데 아주 오랜만이야."

"그런데 이렇게 일찍 와요. 이야기 좀 나누다 오지."

"서로 인사하고 뭐 특별히 할 말도 없고 해서."

그녀는 고개를 갸웃거렸다. 명함을 주고받았다는 말은 하지 않았다. 사소한 일이지만 괜한 오해는 받고 싶지 않았다.

"그분 참 멋쟁이에요."

우리 자기가 자꾸 신경이 쓰이나 보다.

며칠이 지났을까.

하루는 밖에서 일을 보고 있는데 전화가 왔다. 얼마 전에 만난 후배였다. 기쁜 마음에 아무 생각 없이 얼른 저녁 약속을 해 놓고 전화를 끊고 나니 그녀가 생각났다.

"잠옷이 무척 예뻐서 샀어요. 오늘 일찍 끝나면 바로 오세요."

낮에 그녀가 전화한 것을 깜박 잊고 있었다. 할 수 없이 그녀에게 거짓말을 해야 했다. 아내에게는 거짓말을 자주 했지만, 그녀에게는 지금껏 사귀어 오면서 서로가 거짓말을 한 적이 한번도 없었다. ―첫 경험만 빼고― 서로가 신뢰하고 진실해서 지금껏 우리의 관계가 유지됐는지 모른다.

'다시는 거짓말 하지 않겠다.' 나는 다짐했다.

"자기야. 나 오늘 거래처 접대를 하거든. 미안하지만 일찍 밥 차려 먹고 공부 많이 해. 잠옷은 내일 입어볼게."

"알았어요. 그렇지 않아도 나 때문에 일을 많이 못 하지 않나 항상 미안해하고 있었는데. 걱정하지 말고 일 잘 봐요. 직접 접대를 하는 걸 보니 중요한 자리인가 본데 무리하지 마시고,"

그녀를 만나면서 거래처 접대, 출장, 경조사는 특별한 경우 이외에는 영업부장이 맡고 있다.

"오빠. 여기." 약속 장소에 후배가 먼저 나와 있었다.

"일찍 왔네."

"여기 내 단골집이야."

"그래? 그동안 하나도 변하지 않았네. 아직도 미모는 여전하고."

"오빠는. 이 눈가의 주름 좀 봐."

그 애는 나이에 맞지 않게 아직도 예쁘고 어려 보이는 것이 나이를 곱게 먹고 있다. 후배와 나는 식사를 하면서 와인을 마시고 많은 이야기꽃을 피우며 시간 가는 줄 몰랐다.

"오빠. 그런데 먼저 그 멋쟁이 아가씨는 누구야?"

"응. 처제." 자신 있게 그녀는 나의 '연인'이라고 말하지 못해서 씁쓸했다.

"오빠. 이 근처에 괜찮은 술집이 있는데 시간 어때?"

"그래 괜찮아, 그리로 가자."

마음 한구석 불안한 마음이 있었지만, 오늘 하루쯤이야 하면서 자리를 옮겼다.

"오빠 술 잘 마셔?"

"그냥 그래. 남들 먹는 만큼 마셔."

"그럼 양주로 할까? 여기요."

후배가 자주 다니는 단골집인 것 같았다. 들어설 때 종업원들이 대하는 태도며 술과 안주를 시키는 모습이 낯설어 보이지 않고 매우 익숙한 솜씨였다.

"그래, 결혼 생활은 어때."

취기가 조금 오르자 아까부터 묻고 싶었던 말들이 술술 나왔다. 언젠가 친구한테 결혼에 실패했다는 이야기를 들은 적이 있어 조심스러웠다.

"아이는?"

"결혼은 한번 했는데 이혼했어. 아이는 없고."

"그랬구나." 괜한 걸 물어본 것 같아 겸연쩍었다.

"처음에는 힘들었는데 지금은 괜찮아. 하는 일도 자유롭고."

"그렇다니 다행이다."

"오빠도 애정 문제로 골치 아픈 일 있으면 나한테 이야기해. 내가 그 방면으로는 이제 박사가 됐어."

"옛날에 라면만 사 주어서 미안해. 그때 그냥 라면은 300원이었고 떡라면이 350원이었는데. 그 50원이 아까워 그냥 라면만 사 주었는데. 그래도 맛있게 먹어 주어서 정말 고맙고, 미안했어."

지나간 팝송이 흘러나오는데 귀에 익은 목소리다. Neil Sedaka의 'YOU Mean Everything to Me.' 후배가 예전에 선물한 LP판에 들어있는 곡인데 미리 부탁했었나 보다. 순간 뭔가 실마리를 풀 수 있을 것 같은 훌륭한 계획을 떠올리며 더 많은 이야기를 나눈 것 같은데 기억이, 기억이… 나질 않는다. 눈을 떠 보니 낯선 침대에 후배와 둘이 모두 벗은 채 누워 있었다. 그동안 술을 많이 마셔도 한 번도 실수가 없었고 기억 못 할 정도로 정신을 잃은 적이 한 번도 없었는데. 그녀와 같이하는 동안 술을 많이 안 마셔서 약해졌나 보다 생각했다.

"여기가 어디야?"

"내 집이야, 오빠."

"어떻게 내가 여기에?"

"어제, 오빠. 많이 취했어. 술집에서 이야기하다 'You Mean Everything to Me' 노래가 나오니까 따라 부르다 잠이 들어 택시기사 아저씨가 투덜투덜하면서 여기까지 데려다주고 갔어."

술을 거래처 사람들하고 항상 긴장하고 마시다 뭐처럼 편한 상대와 마시니까 긴장이 풀려서 너무 과음했나 보다.

"그래도 샤워하라니까 벌떡 일어나서 샤워하던데."

"그랬어?"

"샤워뿐인 줄 알아. 오빠 힘이 여전히 대단하던데."

"힘? 무슨 힘?"

"기억이 전혀 없어? 이것 봐."

후배가 가리키는 곳은 젖무덤이었다. 그곳은 온통 빨갛게 멍들어 있었다.

"여기도."

후배가 가리키는 곳은 목선이었다.

"내가?"

"그래 오빠가. 나 어젯밤 죽는 줄 알았어. 무슨 힘이 그렇게 좋아. 뱀탕 먹었어?"

"그랬구나."

"내 칫솔이 안 보이네 하면서 한참을 찾던데."

"헤헤. 그랬어.

내가 아는 후배의 입에서 이러한 말들을 예전에는 한 번도 들은적이 없는데, 역시 나이는 못 속이나 보다. 예전에는 마냥 수줍어하더니 이런 야한 말들이 아주 스스럼없이 나왔다. 내가 어제저녁무슨 생각을 떠올렸는지, 후배와의 잠자리가 어렴풋이 떠오르다이내 또렷하게 기억이 났다.

내가 그동안 어느 순간부터 잊고 있었던 죄의식. 그녀와 있을 때는 잊고 있었는데. 후배와 밤을 새우고 나니, 나는 그녀와 아내에대한 죄의식이 들었다. 그 순간에도 이상하게 아내보다는 그녀에게 먼저 미안한 마음이 들었다. 그 애가 아침 해장국이라고 콩나

물에 김치를 넣은 국을 끓여 주어서, 먹고 회사에 출근했다. 사무실에서 열심히 일을 보고 있는데 전화가 왔다.

"자기야. 보고 싶어. 어제 술 많이 마셨어요?" 가슴이 뜨끔했다.

"응. 조금."

"해장국은 드셨어요?"

"대구탕 한 그릇 사 먹었어."

"오늘은 몇 시에 끝나요?"

"일찍 끝내고 전화할게."

"안녕."

"안녕."

그 이후에도 짬짬이 후배와의 몇 번의 만남이 이어졌다. 이번에는 꼭 부탁해야지 하면서도 쉽지가 않았다. 정말 말하기가 힘들었다. 하루는 저녁을 먹으며 술을 적당히 마시고 근처에 있는 후배의 집에서 커피를 마신 후 관계를 맺었다. 후배는 그녀와는 다른 완숙한 느낌이 있었다. 스스로가 수위를 조절해 가면서 끝없이 오랜 시간 절정을 즐길 줄 알았다. 나는 후배에게 마음 깊이, 아주 정중하게 부탁했다. 꽤 조심스럽게. 그녀에 대한 나의 사랑의 깊이가 얼마인가 이야기를 해주고, 지금의 내 심정을 있는 사실대로 털어놓았다. 남자친구보다는 후배가 같은 여자 관점에서 좋은 해결책이 있으리라 생각해서였다. 나보다는 그녀를 위해서 도와 달라

고 했다

"그 아가씨 미국으로 들어가면 나하고 계속 사귀는 거야?"

"미안해. 지금은 그일밖에 다른 생각할 마음의 여유가 없어."

"농담이야. 걱정하지 마. 나 쿨한 여자인 거 몰라?"

"진심으로 고마워."

이제 그녀는 대학을 졸업하면 전공(경영학)도 살려야 하고, 그녀 인생을 살아야 한다. 사랑하는 나로 인해 접어 두었던 날개를 활짝 펴고 멋있는 인생을 살기를 바랐다. 그 바람은 오래전부터 나의 생각이었다. 그녀는 졸업하면 마트 체인점을 하거나 또는 공부를 더 하기 위해 미국으로 들어간다고 하더니 미국행도 포기하는 것 같았다. 나는 가슴 아픈 일이지만 그녀를 진정 사랑했기에 후배의 도움을 받아 자연스럽게 그녀를 날게 해주고 싶었다.

잦은 거래처 접대에 이상함을 느낀 그녀가 말했다.

"당신은 나에게는 온 세상이에요. 그동안 우리가 서로 신뢰와 진실 하나로 여기까지 왔는데 언제부터 우리가 거짓말을 해야 하는 사이가 됐죠? 솔직히 있는 사실대로 이야기해 보세요. 일전에 만났던 그 후배가 맞죠?"

못을 하나 박아놓고 질문을 했다. 아내는 그녀와 함께한 5년 동안 단 한 차례도 의심이 없었는데, 그녀는 단 몇 번의 후배와 만남을 바로 눈치를 챘다. 그녀는 매우 실망한 눈치였다. 나는 그동안에 있었던 후배와 만남을 솔직히 이야기하고 다시는 만나지 않을 것을 맹세했다. 내 계획과는 다른, 너무 빠른 상황이지만 어쨌든 일이 터졌다. 후배에게는 정황 설명을 하고 정말로, 정말로 미안하다 사과를 했다. 그날 이후 후배와는 정말로 만나지 않았다. 후배의 도움도 받기 전에 그녀가 눈치를 챘다. 그때는 이미 우리의 신뢰와 믿음이 깨진 뒤였다. 처음 시작이 이미 유부남임을 알고 그것을 인정하고 5년 동안 그 남자에 대한 정열적인 사랑 하나로 살아온 그녀에게는 쉽게 용납이 되질 않았을 것이다.

"내가 당신을 사랑할 때, 유부남임을 알고 그 사실을 인정하고 당신을 사랑했어요. 당신의 반쪽만이라도 진실 하나로 만족할 수 있었어요. 그러나 그 반쪽의 또 다른 반을 다른 사람에게 빼앗긴다는 사실은 나를 비참하게 만드네요."

"미안해. 할 말이 없어."

"내가 당신을 위해… 같이 밤을 지새우고 싶고 토요일, 일요일. 늘 같이 있고 싶었지만 내 욕심을 버리고 당신을 위한 배려에서 집으로 보내드릴 때의 내 심정을 알고 계세요?"

정말 할 말이 없었다. 그러나 이때까지만 해도 내가 의도하는 대로 그녀가 나를 미워하는 마음이 싹 트고 있다는 생각을 했다.

"당신의 반쪽은 인정하고 반쪽 사랑으로도 만족하지만, 그 반쪽의 또 반을 잃는다는 것은 전부를 원하지 않았던 내 사랑이 이젠 전부가 아니면 차라리 내 사랑의 끈을 놓고 깊은 수렁에 빠져 버리는 것이 덜 힘들 거예요. 처음에는 미칠 듯이 힘들고, 괴롭고, 외롭고…. 하지만 세월은 흐르니까요. 아니 우리가 어디로든 흘러가겠죠. 그래도 당신을 잊지 못한다면 잠을 자죠. 아주 깊은 잠이요."

그날 밤 그녀는 내 품에 안기어 한없이, 한없이 울었다. 그동안의 모든 아픔과 갈등을 씻어 내듯이 '엉엉' 소리를 내어 울고, 울고 또 울고 '꺼이꺼이' 한없이 울었다. 내가 무엇을 어떻게 해야 그녀를 달랠 수가 있을까? 나의 무기력한 마음에 콧날이 시큰해졌고, 뒤늦은 후회가 뼛골 깊이 사무쳤다. 눈에서 눈물이 또르르 굴러 내렸다. 그녀는 얼마나 울었는지 다음 날 아침에는 눈이 부어서 뜨질 못했다. 그런데도 여전히 눈물이 나고 있었다. '그녀의 눈에서 선홍빛 꽃비가 내리고 있었다.'

　"물어볼 게 있어요."

　"뭔데?"

　"한 가지만 솔직히 말해줘요."

　"그래. 말해봐."

　"혹시 나와 관계를 맺으면서 '섹스포츠'라고 생각한 적 없어요?"

　"아니, 전혀 없어."

　"정말 단 한 번도 없었어요?"

　"맹세코 단 한 번도 그런 생각 없었어. 자기와의 그 행위는 기쁨의 사랑 나눔이라 생각했어."

　"예전에 대학로에서 저한테 그런 말 했었잖아요?"

　"그때는 내 마음이 자기한테 빨려들어 빠져나오려고 두서없이 막 던진 말이었어."

　"그러면 됐어요. 그거면 됐어요."

그 일이 있었던 이후로 그녀의 태도에 많은 변화가 왔다. 친구들도 안 만나고 미팅도 한번 안 하면서 시간만 나면 나를 만나려고 해서, 간혹 그녀가 친구들과 만남이 있으면 나는 얼른 집으로 향했다. 일부러 친구들과 어울리라는 나의 생각이었다. 그러면 그녀는 '삐삐'를 치고 핸드폰으로 전화해서 아파트에 가서 있으라고 떼를 써서는 기어코 사랑을 나누곤 하던 그녀가 벌써 며칠째 친구를 만난다면서 나를 피하더니, 이내 연락이 한동안 끊기고 미국으로 들어간 것 같았다.

　내 생각에는 그녀를 날게 해주어야 한다고 생각했지만, 막상 그녀가 나를 피하고 내 곁에서 떠난다고 생각을 하니 아무것도 할 수가 없었다. 집에는 지방 거래처 한 바퀴 돌아보고 오겠다며 며칠이 걸릴 거라 이야기하고, 혹시나 하는 마음에 그녀의 빈 아파트에서 몇 날 며칠을 뜬눈으로 지새우며 기다려 보았다. 예감이 안 좋다. 집에서도 가슴이 시려 잠 못 이루고 깜짝깜짝 놀라 잠 못 이루는 밤이면, —자꾸 나쁜 꿈을 꾼다— 많은 생각을 해보았다. 그녀에 대한 나의 감정이 나를 위한 걱정인가, 그녀를 위한 걱정인가? 지나친 집착은 아니었나? 진정 사랑했나? 나 자신에게 묻고 또 묻고 또 물어봐도 진정으로 사랑했다. 아내는 옆에서 자는지, 자는 척하는지 움직임이 없다. 사랑했기에 앞으로 닥쳐올 큰 아픔도 감수해야 한다고 생각했다. 내 사랑의 깊이만큼이나 그녀의 앞날이 반사적으로 빛이 난다면. —원. 계절. 멀어지면서 동시에 가까워지는 것—

깊은 맘 감추고

가랑비 되어 호수 적시니

오늘도 하염없이

모래 위에 발자국을 새겨놓고

가신 임이 이제 곧 외로운 이 내 발자국에

짝을 이루며 돌아오길 기원하네.

주여! 폭우를 쏟아

모래 위를 적시지 말아주오.

우리는 그동안, 여기서 기차를 탔으나 어디서 내릴지 미정인 여행을 했고, 어둠의 거리를 헤맸다. 희미한 기억을 더듬으면 새삼스럽게 고독이 슬퍼진다. 실오라기 같은 빗발이 유리창을 쓸어내리면 한발로 위태로이 낭떠러지에 서 있듯 아슬아슬한 감정을 억지로 붙잡고 있다. 비가 그치고 쓸쓸한 얼굴의 하늘에 무심히 떠 있는 낮달에 슬픔이 깃들어 파르르 떨고 있다.

그녀는 반쪽 사랑으로도 만족한다 말했지만 사실 그녀는 내 전부의 사랑이었다. 나의 마음속에 오롯이 그녀만이 들어차 있다. 그리움이 깊어져 파르르 떨리는 입술, 눈물이 그렁그렁, 침대 위로 빗방울이 후드득후드득 쏟아졌다.

이제는 그녀에게 가까이 다가갈 수도 없고 뒷걸음질 쳐 도망갈 수도 없다. 가슴이 찢어져 온통 누더기가 되었고, 가슴이 천 갈래 만 갈래 찢어졌다. 세상의 끝에 혼자 버려진 것 같은 외로움. 또 한 번 눈시울을 붉혔다. 그리움 위로 눈물만이 쌓여 간다.

사랑이 식어가는 고통

얼마 후 몸 상태가 갑자기 많이 나빠졌다. 의사 선생님 말씀이 이번에는 꼭 1주일 입원해서 전체적으로 검사를 해보자 하셨다. 피검사, 소변검사, 신장초음파, 기타 등등. 검사를 다 마치고 선생님께서 말씀하셨다. 신장 수치가 대단히 심각하니 당분간은 절대 무리하지 말고, 지금 하는 일을 정리했으면 하는 의사 선생님의 간곡한 권유가 있었다. "절대로. 심각하다." 신장 수치가 더 올라가면 '만성신부전'이 될 수 있고, 그러면 '투석'을 해야 한다고 하셨다. 만성신부전증, 혈액투석[7], 수분 및 음식 조절 문제에 대해 소상한 설명을 듣고, 팔에 미리 혈관수술[8]을 하는 것이 좋지 않겠느냐 하시는데 정말 심각해졌다. 선생님께서는 간호사와 투석병동 견학을 하라고 하셨다. 나는 투석병동을 보고 왔는데 정말 심각해졌다.

이제는 의사 선생님 말씀처럼 좀 쉬고 싶다. 동력을 잃은 모터처럼 좀처럼 추진력이 생기지 않았다. 가게를 주식회사에(장인) 인계하고 좀 쉬고 싶었다.

나와 같이 근무하던 직원들에게 양해를 구하고 이해해 달라고 부탁했다. 직원들, 거래하고 있던 거래처, 재고, 거래처 미수금 및 부채, 차 3대, 가게, 사무실, 그 외 모든 것을 주식회사 사장님(장인)에게 몇 개월에 걸쳐 인수인계를 마쳤다. 소가 도살장에 끌려가듯

---

7) 혈액투석이란 혈액 속의 노폐물과 수분을 인공 신장기를 이용하여 제거하여 주는 과정이다. 인공 신장기는 얇은 판이나 관으로 이루어져 있는데 그 판이나 관을 현미경으로 자세히 살펴보면 아주 작은 구멍이 많이 있는 반투막으로 되어 있는 것을 볼 수 있다. 혈액투석은 이러한 반투막을 이용하여 노폐물과 수분을 제거하는 것이다.
투석을 하려면 두 개의 혈관 주사를 맞는다.
한 개의 주사는 혈액을 빼는 데 이용하고, 다른 하나는 혈액이 다시 체내로 들어가는 데 이용된다.
체외로 순환하는 혈액은 인공신장기 내의 반투과막 안쪽으로 통과하며, 이 반투과막의 바깥쪽으로는 투석액이 흘러 막을 사이에 두고 노폐물 등의 물질 교환이 이루어진다.

8) 혈관 수술: 혈액투석을 하기 위해서는 분당 200ml의 혈액을 빼내고 넣어 주어야 하는데 일반 말초혈관으로는 충분한 혈액을 빼내기 힘드므로 체내의 동맥과 정맥을 연결하여 주는 동정 맥 문합 수술이 요구된다. 이러한 동정 맥 문합 수술은 대부분이 손목 1~2인치 위에 부분 마취를 하여 수술실 내에서 이루어지며 접합된 정맥 혈관에는 동맥혈이 흐른다.
동정 맥루를 가지면 팔의 정맥이 커지고 강해지므로 만져보면 짜릿짜릿한 느낌이 혈관 위로 느껴지고 청진기로 청진하면 윙윙거리는 소리가 마치 천둥소리처럼 들린다.

이 눈에 눈물이 그렁그렁한 채 그렇게. 몸이 심각하다. 마음의 안정을 되찾고 몸 상태가 좀 나을 때까지 관리해 주겠으니 언제든 마음이 안정되면 다시 시작하라고 하셨다. 나는 정신적으로, 육체적으로 너무 지쳐있었다. 그동안 많은 어려움을 겪어 오면서 슬기롭게 잘 이겨 왔는데, 정신적 충격이 너무 컸다. 나는 아무리 힘들고 어려운 상황에서도 매사에 최선을 다했었기에 미련은 없다.

신은 공평해서 하나를 걷어 가면 하나를 준다고 하는데. 건강과 사업, 사랑을 모두 주었다가 동시에 모두를 다 앗아가려 한다. 행운의 여신이 우리의 사랑이 너무 아름다워 질투를 하나 보다.

오랜만에 일기를 쓴다.

막은 올랐으나 연기는 마음대로가 아니었다. 언제나 안개 낀 계곡 길을 외로이 검은 구름에 휩싸여 동반자를 찾아봐도 보이지 않고 대답도 없고, 모두가 장난감의 주인들뿐이었다. 물은 아래로 흘러들어 서로 앞지르려 하지 않아도 바다에 닿는데 어이해 애타는 이 내 마음은 허공의 메아리처럼, 그대 가슴 깊숙이 흘러들어 닿지 못하는가.

이제 시간이 흘렀으니 막은 내려지기 시작하는구나, 무명의 주인공은 사라져간다. 지금 이 시각부터는 아무도 나를 보지 못할 것이요, 단지 나만이 장난감의 주인들을 내려다보며 깊은 한숨에 잠길 뿐이로다.

아내와 상의 끝에 혼자 여행을 떠났다. 아내는 아이 때문에 시간을 낼 수가 없었다. 태권도, 검도, 스케이트, 피아노, 바이올린, 중국어, 이것저것. 초등학생의 작은 몸으로 소화하기도 어려울 정도의 많은 양이었다. 요일마다 배우는 것이 다른 것 같았다.

이번 여행길은 차 없이 대중교통을 이용하기로 했다. 그냥 무작정 어디론가 떠나고 싶었다. 아침 일찍 고속버스를 타고 여행을 떠났다. 한참을 가고 있는데 핸드폰으로 전화가 왔다. 친구였다.

"며칠 여행 좀 가. 지금 설악산 쪽."

잠에서 깨어나는, 잔설이 남아있는 산들이 병풍처럼 겹겹이 펼쳐지고 있다. 자가용 운전을 하면서는 보기 힘든 풍경이다. 또 전화가 왔다.

"자기야. 어디예요?"

졸업 후 미국에 들어가 있던 그녀가 사무실에 전화했다가 연결이 안 되자 내 친구에게 전화해서 소식을 듣고 급히 돌아온 것 같다. 조금 전의 친구의 전화도 그녀가 부탁했을 것이다.

"거기 어디예요?"

지금은 아무도 만나고 싶지 않았다. ─무척 보고 싶다─

아니, 그녀가 많이 보고 싶었다.

"여기. 올 수 없는 먼 곳으로 가고 있어."

그래. 나는 지금 어쩌면 올 수 없는 먼 곳으로의 여행을 위해 설악산과 낙산 해수욕장으로 가는 중이었다. 언젠가 그녀와 유일하게 한번 와 봤던 바닷가이다.

초봄의 바닷가는 내 마음만큼이나 쓸쓸하고 서늘했다. 저녁이 되려면 아직 한참 이른 시간이었지만 소주가 생각났다. 쉬는 동안에는 술도, 담배도 끊어야 하는데. 바닷가 횟집에 들어가 술을 마시는데 하얀 파도가 내 마음을 세차게 내리쳤다. 모든 것을 내려놓고 빈 마음으로 떠날 수 있음은 얼마나 큰 행복일까? 그 순간에도 이상하게 모든 것이 아름답게 보였다. 파도가 저렇게 아름답구나.

머피의 법칙이 생각났다. 어쩌면 모든 것이 내가 원하는, 내가 생각하는 것과는 전혀 반대로 일어나고 꼬이는 것일까. 세상을 처음으로 원망했다. 가진 것도 없고, 배운 것도 없고, 배경도 없는 나로서는 최선을 다해 열심히 살았는데 왜 이런 시련을 줄까. 그러나 생각을 바꿔 바라보면 가진 것도 없고, 배운 것도 없고, 배경도 없는 나에게 이 정도의 성공은 행운이었다. 거기다 보너스로 그녀를 만나 후회 없는 사랑을 한 것이 내 인생 최대의 행운이었다. 내가 무엇을 더 바랄 것이 있을까.

나는 32년 만에 첫사랑을 찾았다. 묘지 위에 핀 도라지가 처음으로 달콤했다. 내 기억 속에 사는 그녀는 하얀 눈사람이다. 그녀로 인해 사는 것이 참으로 기뻤다. 아깝고, 찬란한 다시는 못 올 시절.

지난 시절 나의 모든 것은 모순덩어리였다. 어릴 적부터 자라온 내 환경 속에서 몸에 배어있는 자기 보호 본능. 내 울타리를 쳐놓고 남이 내 영역을 침범하는 것을 철저히 막아 놨기에 더불어 사는 사회를 터득하지 못했었다. 아내를 만나 살면서도 고치지 못한

중병이었으나 그녀를 만나면서 모든 것이 치유됐고, 영혼이 자유로워졌다.

얼마의 시간이 지났을까? 멀리서 그녀와 내 친구가 바닷가를 거닐고 있었다. 나를 찾고 있다. 나는 한참을 그냥 두고 보았다. 둘은 열심히 돌아다니더니 이내 핸드폰이 울렸다.

"야! 너 지금 어디야?"

"아주 멀고 높은 곳에서 너희를 다 볼 수 있단다."

"이 새끼, 또 장난치네. 끊어."

내가 근처에 있을 거라 생각을 했나 보다. 잠시 후 그녀와 친구가 나타났다. 우리는 말없이 그냥 술만 마셨다. 친구는 다음 날 아침 먼저 떠나고 그녀와 나만 남게 되었다. 그녀는 온종일 아무 말도 없이 내 곁에 있었다. 충실한 맹인안내견처럼 살랑살랑. 내가 바닷가를 거닐면 옆에서 같이 걷고, 술을 마시면 마주 앉아 같이 마시고, 며칠을 내 눈치만 보고 있는 것 같았다. 다음 날 아침 눈을 떠보니 그녀가 없어졌다. 얼른 옷을 입고 밖으로 나와 보니 그녀가 바닷가에 혼자 앉아있었다. 내가 가만히 그녀 곁에 다가가 바바리를 걸쳐주고 다가앉자 내 어깨에 머리를 기대며 말했다.

"자기야. 미안해요. 내가 자기 곁에 있어 주었으면 자기가 이런 식으로 해결을 보지는 않았을 텐데. 심적으로 내가 제일 필요할 때 제일 먼 곳에 있었네요."

다행이었다. 내가 몸이 아프다는 사실은 모르고 가게가 자금이 어려워 처분한 것으로 알고 있는 것 같았다. 몸이 아파 회사를 정리한 것이 아니고 금전적인 문제인 줄 아는 것 같다.

"친구 분 이야기로는 지금이라도 다시 시작하면 된다는데 다시 시작할 거죠?"

"미안해. 이미 다 정리했어."

"자금이 필요하면 내 아파트도 처분할 수 있고, 통장에도 있고, 더 모을 수도 있어요."

눈이 예전에 보았던 그런 눈, 매가 꿩을 낚아채듯한, 그 눈으로 나를 보며 숨을 고른다.

"내가 솔직히 이야기하죠. 내가 자기를 잠시 떠났던 것은 그 후배 분 때문만은 아니었어요. 자기한테 나는 어떤 존재인가요?"

"자기는 나한테 존재 그 자체야. 산소 같은? 이를테면 봄에 피는 꽃, 여름날의 소나기, 가을 단풍, 겨울의 상고대 또는 눈꽃처럼."

또 철없이 장난기 있는 말투로 깊이 없이 대답한다.

"자기한테 나의 존재의 의미를 물은 것은 아마 처음일 거예요. 언젠가 제가 자기한테 '우리 콘돔은 사용하지 말고 할까? 나. 자기 애 낳고 싶은데' 하고 이야기한 적 기억날 거예요. 자기는 바로 식구들과 휴가를 다녀와서 수술했지요. 나는 그때 참 많이 섭섭했어요. 자기한테 부담 주고 싶지 않지만 나는 그때 이미 임신 중이었어요. 그러나 자기가 바로 수술하는 것을 보고는 우리의 미래에 애는 없는 것인가 보다 생각했죠."

"미안해. 몰랐어. 내가 생각이 짧았어."

철없이 깊이 없이 장난기 있는 대답을 한 것을 후회했다.

"그러면 내 말대로 서울로 올라가요."

"애는 어떻게?"

"지금은 그게 중요한 것이 아니에요. 더는 묻지 마세요."

말끝을 흐리는 그녀의 조심스럽지만 진지한 눈빛은 무엇일까?

그녀와 다투는 바람에 그녀가 졸업식을 하고 미국에 들어갔는지 졸업식 전에 들어가서 지금에서야 한국에 온 것인지도 잘 모르겠다.

그녀는 온종일 안절부절못하고 '키득키득' 웃었다, '훌쩍훌쩍' 울었다 하면서 나를 설득했다. 나는 아무런 대꾸도 하지 않았고 설득은 그다음 날까지 이어졌다. 그녀의 손에 이끌려 서울로 돌아온 것은 일주일이 지난 후였다. 사실 나의 마음은 오롯이 그녀의 임신과 그로 인한 그녀의 외로움에 가슴이 너무나 아팠다. 냉정하게 이야기하니 더 물어볼 수도 없고, 혼자 속만 탄다. 내가 이러하니 그녀는 얼마나 큰 아픔이 있었겠는가.

그녀의 아파트에 들어서자 그녀는 어머니가 아기를 다르듯이 따뜻한 물로 내 몸을 구석구석 깨끗이 씻어 주었다. 그동안 면도를 안 해서 까칠한 내 수염도, 코털도, 깨끗이 깎아 주었다. 저녁을 먹고 우리는 아주 오랜만에 달콤한 사랑을 나누었다. 오래 굶주린 표범처럼 핥고 뜯고, 핥고 뜯고 몇 차례 이어졌다. 아기에 대한 물음에는 여전히 묵묵부답이다.

아침에 눈을 떠보니 그녀는 간 곳 없고 식탁에 아침밥과 책 한 권이 놓여 있었다. 『메디슨 카운티의 다리』 언젠가 같이 본 영화인데? 책 속에 가지런히 편지가 보였다. 어젯밤에 우리가 사랑을 나누고 나는 그동안의 피로에 포근한 그녀의 품에 안겨 깊은 잠에 빠졌을 때 그녀는 이것을 쓰면서 밤을 지새운 것 같았다.

첫사랑

나의 첫사랑은 하얀 눈사람으로 내 마음속에 남아있다.
손닿거나, 내 온기를 느끼면 녹아서 사라질 것 같은 그래서
그저 남몰래 눈길만 주어야만 하는, 마음속의 하얀 눈사람.
마치 숨죽이고 피어나는 이슬 맺힌 하얀 목련꽃처럼 손닿을
수 없는 높은 곳에 있고, 마음속으로도 손을 닿고 싶지 않은, 그
런 순백.

그저 남몰래 눈길만 주어야만 하는 하얀 눈사람.

성적 매력이 없어서가 아니다. 그이의 나를 꿰뚫어 보는 시선,
맑은 눈. 맑은 빛. 크고 깊이를 알 수 없고 쌍꺼풀은 짙고 예쁜
눈. 충분히 남성으로 성적 매력이 있고 너무 멋있어서 더욱더 힘
든. 감히 내가? 내 주제에 넘볼 수 없는.
손길이 닿으면 녹아 버릴 것 같은, 내가 바라보는
눈길만으로도 녹을까, 남몰래 숨어서 보는.

눈이 부셔 눈멀 듯 하얀 눈사람.

겨울 함박눈이 관능적으로 쏟아지던 밤. 어렴풋한 시절.

초침이 진화의 가지 끝에서 은실 같은 빗발을 가늘게 떨면서 아득한 환상 속으로 멀어져 갔지.

낯설게 다가와 낯설게 달아나는 것이 어디 초침뿐인가.

초침도 분침도 시침도 속도만 다를 뿐 왔다가 사라지는 것은 모두 마찬가지. 그러나 나는 원망하지 않는다.

결국은 또다시 돌아올 것을 알기에. 시시분분초초12.

그들은 내게서 멀어져 다음 공간을 떠돌아다녀도

멈추지 않는 바람처럼 쉴 틈 없이 흘러 흘러서 비로소.

자연이 해부하듯이 신비의 구름이 걷히고,

실타래 끝에 벌거벗은 파란 하늘이 오르가슴을 느낀 듯 몸서리치는,

황홀한 세상을 보게 될 것이다.

그래서 목화솜 같은 포근한 눈으로 돌아와 영원히 녹지 않는

하얀 눈사람을 만들어낼 것이다.

—아르바이트하는 카페에서 비 오는 어느 날, 당신을 사랑하는 천사가—

우리가 어젯밤 사랑을 나눌 때. 아니 낙산에서. 그녀는 내가 원

하는 대로 미국으로 같이 가서 접시 닦기라도 해서 같이 살자고, 그렇게 약속을 했었는데. 모두가 나를 제자리로, 내가 있어야 할 자리로 돌아오게 하려는 그녀의 계획이었다. 점심시간에 맞춰 그녀가 들어 왔다. 식사 후 그녀는 커피를 준비했는데. 커피를 들고 오는 그녀의 얼굴은 비상함이 엿보였다.

"나는 왜 홍차야?"

"아파트를 내놨으니 짐을 챙겨야 해요. 미국에는 자기하고 같이 갈 수 없어요. 나, 혼자 갈 거예요. 앞으로는 술, 담배, 커피, 다 끊어요."

냉정하고, 차분하고, 아주 차갑게 말을 했다. 나와의 약속은 어찌 된 거냐? 내가 다그쳤다.

"자기는 그럴 수 없다는 것을 나는 알아요. 그 회사가 당신에게는 얼마나 소중하고, 당신 인생의 전부가 걸려 있는데…"

그녀는 어깨를 들썩거리며 흐느꼈다. 그리고 싱글싱글 웃으며 눈물을 겨우 참아낸다. 눈가가 젖어온다.

"울어? 왜 그래?"

그녀는 아무 말 없이 눈가를 스윽 문지르면서 말했다.

"자기야 힘들지? 왜 말 안 했어요? 많이 아픈 거예요?"

이번에는 내가 눈가를 스윽 문질렀다.

"도대체 상태가 어느 정도기에 그걸 그냥, 목숨보다 소중히 여기는 회사를 그렇게 무기력하게 끝냈어요?"

말없이 눈물을 닦았다. 콧물도.

"어젯밤 우리가 사랑을 나누고 자기 옷을 정리하다 바바리에서 약 봉투를 보았어요. '일원동 삼성병원' 지금 친구 분 만나서 자초지종을 다 듣고 왔으니 나를 더 속이려 하지 마세요. 지금은 자기가 어디에 있어야 하는지, 자기가 몸 관리를 어떻게 해야 하는지, 자기 아이를 위해서 무엇을 해야 하는지, 그것이 제일 중요해요. 자기만 괜찮으면 아파트 팔아서 그 돈으로 어느 시골에 집 얻어서 좀 쉬는 건 어때요?"

나는 한마디 말도 못 하고 방바닥만 내려 보고 고개를 들 수가 없었다. 눈물이 뚝뚝하고 방바닥에 떨어진다.

"당신의 아이도 당신의 길을 가게 할 거예요? 만약 당신의 말대로 우리가 같이 떠난다면 당신과 나는 죄책감에 많은 날을 후회하며 사랑이 식어가는 고통을 느껴야 할 거예요. 만약 당신이 사랑으로 인해 아픈 나날을 보낸다면, 그건 내가 바라는 것이 아니에요. 우리의 사랑은 서로의 마음속에 존재하고 있는 것만으로도 충분히 만족해요. 많은 날, 우리가 가지 않은 길에 대해 후회를 하거나 미련을 가지고 살지 않기를 바라요."

태초에 그녀는 나의 어머니로 태어났어야 했다. 어쩌면 그녀는 어머니 대신 나에게 보내진 선물일 것이다.

투석 2

한 달에 한 번은 정기적으로 병원의 진찰을 받고 약도 잘 챙겨 먹었다. 평일에는 등산하고, 일요일에는 조기축구에 나가서 운동도 열심히 했다. 담배는 못 끊었지만, 술은 많이 줄였다.

그렇게 몇 개월이 흘러갔다.

잠을 자다 다리에 쥐가 나서 깜짝 놀라 깼다. 요즈음 자주 있는 현상이다. 낮에 몸이 부었다가 잠을 자면 새벽에 부기가 빠지면서 쥐가 나는 것이다. 속도 계속 메스꺼웠다. 등산할 때도, 일요일 조기축구에 나가 운동을 할 때도, 몸이 예전 같지 않고 조금만 걷거나, 조금만 뛰면, 숨이 차고 다리가 무거웠다. 병원 예약일이 며칠 남았기에 불편했지만 참았다.

진료일. 자세한 결과는 정밀 검사를 더 해봐야 정확하겠지만, 신장 수치가 많이 올라간 것이 '만성신부전증[9]'이라는 것이었다. 정밀 검사를 다 마치고 의사 선생님께서 만성신부전증이라며 지금 당장 입원해서 혈액투석을 해야 한다고 말씀하셨다. 만성신부전증, 혈액투석, 나는 그동안 여러 번 의사 선생님으로부터 이야기도 듣고, 여러 자료를 찾아서 알고 있었고, 조심한다고 신경을 많이 썼는데 막상 닥쳐오니 생소하게 다가왔다.

의사 선생님은 원인이 고혈압이고 당뇨는 다행히 없다 하시며 당뇨까지 있으면 더 심각하다 하셨다. 그러자 며칠만 시간을 주시면 주변을 정리하고 입원하겠노라 부탁을 드렸다. 선생님께서는 만약에 내일이라도 도저히 참을 수 없으면 응급실로 들어와서 나를 찾으라시며 명함을 주셨다. 아내는 사무실에 나가 내가 보던 업무를 보고 있고 아이는 외할머니가 돌보고 있다. 아내에게 이야기해야 하는 데 자신이 없다.

추석 무렵에 최종 진단을 받았는데 겨울이 올 동안 병원을 가지 않았다. 그냥 죽고 싶어 몰래 한복을 입고 영정사진도 찍어 놨다. 나중에는 누워서 잠을 못 잤다. 몸에 물이 많이 차서 누우면 숨이 깔딱깔딱해서 누울 수가 없어 소파에 등을 기대고 앉아서 잠을 잤다. 매일 무서운 꿈을 꿨다. 아내의 걱정도 거셌고, 이야기를 전

---

9) 만성신부전증: 신장기능이 건강인에 비하여 감소되어 있는 상태를 말한다. 신장은 노폐물과 수분을 배설하는 기능이 있는데 이러한 노폐물과 수분은 섭취된 음식물로부터 만들어진다. 만성신부전 시에는 이와 같은 물질이 신장으로 충분히 배설되지 못하고 혈액 속에 남는다. 근본원인은 고혈압, 당뇨 등이다.

해들은 장인, 장모님도 걱정이 컸다. 그러다 실신해 119로 응급실에 실려 갔다.

응급실에서 바로 검사를 마치고 목에 혈관을 뽑아 혈액투석을 시작했다. 목에는 뱀파이어에게 물린 자국이 생겼다. 며칠 후 팔에 혈관 수술을 했다. 응급으로 목으로 투석하면서 팔의 혈관이 커지면, 한 달 후 정도면 팔에다 한다고 설명해 주셨다.

처음 목에 투석을 시작할 때는 2시간. 다음번 3시간. 또 다음번 4시간. 이틀에 한 번씩 투석하는데, 걸리는 시간은 4시간. 준비하고 지혈하고 하면 5시간 정도 걸린다. 몇 차례 투석을 하고 나니 몸 상태가 한층 가벼워졌다. 먹는 것도 조절해야 했다. 특히 물, 채소, 과일 등.

처음에는 나 자신 스스로 인정할 수 없었다. 하지만 왠지 마음이 담담했다. 솔직히 슬픔보다는 기쁨이랄까? 외로울수록 그녀와 달콤한 옛날 일들이 더 선명하게, 더 또렷하게, 더 생생하게 다가왔다.

첫눈이 내려서 온 천지가 하얗게 뒤덮고, 그 위에 진달래꽃 한 송이 '하 악'하고 떨어졌다. 두견화 한 송이 낙화(洛花). 그녀만 생각하면 어떤 아픔도 달콤했다.

병원에 가는 날(월, 수, 금)이면 그냥, 일상생활의 한 부분쯤으로. 직장에 출근한다 생각하며 가벼운 마음으로 향했다. 오늘도 그녀와 데이트하러 간다. 4시간 투석하는 동안 꼼짝 못하고 누워 있어야 했기에 그녀와 짜릿한 옛 생각을 하면 4시간이 달콤했다. 처음에는 소변이 아직 나오기 때문에 빼는 양이 적으니까(1~2kg)덜 힘들었는데 차차 소변이 끊기면서 많은 양(3~4Kg)을 빼 많이 힘들었다.

투석 4시간 하면 마라톤 42.195Km를 뛴 것과 같은 에너지가 소비된다고 한다. 그러니까 이틀에 한 번 마라톤을 하는 것이다. 한 달 조금 지나 처음으로 팔에 투석을 시작하는 날. 두꺼운 바늘이 (피를 뽑고, 순환하며 노폐물을 걸러서 다시 넣어야 하므로)매우 아팠다.

굵은 바늘이 혈관을 짜릿하게 쑤시고 들어와 피를 순환시키면서 내 몸과 영혼을 한층 격렬하게 정화한다. 전쟁터 같은 삶. 살아있는 죽은 공간에서 '쌕쌕' 춤추며 숨을 이어간다. 그곳에는 공허만이 살아있는 듯 고요하다. 의미를 잃어버린 단어, 희망. 가지 않은 길에 대한 미련. 잔뜩 화난 저승사자(투석기)가 치렁치렁 줄을 달고 옆에 버티고 서서 피를 맑게 걸러 준다. 혼탁한 내 영혼도 걸러 주면 깨끗하고 맑은 영혼으로 또 하루를 감사한다. 손바닥을 펴본다. 그 속에는 꽃밭, 나비, 벌, 계곡물, 강, 바다, 해와 달, 별, 하얀 목련, 개나리, 벚꽃, 진달래, 철쭉, 꽃비, 여우비, 소나기, 천둥, 번개, 밤, 도토리, 첫눈, 첫사랑, 첫 경험, 눈꽃, ―손바닥 안의 작은 호수. 심장 속 그녀와 나의 작은 방― 비로소 살아있는 공간으로 돌아온다.

하루는 의사 선생님께서 신장이식 코디네이터와 함께 회진하시며 면담을 요청하셨다. 아내와 나를 불러 신장이식에 대해 상담을 하셨다. 아내도 A형, 나도 A형이니 아내만 괜찮으면 생체 이식이 가능하다고 하시고 다른 방법은 뇌사자 기증으로, 신청하면 몇 년 걸린다고 말씀하셨다. 나는 아내에게 이식받고 싶지 않다 말하고 나중에 따로 뇌사자 이식 신청을 해놨다.

주말에는 처가댁에 가서 저녁을 먹고, 그곳에서 자고 일요일에 서울 근교에 바람이나 쐬러 가자고 해서 가족이 다 처가댁에서 잠을 잤다. 피곤해서 일찍 잠이 들었는데 밖에서 말소리가 들려왔다. 장인어른이 그날 약속이 있어 늦게 들어오신 것 같다(뒷조사 해볼까?). 아내는 병원에서 있었던 신장이식에 관해 설명을 하고 있었고, 그 말을 듣고 있던 장인어른은 절대 반대를 하셨다.

"혹시, 유전이면. 나중에 애가 아프면 그때 이식을 해 줘야 한다."

아이 아빠. 그러니까 나한테 그렇게 변명하라며 절대 안 되는 일이라며 다짐을 받았다.

일 년 동안은 집, 병원, 병원 옆 공원이 내 생활의 전부였고 투석 없는 날은 집에 온종일 누워 있다.

담배도 끊고, 술도 끊고—뒤늦게— 몸무게는 처음 투석할 때 75kg이었던 게 지금은 60kg이다. 원래 70kg이 정상이었는데 신장에 이상이 오면서 5kg이 늘었고 지금은 혈압을 낮추고, 적정한 체중을 맞추다 보니 60kg까지 빠졌다. 예전에 별명이 '람보'였는데 지금은 살이 빠지고 운동도 하지 않아 근육이 다 빠졌다.

투석을 시작한 지 2년이 지나고 있다. 여전히 무기력하고 밤에는 수면제 없이는 잠을 못 잔다. 계속해서 이렇게 생활할 수는 없다. 뭔가 전환점이 필요하다. 그러려면 분명한 동기부여가 있어야 한다. 야간에 하는 투석도 있어서 낮에는 사무실에 나가 일을 하면서 투석은 야간에 할까도 생각을 해보았으나 그 생활은 왠지 싫었다. 투석병동에 가서 4시간 동안 누워있으면 그녀와 있었던 모든 일이 항상 현재 진행형으로, 그리움으로 같이 한다. 이제는 그녀를 놓아주어야 하는데. 이제는 그녀를 보내주어야 하는데. 그래서 수면제를 투석하러 가면서 먹으면 4시간 내내, 집에 와서도 내내 자다가 밤에 일어난다. 밤이면 뜬눈으로 지새우며 생각하고, 생각하고 무언가 결론을 내리려 했다.

임이 오신다.
새벽을 가르고 눈이 오신다.
희망을 안고 사는 사람에게는 희망이 쌓이도록
절망을 품고 사는 사람에게는 절망을 덮어 주려는 듯
눈이 오신다.
임이 오신다.
새벽을 가르고 비가 오신다.
희망을 안고 사는 사람에게는 희망이 넘치도록
절망을 품고 사는 사람에게는 절망을 씻어 주려는 듯
비가 오신다.

새벽은 하루하루의 넓은 마음을 열어

희망을 안고 사는 사람에게도,

절망을 품고 사는 사람에게도,

모든 걸 포옹하고 감싸 안으면서

내일의 새벽은 또 그렇게 열릴 것이다.

새벽이 열리면 투석실의 하루는 분주하다.

몸이 좋아 기쁜 마음을 가진 사람,

몸이 나빠 슬픈 마음을 가진 사람,

아무 생각 없이 생을 포기한 마음을 가진 사람,

혼자 오는 사람, 부부가 같이 오는 사람, 부모가 같이 오는 사람,

자식이 같이 오는 사람, 응급실에서 실려 오는 사람,

모두가 저마다의 사연이 있는 생의 끝자락에 서있는 사람들.

달콤한 미소와 부드러운 손길로 그들의 아픈 마음까지도,

어루만져 주는 희망의 배달부 간호사님들.

모두가 새벽을 가르며 희망찬 하루를 감사한다.

오늘은 기쁨의 향기, 하늘색 꽃잎 띄워 곱빼기로 먹어보자.

아이는 외가댁에서 학교에 다니고 일요일밖에는 볼 시간이 없고, 아내는 회사일 끝나면 친정에 들려 아이 얼굴 보고, 장모님이 해 주는 반찬을 들고 늦게 집에 온다. 부부관계는 요즘 들어 더 원만했고, 횟수도 잦았다. 디데이. 토요일. 아이를 데리고 오는 날이지만 외가에서 재우고 그냥 아내만 혼자 오라고 했다. 샤워하며

부부관계를 맺고 침대에 누웠다. 자꾸 침이 마른다.

"여보. 우리 이혼해."

아내가 놀라 내 쪽으로 몸을 돌리려 해, 아내를 끌어안고 다시 한 번 등 뒤에서 말했다.

"여보. 우리 이혼해. 내가 지금 누구를 미워하거나, 섭섭해 하거나, 그래서 하는 말이 아니고. 내가 살기 위해, 발버둥 치고 싶어서 그러는 것이니 이해해 주리라 믿어."

그러면서 내 계획을 말했다.

"우선, 시 외곽에 투석 전문 병원이 있는 곳을 알아보고. 신장내과 전문의인지 확인하고, 그곳에 집을 하나 얻는 거야. 그리고 지금은 월. 수. 금요일 오전에 하는 투석을 월. 수. 금요일 오후에 투석하고. 다마스 차 한 대 사서. 지역 생활 전문 신문인 '벼룩시장'을 돌리면. 어차피 밤에 잠을 못 자는데 일을 해서 좋고, 몸을 움직이니 건강에도 좋고, 시 외곽이니 공기도 좋을 테고, 일요일에는 등산하기도 좋고. 모든 면에서 좋지 않을까?"

가만히 듣고 있던 아내가 이번에는 평소에 자주 쓰던 "이기적"이란 표현 대신 생각을 한번 해본다고 긍정적으로 대답했다.

"그런데. 이유는 타당한데. 왜? 이혼해야지?"

―양심상, 오래전부터 꼭 하고 싶었다. 이혼―

"내 의지의 표명이라 생각해 줘."

"그러면 차라리 사무실로 시간 있을 때 나와서 나를 도와줘."

"싫어. 그 일은 너무 스트레스를 받아. 그리고 내가 이 일을 하려는 목적은 밤에 잠을 못 자서 시작하려는 것이라고."

생활정보신문 '벼룩시장'은 새벽에 투석하러 가는 길에 다마스 차 타고 다니며 돌리는(그는. 그것을 '배포한다'라고 말했다) 사람을 만나 조사를 해봤다. 새벽 3시에 출근해서 할당된 지역의 배포 대에 신문을 1장~3장씩 배포하면 아침 9시쯤 1차 배포가 끝나고, 아침을 먹고 12시까지는 새벽에 배포한 곳을 한 바퀴 다시 돌면서 비워진 곳을 채워 넣으면 된다고 했고, 투석이 없는 화. 목요일에는 오후 3시까지 일해도 된다고 했다. 12시까지 일하고, 씻고 오후 1시까지 병원에 도착하면 수면제 먹고 4시간 동안 투석하고. 나는 내내 잠을 잘 것이고, 저녁에도 집에 와서 내내 자다, 새벽 1시에 일어나 밥 먹고, 새벽 3시까지 출근한다. 훌륭한 계획이다. 월급을 알아보니 수입도 짭짤했다.

장인, 장모님도 내 의견에 찬성했다. 처음에는 장인어른도 사무실에 시간 있을 때만 나오면 어떠냐고 했지만 내가 자유롭게 시간을 쓰고 싶다고 말씀을 드리자 더 강요는 없었다. 단, 조건이 있다면 이혼은 안 된다는 것이었다.

투석기가 나한테 말을 걸었다.

진달래는 두견새가 밤새 울어 피를 토하여 그 빛으로 물들었다는 전설에서 두견화라고도 한다.

너그러운 저승사자가 치렁치렁 줄을 달고 피를 토하고 있다.

진달래의 전설처럼 그렇게.

내가 온종일 피를 토해 내 임을 물들여 꽃을 피울 수만 있다면 강철 심장을 지닌 쇳덩어리라고 불려도 좋다.

각질을 한 꺼풀, 한 꺼풀, 사연을 묻혀 활활 벗어버리고 싶은 간절한 소망. 나도 나비가 될 수 있을까? 단 한 번의 날갯짓이라도 좋다.

바위에 나비가 날아와 앉는 순간부터 바위는 더 이상의 돌이 아닌 꽃이 되는 것이다. 나비는 돌 속에 꽃씨를 보았음이다.

투석기에 백의의 천사인 나비가 날아와 앉는다. 꽃인 게다. 꽃씨를 보았음이다.

'빨갛게 창백한 꽃.'

나는 깜짝 놀라 깨었더니 꿈이었다.

의정부에 아파트를 한 채 얻고, 다마스 차를 한 대 사고, 벼룩시장 일을 시작했다. 투석은 의정부에 '박정희 내과'(신장 전문의)에서 받기로 했다. 생활정보신문 배포일은 활기차고 좋았다. 눈이 오거나, 비가 오면 비닐봉지에 신문을 한 장 한 장 다 넣어야 해서 날씨가 안 좋으면 시간이 매우 빠듯하고, 정신없이 돌아다녀야 했다. 날이 좋을 때는 아주 재미있는 일이었다. 밤이 아침을 맞이하는 겸손함을 볼 수 있었다. 문득문득—자나 깨나 항상—그녀 생각이 날 때면 차라리, 이런 아픈 모습을 안 보여 줘서 다행이다 여기면서도 내 친구로부터 이야기를 들었을 텐데. 전화 한 통 없는 그녀가 야속하게도 느껴졌다.

'경영학을 전공했으니 훌륭한 사업가로 성장했으면 좋겠다.'

감사하게도 이런 생활이 몇 년이 지나갔다. 이제는 성격도 외향적으로 됐고, 몸 상태가 좋으니 모든 일상이 활력이 넘쳤다.

일요일에는 꼭 등산했다. 가끔은 아내와 아이도 동행했다.

북한산 백운대. 북한산성입구—대 서문—대 남문—대 동문—진달래 능선—우이동.

도봉산 우이암—신선대—포대능선—사패능선—사패산—안골계곡.

도봉산 우이암—오봉—여성봉—송추. 원도봉산의 망월사. 원효사. 그 밑에 회룡사.

수락산—불암산. 불곡산. 소요산. 고대산.

천보산. 왕방산. 명성산. 등등

질투

일요일. 오랜만에 맞이하는 휴일이다. 오늘은 산행을 취소하고 쇼핑을 하려고 서울 집에 들러 압구정 현대 백화점에 왔다. 이곳은 후배와 헤어진 후 오랜만에 오는 것 같다. 나는 후배의 매장을 피해가며 쇼핑을 했다. 아내 생일도 다가오고 해서 선물을 하나 사고, 아이에게는 오랜만에 옷 한 벌 사주고 싶어 이것저것 고르며 돌아다니다가 우연히 그녀를 보았다. 다른 남자와의 동행이었다. 그 남자—지적이다-와 그녀는 내 곁을 스쳐 지나가는데, 다이어리에 메모하면서 그 남자와 이야기하며 걷고 있어 미처 나를 보지 못한 것 같다. 어린 여자아이도 동행이었다. 그 여자아이가 나를 본다. 분홍색 바람이 불어온다.

내가 세상에서 제일 부러워하는 것 중의 하나가 '지적'인 것이다. 돈도 많이 벌어봤고, 명예도 나름 누려봤고, 미인들도 많이 사귀어

봤다. 나는 의형제, 호형호제, 지인도 많다. 그러나 내가 거울을 보면 항상 채워지지 않는 한 가지. 비싼 향수를 뿌려도, 명품 옷을 입어도, 곱게 화장을 해도, 채워지지 않는 한 가지. 꽃에서 향기가 우러나오듯, 내면에서 나오는 향기. 교양 있는 책을 읽어도, 교양 있는 교육을 받아도, 거울을 보면 그가 말한다. "내 이름은 날라리"라고. 너는 아무리 애써도 도로 날라리라고. 부럽다, '지적'이란 놈.

느낄 수도, 만질 수도 있었지만 우리는 같이 하나일 수 없는 그녀. 낯선 타인처럼 등을 보이고 종종걸음으로 사라졌다. 몸은 떨어져 있었어도 마음은 항상 하나이었는데. 그동안 잘 참고 견디어 왔었는데. 밀려오는 그리움, 몸살 나게 그리워졌다. 그리움이 증오로, 증오가 그리움으로. 아마도 투석을 하고, 신문을 돌리고, 산을 다니고, 해서 내 얼굴이 까맣게 변하고. 너무 야윈 데다, 모자까지 눌러 써서, 몰라봤을 거야. 자위를 한다.

내 마음은 많은 날. 어쩌다 우연히 그녀를 만날 수 있다면, 그녀의 손을 잡아볼 수 있다면. 비록 그 순간이 아주 짧을지라도. 그녀가 내게 주었던 모든 것들. 그녀의 밝은 웃음, 맑은 마음, 보답을 바라지 않는 순수한 그 마음. 인어공주가 사랑이 아름다워 사람이 되고 싶어했던 그런 아름다운 사랑이 항상 그녀 마음속에 있었는데. 그래 사랑할 수 있는 마음의 여유를 남겨두자. 증오보다는 좋은 부분을 사랑할 수 있는 그런 마음을 남겨두자.

"살아감 속에서 아픔은 그만큼의 행복을 가져다준다." 하잖나.

다른 연유로 좋아하던 비가 이제는 비가 오면 그녀가 더욱더 그리워진다. 많은 날이 흘렀지만, 그녀를 잊은 적이 없었다. 다가올 많은 날 또한 그녀를 그리며 살아갈 것이다.

그날 저녁 온몸이 아팠다, 마음도 아팠다, 머리는 온통 고통으로 가득 찼다. 상실감에 사로잡혀 나는 죽어가고 있다.

그녀와의 첫 만남, 바람 같았지. — 분홍색 빛.—

차곡차곡 쌓인 기억들이, 켜켜이 쌓인 낙엽처럼 내 머릿속에서 지우개로 아무리 지워도 더욱더 선명해지는 단풍나무의 붉은색 바람. '추억'.

바람을 부여잡고(부둥켜안고)
파장을 일으키는 나비의 날갯짓, '나붓나붓'
미학적 전형을 보여주고 가슴이 젖어드는 기분.
천지 사방에 단풍이 불타고 있다. —가슴이 타는 것 같다—
감정이 성난 파도처럼 밀려들었다.
어깻죽지 사이에 얼얼한 통증이 퍼졌다.
가슴이 텅 비는 것 같다.

구름 낀 잿빛 하늘, 물 마른 수양버들처럼 생기 없는 시시분분 초초를 보낸다. 그녀의 가슴에 꿈 없이 잠들어 버리면 숨어 있던 슬픔의 파도가 밀려들었고, 눈가가 촉촉이 젖어오면 흐느껴 울기 시작했다. 심장을 거머쥐고 입술이 파르르 떨리면 초목의 색채가

꾸덕꾸덕 말라간다.

　일찍이 고아로 자라면서 나와 가까운 친구나, 보육원생들과 헤어짐이 그다지 힘들지 않았고, 사회의 지인들과의 이별도 이토록 힘들지 않았다. 그녀를 잃은 것은, 정말 모두 잃은 것이다.

　내 생에 처음 맞이하는 상실이다. 아! '상실'

　나중에 친구한테 들은 이야기인데, 오빠(새 아버지의 아들)와 함께 한국 체인점 문제로 시장 조사차 왔다고 했다. 그녀가 일을 열심히 한다니 다행이다. 그녀가 집안의 중매로 남자와 결혼까지 약속했었는데 헤어졌다는 소식도 들었다. 내 가슴이 너무 아팠다. 나를 잊기 위해 많은 남자와 사귀어 보았지만 모든 남자가 낯설고, 어색하고, 계산적이었다고 한다. 더 근본적인 것은 어떤 남자도 손 한번 잡아주지 않는 그녀의 쌀쌀함에 그 이유가 있었을 것이다.

　"제가. 예전의 우리 관계로 돌아가자 하는 것이 아니에요. 단지 자기의 아픔을 좀 더 가까이에서 조금이나마 같이 나누고 싶을 뿐이에요."

　"아니. 그냥 이대로가 좋겠어. 내가 자기를 다시 만나면 결국은 예전의 감정이 되살아나고, 자기가 그동안 쌓아온 사업 준비도 엉망이 될 거야. 나. 그거 싫어. 내 앞에 서고 싶으면 당당하게 멋진 사업가가 되어서 다시 와. 내 마음 또한 가정으로 돌아간 상태야. ―너무 매몰차게 말했나.― 그리고 한 가지 물어볼 것이 있는데, 현대 백화점에서 어떤 남자하고 어린 여자아이가 있었는데 누구인지 물어도 될까?"

"아뇨. 묻지 마세요." 왜 저렇게 정색을 할까?

"체인점 계획은?"

"거의 끝나가요"

"그럼. 가 봐."

　

말끝을 흐리는 그녀의 조심스럽지만 진지한 눈빛. 자꾸 신경이 쓰인다.

"병원에 다녀왔어요."

"어디 아파? 어느 병원."

"강남 성모병원이요. 자기 생체이식[10]하면 정상적인 생활에 지장이 없다 하던데요."

"나. 이식 안 해."

"조직검사 했으니 며칠 있으면 결과 나와요"

"나. 뇌사자 기증 신청도 해놨고, 자기하고는 혈액형이 맞지도 않아."

"고집부리지 말고 내 말대로 해요. 선생님께서 혈액형이 맞지 않아도 다른 방법이 있대요. 그리고 신장 하나 떼어내도 생활하는 데 아무런 지장도 없대요."

"자기 자꾸 이러면 다시는 안 볼 거야. 아이 이야기나 해줘."

"아뇨. 묻지 마세요. 오빠의 딸이에요. 됐죠?"

---

10) 생체이식: 가족이나 친척 등 혈연관계의 살아있는 기증자로부터 기증받는 것. 이에 반해 사체이식은 뇌사 상태의 기증자로부터 기증받는 것이다.

또 말끝을 흐린다. 조심스럽지만 진지한 눈빛. 자꾸 신경이 쓰인다.

"왜? 말을 못하는데?"

"그러면 신장이식[11]하실 거예요?"

"지금 이식 안 해. 뇌사자 기증 신청해놨어."

"절대로 제 신장은 안 받는다 이거죠? 그러면 더 묻지 마세요,"

나를 만나려는 그녀를 계속 피했다. 그녀의 인생에 끼어든 내가, 그녀의 삶에 대한 단 하나의 후회를 한다면. 그녀에 대한 나의 부족한 열정이다. 작은 것들에 대한 소홀함. 사실은 하나도 그 무엇도 주지 못했다. 그것이 더 안타깝다. 나의 슬픔과 나의 외로움만 생각했지. 그녀의 슬픔, 그녀의 외로움은 생각하지 못했다. 그녀는 나를 사랑하면 할수록, 사랑이 깊어지면 깊어질수록, 더욱더 철저하게 외롭고. 포기할 수 없는 사랑에 가슴이 아팠을 것이다. ─진정으로 당신을 사랑합니다─

이미 나는 마지막을 정리하며 세상과 헤어지는 연습을 하고 있었다. 마음 또한 가정으로 돌아온 상태고 -무늬만─ 다시 한 번 그녀와 뜨거운 사랑을 나누기에는 불타는 정열을 가슴에 묻어둔 상태이다. 사랑해야 하는 아내를 위해 아무것도 하지 않은 것이 내게는 더 큰 병이었다. 내게 주어진 남은 시간을 아내와 아들을 위해 마지막 정열을 쏟고 싶다. ─척, 하고 싶다─ 그것이 그동안 내

---

11) 신장이식: 기능을 거의 못 하는 자신의 신장 대신 다른 건강한 신장을 제공받아 대체하는 것을 신장이식수술이라고 한다.

가 노력해 보지 않은, 나머지 다섯에 대한 약간의 보상이 될지 모르겠지만.

친구를 통해 그녀의 편지 한 통을 받았다.

몸이 아프고, 마음이 아프고,
사랑으로 인해 가슴이 아픈 당신에게.

당신의 밝은 웃음을 위해 제가 할 수 있는 단 하나의 일은 내가 사업에 성공하는 것과 한 통의 편지를 쓰는 일밖에는 없네요. 당신을 사랑할 수 있었다는 사실 하나만으로도 충분히 행복했습니다. 사랑으로 인해 사랑하는 사람과 헤어져야만 하는 것이 가슴 아프지만, 당신에게 남겨진 날들만큼 나에게 남겨진 그만큼의 날들 그 하루하루가 아름답고, 하루하루를 사랑하게 하며, 지금 나에게 너무나 사랑하는 사람이 있어 행복하지만, 우리가 못다한 사랑보다, 우리가 이루지 못한 사랑이 안타까울 뿐입니다. 순수한 영혼으로 다시 태어나 이루지 못한 그 사랑을 이루겠습니다.

'뜨거운 정열을 가슴에 감춘 예민한 감성의 남자'

나는 당신의 영혼까지도 사랑하겠습니다. 훌륭한 사업가가 되는 그날까지 당신 마음의 문지기가 되어 기다리세요.

—당신을 사랑하는 천사가—

성찰

　내가 생활정보신문 배포 일을 한 지도 벌써 4년째, 투석을 시작한 지는 6년이 되었다. 맨 처음 투석을 시작했을 때보다는 지금이 한층 더 건강해졌다.

　자신감이 넘쳐서일까? 어느 날 새벽에 신문 배포를 하다 사고가 났다. 그 당시 내 지역은 포천 쪽이었는데, 외곽 쪽으로 돌다가 깜빡 잠이 들어 절벽 아래로 차가 굴러떨어졌다. 그때가 새벽 6시였다. 전날 먹은 수면제의 부작용으로 깜빡 졸음운전을 했다. 다행히 오른쪽 눈 하나 실명된 것 외에는 큰 부상은 없었다. 차는 폐차 처분하고 신문 배포 일은 더 할 수가 없었다. 차가 절벽으로 떨어지는데 그 순간이 마치 슬라이드 필름을 돌리듯이 장면 장면이 조각조각 나뉘어 천천히 돌아갔다. 나는 마치 개구리처럼 몸을 잔뜩 움츠렸다. 거의 본능적으로 '역시 내 순발력은 대단해' 그런 심각한 상황에서도 이런 긍정적인 생각을 하다니.

내 생활은 이제 좀 더 단순해졌다. 월. 수. 금요일 오후에 투석하면, 화. 목. 토. 일요일에는 특별한 일이 없으면 산행을 한다. 투석하면서, 종일 산행을 할 정도의 체력을 유지한다는 것이 내게는 복권당첨보다 더한 행운이었다. 감사하고 감사한다. 내가 산행을 할 수 있는 체력을 유지한다는 것과 그 길 위에서 그리워할 사람이 마음속에 있다는 것. 정말 감사한 일이다. 그녀 생각에 잠시 아니 한시도 권태로운 적이 없었다.

아침에 달걀 6개. 노른자는 빼고 흰자만으로 부침해서 토마토케첩을 뿌리고, 커피 한 잔. 밥 한 공기. 그렇게 챙겨 먹고 늦어도 9시 30분까지는 산속으로 들어간다. 도시락 싸고 김치와 마른 조각 김, 생수. 물은 전날 냉동실에서 얼린 것, 500ml짜리 두 병. 한 병은 블랙커피를 탄 것, 한 병은 그냥 생수를 싸서 출발한다. 평일에는 물을 마음 놓고 마실 수 없지만, 산행 중에는 땀을 많이 흘리기 때문에 이때는 마음 놓고 마신다. 맛있게. 땀을 많이 빼려고 땀복을 챙겨 입는다. 초콜릿과 에너지 바도 비상용으로 빠지지 않는 품목이다. 집에 돌아오면 저녁 5시. 세탁기 돌려놓고 샤워하고 나와서 캔 맥주 하나 마시면 '아후' 시원해. 감사하는 마음으로 또 하루를.

요즈음 새로 생긴 고민은 뇌사자 기증 신청한 것이 거의 순서가 다가오는 것이었다. 입원해서 정밀 검사를 받고 준비를 하라는 의사 선생님의 연락이 있었다.

산길을 걸으면 나는 항상 나와 만난다. 거미가 잔뜩 움츠리고 온종일 꼼짝하지 않고 자기 성찰을 하듯이 내 안의 나를 만난다. 깨끗이 닦은 거울로 자신을 비춰 보듯이 왜곡된 나가 아닌 진실한 나를 만난다. 내가 건강한 모습으로 바쁜 일상을 맞이하며 사업에 열중했다면 이렇게 오롯이 나 자신에 대해 성찰할 기회가 있었을까?

그녀는 곧 나다. 혼자이면서 혼자일 수 없는, 내 안에 나만이 있는 것이 아니고 언제 어느 때나 그녀는 함께 자리하고 있다. 힘든 상황을 여러 번 맞았지만 그럴 때면 그녀의 달콤한 미소가 큰 힘이 되었다.

길 위에 서면, 만나는 모든 사람은 다 행복해 보인다. — 슬퍼 보인다. —

"안녕하세요."

"수고하십니다."

"즐거운 산행 되세요."

"how are you? fine thank you. and you."와는 다른 정감이 있고 친근한 인사들. 자연은 따로 주인이 없다. 즐기는 자가 주인이다. 자연 속에 있는 무엇 하나 소중하지 않은 것이 없다. 늘 감사하는 마음으로 길 위에 선다. 그녀의 미소가 나를 맞이한다.

망월사 벼랑 위에 영산전[12]이 있다. 그 뒤로 넘어가 작은 바위틈으로 내려가면 소나무 세 그루가 도란도란 어깨동무하며 원을 그

---

12) 영산전: 나한님을 모시는 곳.

리고, 그 밑에 작고 넓적한 바위 한 개가 돗자리 펴기 좋을 만큼 평평하게 솔밭 속에 묻혀있다. '솔밭정자'라 이름 지었다. 내 마음대로. 그 뒤로 병풍같이 높은 산봉우리들이 제 키를 자랑하듯 날로 치솟는다. 솔밭의 아름다운 색조, 새들의 재재거림. 고요함과 나와 가까움에 몰입하다 고개를 숙이고, 몽롱한 무덤 숲 위로 주룩주룩 눈물이 흐른다. 바스락바스락 소리에 놀라 정신을 차려보니 머리가 백발인 노인께서 다가오시며 고대산을 가보았느냐며 소요산역에서 신탄리역까지 가는 기차를 타고 고대산을 가보라 하신다. 내 생각에는 산신령님께서 보시기에 열심히, 감사하는 마음으로 산을 타는 모습이 가상하여 보너스를 주시나 생각이 들어 바로 다음다음 날 내쳐 가보았더니 고대산의 표범 폭포가 나를 반겼다. 주위에 사람도 없고 해서, 휙휙 옷을 얼른 벗고 들어가 표범 앞에서 악어흉내를 내고 있는데, 영화 트로이의 아킬레스가 생각이 나서 머리까지 깊숙이 넣어 온몸을 다 적셨다. 짜릿하게. 죽고 싶지 않은가 보다. 깎아지른 절벽이 층층이 마치 표범 가죽을 붙여놓은 듯, 표범의 각질들이(비늘이) 붙어있는 듯 눈을 부시게 한다. 낙수가 '크르릉, 크르릉' 대며 울고 있다. 나는 돌아오는 기차 안에서 산신령님께 감사를 드리며, 낮에 폭포 속으로 뛰어들어 '죄송합니다.' 사과를 드렸다.

　산을 다녀오면 나는 한참을 생각한다. 무엇인가 산속에 빼놓고 온 것 같은 허전함에 한동안은 영혼 없는 눈사람처럼 멍하니 서 있다.

넓은 바위에 앉아 DUNKIN' DONUTS와 얼려온 냉커피를 먹고 있는데 옆 바위에 여학생 3명이 채소를 잔뜩 싸서 와서 한 쌈 싸먹는 것이 맛있어 보인다.

"아저씨. 빵 드시지 말고 쌈, 한 쌈 드셔보세요."

한 학생이 한 쌈 싸서 드셔보라 건네준다. 맛있다.

"감사합니다, 이제 됐습니다."

"아저씨. 제 것도요."

"제 것도요."

그들은 관광학과 학생들인데 과제물 제출 기간이 다가와 길에 대한 리포트 작성을 위해 탐방 중이라 했다. 나는 세 학생에게 한 쌈씩 가득히 얻어먹고 에너지 바 한주먹 내주고, 짧은 지식을 나누어 주었다. ―오늘 보너스 탔다― 구김살 없는 맑은 학생들이었다. 나중에 저런 맑은 며느리를 얻으면 참 좋을 것 같다. ―거짓말. 데이트 한번 하면 좋겠다.―

"모자들 쓰고 다녀요, 예쁜 얼굴 다 타잖아요."

나는 그날 저녁 샤워를 하며 깨끗이 닦은 욕실 속 거울을 보았다. 민낯으로. 새로운 안경을 쓰고.

"너는 왜 너를 자꾸 속이느냐. 너의 얼굴에 그 주름이 정녕 나의 모습이냐?"

너에게 너를 말한다. '취생몽사(醉生夢死)[13]'라고.

아직도 첫사랑의 그리움이 커서 나의 심장이 마치, 한겨울에 꽁꽁 언 산정호수의 얼음 밑에서 그르렁그르렁 울음 우는 것처럼 그르렁거리는데도?

나에게 나를 말한다. '춘풍추우(春風秋雨)[14]'라고.

서늘한 바람, 허허로운 느낌. 바람 하나에도 계속 바스락바스락거리는 명성산의 억새꽃처럼, 스쳐 가는 여인의 향기에도 마음이 이처럼 바스락거리는데도?

너에게 나를 말한다. '전광석화(電光石火)[15]'라고.

문득 머릿속에서, 내가 얼마나 행복했는가. 추억이 방울방울, 슬픔이 송알송알, 미련이 주렁주렁, 눈물이 그렁그렁, 겨우겨우 하루가 억지로 지나가는데도?

나에게 너를 말한다. '일장춘몽(一場春夢)[16]'이라고.

두견새가 밤새워 피를 토하며 울어 그 피로 꽃이 분홍색으로 물들었다는 두견화(진달래꽃). 그 전설처럼 나도 밤새워 피 토하며 울부짖을 열정이 남아있는데도?

---

13) 취생몽사(醉生夢死): 술에 취하듯 꿈을 꾸듯 흐리멍덩하게 한평생을 보냄.
14) 춘풍추우(春風秋雨): 봄에 부는 바람, 가을에 내리는 비. 지나가는 세월을 가리키는 말.
15) 전광석화(電光石火): 번갯불과 부싯돌의 불. 극히 짧은 시간. 썩 빠른 동작.
16) 일장춘몽(一場春夢): 인생은 한바탕의 봄꿈과 같다.

내가 말한다. '백구과극(白駒過隙)[17]'이라고.

찰나이다. 인정하는데. 너의 가슴에는 '청춘'을 간직하고 있느냐?
—회심의 한판—

"철부지[18]." —회심의 되치기—

누가 뜨거운 정열을 가슴에 감춘 예민한 감성의 남자일까?

너:<—혹은 나:—> 무승부.

굿은 비가 내린다. 가을이 깊어가고 있다. 바람 끝이 서늘해졌다.
불처럼 타오르던 나뭇잎도 창 넓은 카페의 찻잔 속에 한 잎, 두 잎 떨어진다. 촛불에 낙엽이 타는 냄새. 몸부림치는 나뭇가지가 휑하다. 휑한 나뭇가지 위로 파란 가을 하늘이 차갑게 걸쳐 있다. 가을은 잡히지 않고 재빨리 깊어졌다. 겨울이 성큼 다가오고 있다.

투석하고 있는데 의사 선생님께서 회진을 돌다 내게로 다가오셨다.

"끝나면. 저 좀 보고 가요."

무슨 일일까? 신장이식 때문일까? 얼마 전 뇌사자 기증 순서가 다가왔다는 통보를 받았었다. 혹시? 왠지 불안한 예감이 들었다.

"선생님. 저 왔습니다. 무슨 일이세요?"

"급하시긴. 간 수치에 문제가 있어서 정밀 검사를 해봐야겠는데.

---

17) 백구과극(白駒過隙): 흰말이 지나가는 것을 문틈으로 본다. 인생의 한 세상은 순식간이다.
18) 철부지: 철을 모른다. 때를 모른다.

시간이 언제면 좋겠어요? 빠르면 좋겠는데. 종합병원에 예약해 놓을게요."

　나는 조심스러운 선생님 말씀에서 안 좋은 상황임을 느낄 수 있었다.

사랑하고 싶다

모든 이들에게 한없이 받기만 했지 주지는 못했다. 나는 상대를 사랑하기 위해서는 나 자신부터 사랑할 줄 알아야 한다고 생각했다.

그러나 그러한 내 생각은 잘못된 것이었다. 나 자신만을 사랑하고 있었다. 진정으로 상대를 사랑하기 위해서는 나 자신을 사랑하지 않는 것도 필요하다는 것을 이제는 알 수 있을 것 같다.

그녀와의 관계가 어떠한 방법으로도 마음의 정리가 되어야 하는데, 내 인생은 그녀가 있어서 정말 과분한 인생을 살았다. 그녀의 '극단적인' 선택은 꼭 막아야 하는데. 내가 살아오면서 그녀와의 사랑을 간직할 수 있었다는 사실 하나만으로도 충분히 행복했다. 그러나 이기적인 생각에 나는 나 하나만을 위한 인생을 산 것 같다.

내게 허락된 삶의 길이가 비록 짧을지언정 그녀와 함께하는 아름다운 꿈을 꾼다면 내 가슴속에 묻어두었던 그 말. 모든 사람이 우리의 사랑을 비난하여도. 그들에게 그녀는 나의 '연인'이라고 자신 있게 말하고 싶다.

이제는 정말 바빠졌다. 운명은 운명 그대로 받아들이고 하루하루가 소중했다. 내가 없는 세상에서 아들의 생활에 불편함이 없도록 해줘야 하는데. 그동안 내가 고생하면서 살아온 날들이 나 자신은 그것이 고생이라고 생각해 본 적이 없는데. 아들이 나를 필요로 할 때 내가 없으면 내가 그랬듯이 아들 또한 마음고생을 해야 한다면 매우 가슴이 아픈 일이다. 하지만 내 의지와는 달리 몸이 말을 안 듣기 시작했다.

이제는 편한 마음으로 쉬고 싶다. 몸은 더 편히. 내가 마음을 비우면 인생이 이토록 아름다운 것을. 그렇게 긴 인생은 아니지만 내게 주어진 시간이 그리 많이 남아있지 않다. 이제는 편히 쉬자.

내 인생은 보육원에서 시작하여 청계천에서 청년 시절을 거쳐 결혼하고 아이를 낳고 어른이 되었다. 사업가로서는 최선을 다해 후회 없이 멋있는 사업을 해 봤고, 사랑은 참사랑을 찾아 아름다운 사랑을 했으며, 인생은 좌절과 병마에 시달리며 '나' 자신을 잃지 않은. 내 신념 내 주관대로 멋있고 맛있게 살다가 이제 제자리로 돌아간다. 내 인생에 나름대로 철학이 있었다면 그것은 '맑게, 밝게'다.

내 인생은 이십 대까지는 무색무취, 사십 대까지는 핑크이다. 그중 이십 대에서 삼십 대까지는 연분홍, 삼십 대에서 사십 대까지는 진분홍. 사십 대에서 지금까지는 블루(밝은 마음)이다.

대학에 다니며 모델 활동을 하는 아들은 매우 바쁜 생활을 보내고 있다. 방학 기간 중인데도 스케줄이 꽉 차 있다. 어렵게 시간을 내준 아들과, 친구와 산행을 몇 차례 했다. 도봉산 우이암으로 해서 신선대. 원도봉산의 망월사로 해서 포대능선-사패능선-사패산. 북한산 백운대. 정상까지는 못 오르고 대략 위치만 알려주고, 코스를 짧게 잡았는데도 힘이 벅차다. 아들과 산행을 마치고 가족들이 다 모인 식사 시간에 농담으로 가볍게 이야기했다. 장인과 장모님. 아내와 아들. 그리고 나. '만약의 경우' 병원에서 사망확인서 나오고 경찰서에서 승인이 끝나면 장례식은 치르지 말고 바로 화장을 할 것. 우이암, 신선대, 망월사, 사패산, 백운대에 유골을 뿌려줄 것. 내 마지막 부탁이니 꼭 들어주었으면 좋겠다고 말했다. 아들에게는 따로, 내 친구와 같이 뿌려 달라고 신신당부했다.

"아들아, 내가 미안하다. 너와 같이 공유한 시간이 너무나 부족하고, 우리가 추억을 쌓을 만한 어떤 일도 없는 것 같구나. 그런데도 안타깝게 우리가 함께할 날들이 얼마 남지 않았음을 그냥 인정하고 받아들여야만 한다. 그리고 네가 나에게 묘지를 만들어 주고, 화장해서 무슨 공원에 안치하고, 때마다 찾아오는 것이 예의를 다하는 것으로 생각하지 말거라. 네가 아버지에게 바칠 수 있는 가장 훌륭한 선물은 너 자신을 잃지 말고 '그답다'하는 삶을 계속 살아 나가는 것이다. 지금 하는 일은 네가 좋아서 하는 일이지만 직업의 특성상 나이 들어서까지 하기는 무리일 듯싶다. 시간이 나면 회사에 들러서 일도 익혀두렴. 나는 나비로, 꽃으로, 바람으로, 무엇으로든 자유로이 살아있을 테니 피곤하고 힘들 때는 산길을 걸어 보아라. 그러면 나를 만날 수 있을 거야. 그때는 환하게 웃으며 손을 흔들어 주렴. 그러면 나는 기뻐서 웃으며 너를 맞을 것이다."

"신장은 무리라 생각하시면 나중에 뇌사자 기증받으시고, 간이라도 이식받으세요. 간은 다시 원상복구가 된다고 하니 제가 해도 무리는 아닐 듯싶은데요."

오늘도 나는 북한산 길 위에 서 있다. 빈 마음으로.

사랑하고 싶다

사랑하고 싶다. 이 겨울을
유난히도 춥겠지
사랑하고 싶다. 이 겨울을
이 겨울에는 유난히도 눈이 많이 내리면 좋으련만
사랑하고 싶다. 이 겨울을
연인과 함께 그 눈길을 손잡고 거닐고 싶다.
사랑하고 싶다. 이 겨울을
그래야 이 겨울이 너무나 따뜻할 테니까.

사랑하고 싶다. 그 봄을
유난히도 따사롭겠지
사랑하고 싶다. 그 봄을
그 봄에는 유난히도 꽃이 많이 피었으면 좋으련만
사랑하고 싶다. 그 봄을

연인과 함께 그 꽃길을 손잡고 같이 거닐고 싶다.

사랑하고 싶다. 그 봄을

그래야 그 향기를 잊지 않을 테니까.

사랑하고 싶다. 그 여름을

유난히도 덥겠지

사랑하고 싶다. 그 여름을

그 여름에는 유난히도 비가 많이 내리면 좋으련만

사랑하고 싶다. 그 여름을

연인과 함께 그 빗속을 손을 잡고 거닐고 싶다.

사랑하고 싶다. 그 여름을

그래야 그녀 생각이 많이 떠오를 테니까.

사랑하고 싶다. 그 가을을

유난히도 쓸쓸하겠지

사랑하고 싶다, 그 가을을

그 가을에는 유난히도 단풍이 예쁘면 좋으련만

사랑하고 싶다. 그 가을을

연인과 함께 그 예쁜 단풍잎에 손을 잡고 편지를 쓰고 싶다.

사랑하고 싶다. 그 가을을

그래야 또 그 겨울을 노래할 테니까.

단풍이 생의 끝 가지에서 간절히 바라는 내일.

달맞이꽃

　내 임의 친구 분으로부터 잘 포장된 박스 1개를 받은 건 1년 전 겨울이었다. 미국에서 체인점 일이 끝나 오빠가 그 일을 맡았고, 나는 한국 체인점 계획 때문에 귀국했다가 어이없는 소식을 접했다. 그이의 소원대로 의젓한 사업가로 성장해 자랑하고 싶어 의기양양해서 한국에, 그이의 곁으로 달려왔는데. '그이에게로 간다.' 잔뜩 흥분되어 달려왔는데. "아!" 사랑이 죽었다.

　우리의 사랑이 담긴 노트와 반지, 목걸이, 사진 한 장, 산 지도들이 들어있었다.

　―손가락이 잘리지 않는 한 절대 빼지 않겠다던 반지.
　―내 목숨이 붙어있는 한 절대 풀지 않겠다던 목걸이.
　―내가 해준 것들

―빨간 한복을 차려입고 화사한 미소를 지으며 찍은 상반신 사진 한 장. (뒷면에는 -건강한 모습으로. 영정사진용―)이라 쓰여 있다. 처음 진단을 받고 나중을 위해 미리 건강할 때 찍어 놓은 사진인데 정작 사용은 안 했다고 했다.

―산지도 들 : 도봉산, 북한산 외―

그이 곁에 있고 싶어 잰걸음으로 돌아왔는데. 마음은 빨리빨리 서두르자. 조금만 기다려, 조금만 기다려 하다가 돌이킬 수 없이 끝내 늦어버린 현실. 다리에 힘이 풀려 서 있지도 못하고 무릎을 꿇고 머리를 숙이고 끝없이, 끝없이, 통곡했다. 눈이 아른아른하고 눈물이 계속 흘러내려 숨을 쉴 수가 없었다. 몸이 아프다는 것은 알고 있었지만, 그 정도쯤은 잘 이겨내리라 믿었는데. 그이가 그 정도 심각한 상태일 줄이야. 사소한 오해와 부족한 믿음이. 우리가 잠시 헤어져 있던 그사이에. 이럴 줄 알았으면 조금 더 솔직할 것을. 왜…? 몸이 아프고, 마음이 아프고, 그리고 내가 남긴 생채기들…:

끔찍한 내 사랑이 지나친 집착은 아니었나? 지나친 소홀함은 아니었나? 지나친 가벼움은 아니었나? 전혀 예상하지 못한 결말. 여기서 내가 무슨 사업 때문에, 자기의 소원대로라고. 그 무슨 변명을 들이댈 것인가. 쓰디쓴 익모초를 마신 듯이 심장의 쓰라림이 온다. 영화를 다시 돌려 편집해서 해피엔딩으로 끝낼 수 있다면 영정사진 속의 주인공이 내가 될 것이다. 그이 주려고 롤렉스시계를 사

왔는데.

— 내게는 never 엔딩이다. —

염려하시는 엄마와 아버지께(지금은 아버지라 부르는 것이 자연스럽다), 제게 시간이 필요하니 한국체인점은 전문경영인에게 맡겨 경영하게 간곡히 부탁을 드리고 한 달에 한 번 감사는 철저히 하겠다는 다짐도 했다. 그렇게 내가 하고 있던 일과 주변 정리를 다 마쳤다. 잠실아파트에서 그이의 모든 흔적, 모든 물건, 잠옷, 스킨, 로션, 등을 모두 챙겨서 그대로 도봉산과 북한산이 뒤로 병풍처럼 서 있는 우이동에 집을 얻어 이사를 끝냈다. 이것은 현실일 수가 없다고, 내 마음속에 그이는 항상 내 곁에 있는데, 저녁이면 마치 환한 미소를 띠고 문을 열고 바람처럼 들어올 것만 같아, 우리가 같이 쓰던 침대와 짐은 팔지 못하고 다른 짐만 챙겨서 이사했다. 내가 없더라도 머물러 쉬었다 가라고. 샤워실의 면도기, 내가 그이의 코털을 다듬어 주었던 쪽 가위 등등은 챙겨왔다.

그해 3월부터 나는 그이를 찾아 나섰다.

첫째 날은 도봉산 입구에서 우이암까지 오르는데 숨이 턱턱 막히고 다리가 너무 무거워서 겨우겨우 원통사에 도착했다. '혁혁' 나는 한참을 쉬어 우이암에 오를 수가 있었다. 일주일 동안 몸을 추슬러 점차 그 길이가 멀어졌고 내가 도봉산 우이암, 신선대, 원도봉산의 망월사, 사패산, 북한산의 백운대를 다 돌아 그이를 만나고 왔을 때는 한 달이 걸렸다. 내 체력도 그렇고 친구 분 일정도 있고 해서 시간이 좀 걸렸다. 꽃 대신 그이가 좋아하는 초콜릿을 놓아 두었다. 친구 분의 도움이 컸다. 다 돌아보고 고맙다고 인사를 하고, 이제는 혼자 다녀도 되겠노라고 했다. 친구 분은 혼자 다니면 무섭지 않겠느냐고 걱정한다.

내가 어려움을 겪지 않고 어찌 거듭 태어날 수가 있겠으며, 무섭다는 것도 마음의 문제다. 그이가 항상 내 마음속에 있고 바람으로, 꽃으로, 나무로, 산에 있는 모든 것, 산 자체로도 그이가 내 곁에 항상 같이하고 있다. 그리고 내가 어려움을 자주 겪어야 그이가 자주 날 찾아올 것 아니겠는가.

지금은 가슴앓이도 사치였다. 나는 이제는 화장하지 않는다. 스킨, 로션, 선크림이 전부다. 액세서리는 다 빼고 반지, 목걸이만 그이 것으로 끼고, 걸고 했다. 돌 틈 사이에 핀 제비꽃이 환하게 미소 지운다. 내 임의 미소처럼. 그렇게.

내가 산에 들어가는 것은 그이의 품속으로 들어가는 것이다. 내 안에 그이가 있다. 산속에 들어가면 그이의 숨결이 '쌔곤, 쌔곤' 느껴진다. 내가 곧 그이고, 그이가 곧 내가 되어 하나의 우리가 걷는 것이다. 이것은 어떤 죄책감이나 의무감이 아닌 기쁨 그 자체이고 서로가 기쁨의 사랑 나눔이다.

처음에는 그이의 유골이 뿌려진 곳을 시작해서 이제는 내 일상이 되어 버린 산행. 그이와의 데이트는 늘 즐겁다. ─화장은 안 한다.─

나는 아침 9시 30분이면 산속에 들어가고 오후 5시 이전에는 산속에서 나왔다. 가끔 조금 늦을 때면 쪽빛 하늘이 나를 반겼다.

맑은 밤 산봉우리 위로 달의 그림자가 춤을 춘다. 나도 춤을 춘다. 나체로. 밤이면 녹초가 되어 미처 그를 회상할 틈도 없이 잠이 들고 아침이면 산속에 가기 위해 분주하다.

처음 몇 달은 몸이 피곤해 그이를 생각할 시간도 없이 잠이 들었지만, 차츰 익숙해지자 간간이 밤을 지새우고, 간간이 밤을 지새우다 보니 이제는 수면제 없이는 잠을 못 이룬다. 슬픔이 아주 크게 다가왔다.

매번 소리 없이 오는 계절들이지만 이제는 모든 계절, 모든 날이 모두 경이롭다. 하품하며 깨어나는 하루하루가 이처럼 색다르고 하루하루에 의미를 덧붙여 살아본 적이 없었다.

하늘에는 구름이 잔뜩 끼어 있고, 내 마음에는 그리움이 잔뜩 끼어 있다. 어릿어릿한 기억들이 황량하게 내 마음에 똬리를 꼬아 자리 잡는다. 또, 몇 날을 두문불출한다.

어느 하루

살포시 옷고름을 풀고는
뽀얀 속살을 드러내는 새벽
하얀 광목을 살포시 펴서는
무슨 색으로 물들여 하루를

품어 삼킬까?

오늘 밤은 입술에 삭혀 우려낸 포도색을

너의 가슴에 찍어 놓고

JAZZ에 묻혀 잠들고 싶다.

잠에서 깨어나는 산속의 아침은 아기가 잠을 자고 깨어나며 긴 하품을 할 때처럼 비릿한 우유 냄새가 난다. 코를 찌르는 흙냄새, 머리가 찡할 정도의 맑은 공기도 나를 반긴다. 검은 나비 한 마리가 산 입구부터 나를 따라 날아간다. 내 임이 오늘은 나비로 나를 맞이하는구나. 나비가 안 보일 때이면 따가운 가을 햇살을 받으며 익어가는 고추처럼 빨간 고추잠자리가 자리를 같이한다.

그이는 목련, 벚꽃, 개나리.

진달래, 철쭉, 아카시아, 송화.

눈부신 초록의 생명.

장미, 밤꽃, 호랑나비, 소슬바람이다.

나비로, 꽃으로, 바람으로, 무엇으로든, 자유롭게 사는 내 임.

나는 북한산성 입구에서 대서문, 대남문을 거쳐 대동문에서 점심을 먹은 다음 대동문에서 진달래 능선을 따라 우이동으로 내려

온다. 그곳은 분홍색 물감을 뿌려 놓은 듯 진달래꽃이 장관이다. 얼마만큼의 두견새가 밤을 새워 피를 토했을까.

무심히 앉아 맞은편 산등성이를 바라보면 소복하게 자리 잡은 진달래 능선의 주르르 흐르는 비단옷, 진달래꽃. 어느 미인이 곱게 화장을 한들 이보다 예쁘겠는가?

옷깃에 향기가 드는 듯도? 그이의 스킨 냄새가 내 몸에 드는 듯도? 자주, 아주 자주 그이의 스킨 냄새가 난다. 새삼스럽게 고독이 슬퍼진다.

봄은 산에도 강에도 오고, 사람들 가슴속에도 오는데, 내 임은 아무 곳에도 피지 않아. 내 마음은 여전히 겨울의 슬픈 찬바람 속 울음. 침묵의 울음소리를 꾹꾹 눌러 무덤 위에 피어 있는 파란 도라지. 진저리치는 쓰라림. 마음이 허허함을 어찌할꼬?

나는 지금 산길을 걷고 있다. 그이가 거닐던 순간을 더듬으며. 그이가 머물렀던 공간, 그이의 발길이 닿았던 모든 곳을. 지도에 표시된 모든 길을 하루하루 걷는다. —이 길끝에 그이를 만나 지지 않는 꽃을 피울 수가 있을까?—

'가슴앓이, 어스름 무렵, 비.' 아무 의미도 없이 머릿속에 맴돈다. 그이는 어느 곳에든 살아있다. 바람 속에, 햇살 속에, 빛 속에. 달빛, 별빛, 노을빛, 눈빛, 은하에서 온 빛, 아파트 불빛, 모든 곳에 그이가 살아 숨 쉬고 있다. 눈꽃, 꽃눈, 꽃비(벚꽃. 복사꽃), 영혼의 부스러기들 속에 그이가 있다.

제비꽃의 가슴앓이는 오랑캐의 피를 받지 않았음에도 이름이 남아있어 억울한 오랑캐꽃.

산봉우리 위로 달의 그림자가 춤을 춘다. 어스름 무렵.

처음 내가 그이에게 노크했을 때, 그날 예쁘게 '비'가 내렸지.

"나는 소박한 꿈을 꾸었는데 너무 많은 것, 풍만한 삶을 살다 보니 마음이 더 황폐해졌어."라며 단순하고 간조하며 삶의 기쁨과 순수성을 잃지 말라고, 겉으로 부자가 되는 것보다 안으로 충만해지는 것, 자기 빛깔을 잃지 않는 것이 풍요로운 삶이라고 그이는 말했었지.

이제 산은 영원한 그대의 생명이요, 포근한 그대의 품속이다. 따뜻한 가슴을 가진 그이의 품.

우이암, 신선대, 망월사, 사패산, 백운대. —핏빛, 그리움—

우이암 밑에 원통사.

신선대 밑에 천축사.

원도봉산의 망월사, 원효사.

회룡역의 회룡사.

사패산 밑의 원각사. 모두 내가 108배를 올린 곳이다.

—길 위에 서면 모든 것이 다 아름답다.—

그이의 행적을 따라. 그이가 하던 생각, 그이가 하던 행동을 상상해 보며.

산정호수, 명성산, 자인사, 산정호텔 —두견화가 떨어진 그곳.

한탄강, 고석정

낙타를 닮아 굽이굽이 슬픈 불곡산(임꺽정봉. 상봉), 부흥사, 그 옆에 도락산

소요산, 고대산, 천보산, 왕방산, 수락산, 불암산

사패산 밑 원각사. 그 위에 있는 원각 폭포. 고대산의 표범폭포, 그곳에서는 다리를 담가 보았지. 깊숙이.

산정호수에서는 호숫가에 보트장이 있는데 한쪽은 창 넓은 찻집이고, 한쪽은 보트와 나무배가 있다. 그곳 여사장님은 집시처럼 자유로워 보였다. 내 임처럼. 넓은 창밖으로 보이는 호수는 슬픔의 눈물이 모여 이룬 것처럼 그렁그렁하다. 때마침 최성수의 '해후'가 흘러나왔다, 언젠가처럼.

'창 넓은 찻집에서 다정스런 눈빛으로 예전에 그랬듯이 마주 보며 사랑하고파'

비가 내린다. 평일인 데다 날씨가 안 좋아서인지, 스치는 인연인지 손님이 나 혼자다. 사장님은 동네에서 채취한 나물 일곱 가지를 넣은 산채비빔밥이라며 한 그릇 비벼서 드시라며 내놓으셨다. 막걸리 한 잔과 함께. 천국의 만찬이 따로 없다. 고마운 마음을 말로 다 할 수 없어서 지니고 있던 책과 글을 써서 작게나마 보답이라고 드렸다.

집시 여인에게
책을 한 권 드리니
비가 와서 한가한 날

맛있는 커피를 타서

좋아하는 음악을 틀고 (JAZZ면 싶네요)

즐거운 마음으로

책을 읽어주길 바라요.

제가 집시 여인에게 드린 것은

비에 젖은 산정호수?

맛있는 커피?

좋아하는 음악?

즐거운 마음?

은빛 꽁지머리 휘날리는 명성산?

자유로운 영혼에 드리는 보랏빛 향기.

"나중에 늦은 가을에 명성산 억새꽃 축제를 하니 그때 겸사겸
사 또 놀러 오세요. 그때는 맛있는 것 많이 해드릴게요. 그때는 남
자친구 분도 같이 오세요."

"감사합니다."

산정호수 카페의 사장님이 집시가 아니고 나 자신이 집시인 것
같다.

"내가 당신을 사랑할 때 유부남임을 알고, 그 사실을 인정하고 당신을 사랑했어요. 나는 당신의 반쪽만이라도 진실 하나로 충분히 만족할 수 있었어요. 그러나 그 반쪽의 다른 반을 다른 사람에게 빼앗긴다는 사실은 나를 비참하게 만드네요."

"내가 당신을 위해…. 같이 밤을 지새우고 싶고 늘 같이 있고 싶었지만 내 욕심을 버리고 당신을 위한 배려에서 집으로 보내드리고 몇 날 며칠을 뜬눈으로 지새우며 당신을 기다리다. 가슴이 사려와 잠 못 이루고 깜짝깜짝 놀라 잠 못 이루는 내 심정을 아시나요."

"당신의 반쪽은 인정하고 반쪽 사랑으로도 만족하지만, 그 반쪽의 또 반을 잃는다는 것은 전부를 원하지 않았던 내 사랑이 이젠 전부가 아니면 차라리 내 사랑의 끈을 놓고 깊은 수렁에 빠져 버리는 것이 덜 힘들 거예요."

"수도 끝에 떨어지는 물방울에도 임이 오시나 가슴 설레어. 처음에는 미칠 듯이 힘들고, 괴롭고, 외롭고…. 하지만 세월은 흐르니까요. 아니 우리가 어디로든 흘러가겠죠. 그래도 내가 당신을 잊지 못한다면 잠을 자죠, 아주 깊은 잠이요."

―내가 수면제 먹은 일을 그이는 모른다. 나는 아주 깊은 잠만 잤다. 정신이 피폐해진 상태로.―

"당신과 나는 죄책감에 많은 날을 후회하며 사랑이 식어가는 고통을 느껴야 할 거예요. 만약 당신이 사랑으로 인해 아픈 나날을 보낸다면 그것은 내가 바라는 것이 아니에요. 우리의 사랑은 서로의 마음속에 존재하고 있는 것만으로도 충분히 만족해요. 많은 날 우리가 가지 않은 길에 대해 후회를 하며 살지 않기를 바라요."

—그이에게 생-채기가 된 그 말들—

서로가 사랑을 이루지 못한 고통, 사랑하는 사람과 어떤 이유로
든 이별해야 하는 고통보다는, 사랑이 식어가는 고통이 제일로 가
슴 아픈 일일 것이다.

입술에 찍힌 포돗빛 가슴의 상처는
세월 속에 삭아서 없어지는데
입 밖으로 튀어나온 말의 상처는
깊은 생채기 되어 보석처럼 빛나고 있다

사랑에 끝이 어디 있어, 지금 만나지 못한다고 사랑이 끝이 아니
지, 마음속에 그대가 그대로 있는데. 내가 매일 매 순간 숨 쉬고
있는데, 사랑이 어떻게 끝이야.

슬픔과 슬픔을 여며 가슴에 눈물겨워, 굽이굽이 슬픔이 고여도
그럴 수는 없지. 지금이 몇 년도이고, 내가 몇 살인지는 몰라도, 그
대가 내 안에 그대로 있는 것쯤은 알아. 어떻게 사랑이 끝이 있어?

우리가 서로 완벽하게 화합할 수 있을 것이라, 그것이 환상이 아
닐 것이라 믿어. 그대가 유부남이라 하여 그대가 내 것이 아니라고
는 생각하지 않아. 어차피 하루의 낮은 바쁘게 일을 하느라 온종
일 밖에 있을 것이고, 저녁에 나와 헤어진 뒤 집에 들어가야 그대
의 아내와 몇 시간이나, 아니 몇 마디의 이야기를 나눌 수 있겠는

가? 나와는 매일매일 몇 시간이지만 열정적인 사랑을 나누고, 또 재수가 좋은 날에는 낮에도 사랑을 나누지 않는가?

토요일, 일요일 가끔은 권태롭고 기다림이 힘들긴 하지만, 어차 피 월요일부터 금요일까지는 그대는 내 것인 것을. 그대를 금요일 에 집에 보내고 혼자 쓸쓸하지만, 월요일이면 또 내가 안을 수 있 다는 것, 그대는 내 것인 것을. 그 정도의 여백은 우리 사랑의 뿌 리를 더 튼튼하게 만들지.

지금은 산책길을 걷고 있다.

우리의 사랑은 크나큰 행복이고 축복이었음을 너무 늦게 깨달은 나는 상실감에 젖어 행복한 기억을 헤매고 있다.

오르막 내리막길이 완만하지만 어디 오르막길만 찾아 산봉우리 에 올라가는 것만이 등산이겠는가. 그러나 정상을 향해 오르막길 을 힘들게 오를 때는 그를 더 강렬하게 만난다.

우거진 나무, 고요한 한낮(고요함), 평화로움, 침묵과 충만함, 솔 밭, 물의 유유함, 문득 머릿속에서 우리가 얼마나 행복했는가? 자 꾸자꾸 잊어버려 순간순간 쓸쓸하고 착잡하다. ―심장의 쓰라림―

"안녕하세요."

"반갑습니다."

"수고하세요." 산에서 인사하기는 너무 크지도, 작지도 않게.

"How are you? Fine Thank you, and you?"보다는 한결 정겹다.

올해는 유난히 덥고, 비도 잘 내리지 않는다. 이른 봄부터 늦은 가을까지(늦겨울—초겨울), 나는 거의 매일 산을(그이를) 찾아 헤맨다. 산이 아닌 그이를. 처음에는 숨이 턱턱 막혔다. 헉헉. 그이와의 사랑의 언어 하 악.

이제는 체력도 좋아졌고 사색을 즐기는 시간이 많아졌다.

우비를 입고, 우산을 쓰고. 땀에 옷이 흠뻑 젖고, 비에 추억이 젖고, 그리움에 마음이 젖고, 젖고, 젖고. 인어 공주가 꿈꾸는 사랑.

—당신은 나의 '연인'이라고 자신 있게 말하고 싶다—

산등성이 멀리서 파르르 떨며 다가오는 실바람. 두 팔을 벌려 '꼬옥' 안아본다. 그이는 내 이마의 땀을 쓸어내리며 내 가슴속을 스멀스멀 파고든다. —날렵하게— 실바람은 내 머리카락을 스윽 쓰다듬으며 또 멀어져간다. 소슬바람이 뒤이어 내 귀밑머리를 날리며 등 뒤에서 '꼬옥' 안으며 속삭인다.

"그이를 사랑할 수 있어서 행복했느냐?" 환상 속. 바람이 울음 운다(울기도 한다). 머무르지 않고 또 홀연히 떠나간다. 내 입은 사랑의 말을 찾아 더듬더듬 그 바람에 부딪혀본다. 올올이 그이의 감촉이 느껴진다. 가슴에 보랏빛 입술이 찍힌다. 나비 날개짓처럼.

바스락거리는 철쭉. 한들거리는 송화. 실록의 청정한 공기. —흔들려야 바람이다—

빗방울이 내 귓불에 '툭' 하고 떨어진다.

내 눈에서는 눈물방울이 '뚝' 하고 떨어진다.

졸졸졸 노래하는 샘물.

약수는 '똑똑' 하고 떨어져 산골 물이 되어 흐른다. —금지된 환상—

'사랑.' 그것은 정말 장밋빛 환상일까?

당신 없이 사는 나를 그대는 어찌 생각하는지요?

당신의 눈을 보면 항상 슬픔을 안고 있어요. 상처받지 않으려고 항상 차갑고, 고뇌에 찬 얼음처럼 닫혀있었죠.

월요일. 나는 산길에 핀 꽃을 보면 손을 흔들어 주고 활짝 웃는 얼굴로 맞이하면 그이는 나를 보고 환하게 웃어준다. 바위에 앉아 물을 마시려면 나비가 날아와 바위에 앉는다. 바위에 나비가 앉는 순간, 바위는 더 이상의 돌이 아닌 꽃이 되는 것이다. 나비는 돌 속에 꽃씨가 있음을 아는 것이다. 내 마음속에도 꽃씨가 있다. 한 송이 꽃을 피우기 위해 땅속의 꽃씨가 어떤 역경을 이겨내는가. 오늘의 이 고통(그리움)이 끝나는 날, 우리가 막다른 길에 다다랐을 때. 그이를 만나 꽃피울 수 있을까?

화요일. 내가 산에 가면 입구부터 나를 맞이하는 검은 나비 한 쌍. 검은 나비 한 쌍 금실 좋게 노닐 때 호랑나비 한 마리 끼어들어 판 깨졌다.

수요일. 나는 가끔 아주 가끔. 바위에 앉아 맞은편 산등성이를 마주 보고 한참을 응시하다 보면 한순간 무아지경에 빠질 때가 있다. 찰나의 순간이지만 그 시간이 0.5초, 아니면 10초 그 길이는 알 수가 없지만, 아무튼 찰나이다. 그렇게 한순간 주위의 모든 것이 다 멈추고 깊이를 알 수 없게 빠지는 경우. 침묵의 세계. 텅 빈 공의 세계. 깊은 곳, 마음속 깊은 곳에 숨어 있던 맑고 향기로운 마력, 반딧불이 반짝한다. 내가 첫눈에 반한 사랑이었다. 우리는 이후에 얼마나 많은 반딧불을 태웠는가.

목요일. 눈이 내렸다. 방울방울 하늘을 품고 있다. 두 손을 모아 손바닥을 펴보니 방울이 팡팡 터진다. 가만히 보니 비였다. 꽃비. 선홍빛 복사꽃이 꽃비가 되어 휘날리는 어느 봄날이었다. ―달콤한 꿈이었다― 그날 대학로에서 처음 그이를 보았다. 그이는 바람 같았지. 마른 억새가 서걱서걱 바람에 흔들리고, 얼어있는 내 마음에 따뜻한 분홍색 햇살이 비치고 있었다. 어두운 그림자가 걷혔다.

금요일. 마른 김 넓게 펴서 밥 한 움큼 돌돌 말아 한입 베어 물고 달랭이 김치 한입 베물어 아삭아삭 귀에 울리면, 그 소리에 샘이 난 듯 낙수 져 소리치는 계곡물. 감사하는 마음으로 밥 한 움큼 떼어 웅덩이에 던져 주면 너무나 행복해하는 이름 모를 작은 고기들. 산속의 작은 행복.

토요일. 기억의 저편 가슴속 더 깊은 곳에 쓰디쓴 도라지를 심는다. 죽은 이들이 사는 마을. 묘지 위에 꼿꼿이 핀 꽃. 연보라색 빛 도는 파란색과 흰색의 도라지를 심는다. 스스로 존재의 의미를 잃지 않기 위해, 내가 의미를 잃어버린 단어로 남지 않기 위해 도라지를 심는다. 심장의 쓰라림은 살아있음이다.

일요일. 햇빛이 좋은 날이었다.

몽상에 빠진 나는 바위에 배낭을 베고 누웠는데 송홧가루가 날리고, 희맑은 하늘에서 꽃잎이 하늘하늘 떨어진다.

풍경이 너무나 아름다워 눈시울을 적시고,

가슴이 뭉클하고, 콧날이 시큰해졌다.

심장에 핀 도라지꽃이 아득한 환상에 흔들릴 때,

가슴 뒤 등에서 누군가 구석구석 송곳을 대고 망치질을 한다.

그것은 두근거림인 듯도, 그것은 통증인 듯도 하다.

쓰라림의 생생한 느낌이 경이롭다.

맑고 정결한 소금 꽃이 활짝 피었다. 분홍색이다.

사랑 나눔 같은 인생의 보너스이다.

그것은 '대상포진(herpes zoster shingles)[19].' 나는 아까운 너무나 아까운 일주일을 병원 신세를 졌다.

퇴원하는 날 나는 짐만 집에 풀어놓고 배낭을 메고 바로 산속으로, 그이 품속으로 달려갔다. '까악, 까악' 까마귀의 곡성이 정겹다.

---

19) 피부와 신경에 생기는 급성 바이러스감염. 신경의 특정 부위에 작은 물집이 무리 지어서 생기는 것이 특징이며, 급성후부신경절염이라고도 한다. 병변은 등에 가장 자주 나타나며, 병변이 생기기 전에 무지근한 통증을 느끼기도 한다.
이 병의 원인균은 수두를 일으키는 바이러스와 같은 것인데, 대상포진은 잠복된 바이러스가 다시 활성화하여 일어나는 것이다. 대부분의 경우, 생긴 지 2주일 안에 저절로 회복된다. 그러나 신경통은 회복된 뒤에도 몇 달 또는 몇 년 동안 계속되기도 한다. 『브리태니커』. 4권. P454.

장마의 시작을 알려주듯이 무더운 공기가 무겁게 내려앉아 숨을 턱턱거리게 한다.

빈 세탁기에 물 높이를 최고로 맞춰 작동시키고, 나는 마루에 누워 금지된 환상에 빠지면 설악산 밑에 있는 낙산해수욕장의 파도가 '쏴아, 쏴아' 돌아간다.

창밖으로 쏟아지는 장대비가 가닥가닥이 금지된 환상을 싹둑싹둑 잘라놓으면 장대비를 올올이 깍둑깍둑 썰어서 기쁨의 사랑 나눔과 버무려 항아리에 담아놓고 잠이 든다. '쏴아, 쏴아.'

'똑딱똑딱' 다듬이질을 하면, 맑고 정결하게 핀 분홍색 빛 소금 꽃이 하얀 눈으로 내려앉는다.

아침에는 보슬비였는데 망월사에 도착하니 소낙비가 되었다. 자연이 민낯을 드러내면 더욱더 푸르고 윤택하다. 내려오는 길에 계곡을 보니 모유를 콸콸 쏟아내는 젖무덤들 위세가 당당하다. 처음 내가 그이에게 노크했을 때, 그날도 비가 이렇듯 예쁘게 내렸지. 많은 날 설렘만 품고 선뜻 다가서지 못했지만, 그이가 나에게인지 누구에게인지 모르게 미소를 지으면 감전한 듯 소름 끼치게 전율했지. 나도 이제는 민낯이 자연스럽다.

—나는 감사하고 또 감사해야 한다.
—돈을 벌기 위해 일해야 하는 것으로부터의 자유.
—그이는 내 안에 단 한 사람뿐인 것을. —단 하나의 사랑—

(나는 누구와도 손 한 번 잡아본 적이 없다. 내가 다른 누구의 손을 잡고, 다른 누구를 사랑할 수 있겠는가.)

—그리워할 사람이 마음에 있다는 것.
—그리움을 즐길 산길이 내 앞에 있는 것.
—산길을 걸을 수 있는 건강한 다리와, 건강한 정신이 있다는 것.

술은 거의 끊었지만, 담배를 새로 피운다. Marlboro 레드. 독하다.

그이는 늘 Marlboro 레드를 맛있게 피웠지. 그리고 블랙커피. 그 전에는 거북선을 피웠다고 했다.

아침에 집 앞 도랑에 나가 담배를 피우다 '맴맴' '맴맴' 청양고추보다 매운 매미한테 고막이 터질 듯이 야단맞았다. 예전에는 개구리 가족들의 소풍을 방해했는지, 그들은 이쪽에서 '개굴개굴' 저쪽에서 '개굴개굴' 야단이었지. 갑자기 쏟아진 소낙비에 기세등등하게 도랑 위에 소풍 나와 있던 개구리 가족, 모두가 펼쳐놓은 도시락을 챙길 틈도 없이 도랑 속으로 일시에 풍덩 풍덩 눈만 빠끔히 내놓고 줄을 곱게 서서 악어흉내를 냈었지. 눈은 멀뚱멀뚱 뜨고, 끔뻑끔뻑하고, 눈동자는 이리저리 굴리면서 마치 내 임에게서 보내온 영상 편지를 보여 주려는 듯 그렇게. 쟤들이 악어를 본 적이 있을까? "니들이 악어를 알아?"

오늘 저녁에는 얼려놓은 냉이와 달래를 꺼내 두부를 넣어 된장찌개를 끓여 먹어야겠다. 색 고운 쑥개떡도 해 먹을까?

덕지덕지 끼어있는 고통과 갈등

혼탁한 내 영혼

병든 내 몸뚱일 끌며 억지로 오르는 나만의 뜰

어머니 품속이 그리워 학교가 끝나면 달려오는

초등학생의 마음처럼 그렇게

너의 앞에 서면

모유를 콸콸 쏟아내는 젖무덤들

풀 섶의 벌레와 매미의 울부짖음 보다

까마귀의 곡성이 더욱 정겹구나

꽃잎에 흘러내리는 이슬처럼 맑은 내 영혼

이 세상에 다시없을 나의 은둔처

덩 덩 덩—덕 쿵

맑은 영혼으로 너의 품속에 잠들어

눈멀 듯 부신 햇살에도 언제나 변함없는

큰 바위 얼굴로 살고 싶다.

우리의 사랑은 목적지 없이 흘러가는 강물처럼 자연스러운 것이라며 나를 위해 날개를 접은 귀여운 천사. 이제 기회가 주어진다면 그 어떤 고통도 그 어떤 희생도 감내하며 그리움을 키워가리. 새벽호수에 피어오르는 물안개처럼 평온한 마음으로 내 사랑이 당신에게 흘러넘치도록 내 마음의 문을 열어놓으리. 우리의 사랑이 상대에게 부담되지 않는 사랑 그 자체만을 볼 수 있도록 서로가 서로를 위해 노력하리. 뜨거운 정열을 가슴에 감춘 채 사랑받기 위한 사랑이 아닌 사랑하여 행복한 사랑. 그 불같은 사랑이리.

나는 그녀를 사랑하면 할수록, 사랑이 깊어지면 깊어질수록. 더욱더 철저하게 외롭고, 포기할 수 없는 사랑에 가슴이 아팠다. 나는 그러한 것들을 차마 그녀에게 말 못 하고 가슴에 남겨둔 사랑이다. 나 자신의 삶 중에 사랑을 간직할 수 있었다는 사실 하나만으로도 충분히 행복했다. 내 사랑의 깊이만큼이나 그녀의 앞날이 반사적으로 빛이 난다면, 나는 사랑했기에 앞으로 닥쳐올 큰 아픔도 감수해야 한다고 생각했다. 다른 연유로 좋아하던 비가 이제는 비가 오면 그녀가 더욱더 그리워진다. 많은 날이 흘렀지만, 그녀를 잊은 적이 없었다. 나는 다가올 많은 날 또한 그녀를 그리며 살아갈 것이다.

당신이 있어 이 세상이 이토록 아름다운 것을 당신은 알고 계시는지요. 아침에 떠오르는 태양도 당신이 있어 더욱더 찬란히 빛나는 것을요. 저녁에 지는 산 너머의 노을도 당신이 있어 더욱더 아름답게 수놓는 것을요. 이제 우리의 일상은 우리가 만들어낸 우리라는 속에서 아름답게 키워질 것을요.

"우리. 자기. 사랑. 사랑 나눔. 그. 그녀. 그이. 당신." 우리만의 단어.

일기장에 박혀있는 그이의, 나를 향한 문신들.

바람이 불어온다. 소슬바람이 파도처럼 불어온다. 분홍색이다.

탐구 생활. 그이는 나와 사랑을 나누는 것을 그리 말했다.

난을 다르듯이 조심스럽게 그리고 섬세하게 내 안에 그이가 들어왔다.

내 눈은 지그시 감고. 그 위에 그이의 입술이 마치 연잎에 맺혀있는 이슬방울을 먹는 듯 '쪽' 하고 핥고. 그이의 입술이 파르르 떨리는 내 입술에 닿았을 때. 열정적인 키스가 있었지. 그 입술은 귀를 핥고 목을 타고 아래로 내려가고 있고, 그이의 손은 팽팽해서 '톡' 하고 터질 것 같은 내 가슴을 조심스럽게 어루만지며 배를 타고 아래로 흘러내리고. 그이의 입술이 내 가슴을 핥고. 유두를 살짝 물고 난을 다르듯 조심스럽게. 조심스럽게 배를 타고 아래로 흘러 내려갔다.

"괜찮겠어?"

내 머릿속은 온통 요술 램프의 지니. 설렘. (연분홍색)선홍빛 복사꽃이 휘날리는 봄날이었지. 나는 부끄러워 눈도 못 뜨고, 말도 못 하고.

―그이는 내 엉덩이를 복숭아라고 했다―

그이의 손이, 그이의 입술이. 온몸 구석구석을 어루만지고, 핥고. 다시 열정적인 키스가 있었지. 그이는 눈감은 나를 향해 다시 속삭였다.

"괜찮겠어?" 나는 대답 대신 "사랑해요."라고 속삭였다.

그이가 '당신 거기 있나요?' 노크를 세 번 하고 내 안에 들어왔다. 얼음 위를 걷듯이 조심스럽게. '화 아' —박하사탕— '하아'
—마법의 지팡이. 행운의 알약. 맑은 풍경소리—
사랑의 언어 '하 악, 하 악' 또 '하 악, 하 악' 또 한 번 '하 악, 하 악'
첫눈이 내려온 천지가 하얗게 뒤덮고, 그 위에 진달래꽃 한 송이 '하 악' 하고 떨어졌다. 두견화 한 송이 낙화(洛花).
두견새가 "소쩍 바꿔주우" 하고 피를 토하고 있다.
소쩍새도 "소쩍소쩍"
우리가 나눈 사랑의 행위. 그것은 욕망의 행위가 아니고, 내 존재의 확인이며. 순수, 맑음, 밝음의 영혼, 설렘이. 맑고 향기로운 마력에 끌려 들어간 것이다.
그이는 두견화 낙화(洛花)를 보고 짐짓 놀라 나를 보았다.
나를 안았다는 환희보다 어두운 그림자가, 괴로워 보였다. 나는 부끄러워 그이의 가슴에 얼굴을 파묻고 말했다.
"사랑해요. 내가 거짓말해서 미안해요. 첫 경험이라 말하면 자기가 선뜻 나를 안을 수 있을까 걱정했어요. 미안해요."

그이는 내 입술에 가볍게 키스를 해주었다. 이마에도. 그날 밤, 우리는 밤새 피를 토하며 울었다. ―그이가 나에게는 전부이다― 육체적인 강렬함 속에서 우리는 얼마나 많은 반딧불을 태웠는가.

그이는 나를 전체적으로 예쁘고 청초한 모습이라 했다.

등에는 분명 투명한 날개를 감추어 두었을 거야라고 했다.

(햇살을 받으면 맑고 투명한 파란 혈관이 펄럭일 거야)

연꽃을 바치고 있는 가느다란 목선.

(분명 달빛을 담았을 거야)

실버들(수양버들)처럼 가냘픈(잘록한) 허리.

복숭아 같은 엉덩이.

고운 뒤태.

부드러운 혀.

달콤한 입술.

앵두 색 버찌 같은 유두.

탄력 있고 풍만한 가슴(벚꽃처럼 새하얀).

요술 램프의 지니요, 팅커벨이요, 천사라고.

나는 그이를 그냥 람보라 했다. 'JH람보'

그이의 친구 분은 그이를 '날라리'라고 부른다.

썩 괜찮은 별명이다.

"복숭아: (복사꽃)그 꽃비는 사랑을 부르고

소소한 솜털은 나를 간질이고

그 골은 매력적인 엉덩이 골."

그이의 혼잣말이다.

헉헉, 헉헉. 하 악, 하 악.

『홀로 사는 즐거움』에서 법정스님은 말씀하셨다.

당신은 오늘 무엇을 보고, 무슨 소리를 듣고, 무엇을 먹었는가. 그리고 무슨 말을 하고 어떤 생각을 했으며 한 일이 무엇인가. 그것이 바로 현재의 당신이다. 그리고 당신이 쌓은 업이다.

이와 같이 순간순간 당신 자신이 당신을 만들어간다. 명심하라.[20]

숨이 차서 헉헉. 그리움이 차서 하 악. 몽상에 빠져든다. 외로운 두 영혼이 만나는 곳. 사패산에 앉아 북한산의 인수봉을 바라보면 몇 겹의 산이 겹겹이 펼쳐져 있다. 얼마의 업을 겹겹이 쌓아야 다른 만남이 우리를 기다릴까. 순간순간 밝고 맑은 업을 익혀가야 할 것으로 생각해 본다.

나는 자아도취에 취해본다.

---

20) 법정, 『홀로 사는 즐거움』, 샘터, 2004, p.19.

내 임의 존재의 빛깔은 무슨 색일까　　　　: 핏빛 그리움

내 임의 존재의 무게는 얼마일까　　　　: 한 줌 햇살

내 임의 존재의 향기는 어떤 향일까　　　　: 실바람

내 임의 존재의 소리는 어떤 소리일까　　　: 돌을 뚫는 낙숫물

내 임의 존재의 모습은 어떤 모습일까　　　: 큰 바위 얼굴

내 임의 존재의 그림자는 어떤 형태일까　　: 파란 하늘

내 임의 존재의 의미는 무엇일까　　　　　: 맑은 공기

그이는 "고독을 즐기되 고립된 생활은 하지 말라." 말했다.

항상 깨어있는 마음으로 산길을 걷는다. 명상 수행하는 수도자
의 마음으로.

새들의 노랫소리를 어떤 이는 새들의 사랑의 언어라 하고

새들의 노랫소리를 어떤 이는 새들의 욕지거리라 한다.

우연히 마주친 그녀는 다른 남자와 동행이었다. 느낄 수도 만질
수도 있지만, 같이 하나일 수 없는 그녀. 낯선 타인처럼 등을 돌리
고 종종걸음으로 사라졌다. 몸은 떨어져 있었어도 마음만은 항상
하나였는데, 그동안 잘 참고 견디어 왔었는데, 사라져 가는 그녀의
뒷모습을 뒷걸음쳐 바라보았다. 밀려오는 그리움, 몸살 나게 그리
워졌다. 그리움이 증오로, 증오가 그리움으로. 많은 날 어쩌다 우
연히 그녀를 만날 수 있다면, 비록 그 순간이 아주 짧을지언정, 그

녀가 내게 주었던 모든 것들이 마음속에 있다. 그녀의 맑은 웃음, 보답을 바라지 않는 순수한 마음. 인어공주가 사랑이 아름다워 사람이 되고 싶어했던, 그런 아름다운 사랑이 내 마음속에 있었는데, 그래 사랑할 수 있는 마음의 여유를 남겨두자. 이제 증오보다는 좋은 부분을 사랑할 수 있다.

　—이런 질투도 하는구나. '호호, 하하' 기분 좋아라.—

　조금만, 조금만, 아주 짧은 시간만이라도. -갈등—

　잡아 두고 싶지만, 안 돼. 안 돼. 내가 그러면 안 돼. —갈등—

　내 마음은 오늘따라 계속 갈등이다. —투정—

　우리의 만남이 오래가기 위해서는 거대하고 치밀한 작전이 필요하다. 많은 절제와 서로 배려가 있어야 한다. 그이가 아파트에 들어오면 양복을 벗고, 넥타이를 풀고, 와이셔츠를 벗고, —그이는 와이셔츠 안에 속옷을 안 입는다. — 양말과 팬티를 벗고, 샤워하고 나를 안는다. 그이의 옷에 내 체취를 남기지 않기 위해서 내가 지침을 내렸다. 이 지침은 모텔이나 호텔에서도 유효하다. 양복, 와이셔츠, 넥타이, 양말, 팬티, 모두가 내가 사준 것들이다. 그이 자체가 내 것인 것을. 언젠가 "양말과 팬티까지 내가 직접 사는걸." 하는 말을 듣고 마음 놓고 내 취향대로 샀다. 집에서 쓰는 스킨, 로션도 똑같은 것으로 준비해 두었고. 샴푸, 비누도 똑같은 걸 쓴다. 그이 자체가 내 것인 것을. 짧은 시간 동안 그이의 품에서 격렬한 행위, 사랑의 몸짓들 '하 악 하 악 하 악' 내 속에서 그이는 강렬함 그 자체이다. 그이가 떠나면 허허로운 느낌, 서늘한 바람. 원. 시계. —멀어지면서 동시에 가까워지는 것— 영혼의 부스러기들을 모아 한편의 달콤한 꿈을 꾼다. 어쩌다 하루 못 보면 겨우겨우 하루가 지나간다. 억지로.

이것은 진실이다.

그이가 아내와 관계를 맺을 때 나를 떠올리며 그 행위를 하지 않길, 오로지 아내와의 진실한 행위이기를 바랬다. 이것이 그이의 아내에 대한 나의 면죄부일 것이다. 약간의.

그러나 그이가 후배와 같이 침대에 누워있는 모습을 상상할 때는 도저히 이해할 수가 없었다. —까악—

내가 지금껏 남자가 없는 것은 아직 마음의 준비도 안 돼 있지만 내 안에 그이가 가득 차 있고, 어떤 누구의 손을 잡아도 그이의 손을 잡은 듯 금지된 환상이 상대에게 실례란 생각일 수도 있다.

어느 날은 너무 격렬하게 사랑을 나눈 나머지 그이의 등 뒤에, 엉덩이에 내 손톱자국이 삼지창을 획 하고 그은 것처럼 사선으로 그어졌지.

"집에서 괜찮았어요."

"일요일 조기축구에서 넘어지면서 긁혔다고 했지. 공차면 자주 다치거든." —핑계. 썩 빠른 행동—

'깔깔깔' 나도 모르게 웃음이 나왔다. 주위를 들러보니 오롯한 산길에 나 홀로 서 있었다. '깔깔깔' never 엔딩이다.

그이는 지프를 즐겨 탔다. 원도봉산 주차장에서 밤에 사랑을 나누는데 삽입하자마자 힘도 못 쓰고 사정을 했다. 미안해하는 그를 달래며 집으로 향해 강남으로 오는 길에 그는 모텔로 들어갔다. 아주 열정적인 사랑을 나누고 담배를 피우며 대단한 미션을 수행한 듯이 으쓱해 하며 그이가 말했다

"영화를 보면 차에서 잘도 하던데. 나는 왜 이러지." 또 한 번 '깔깔깔'.

길 위에서 '히죽히죽' 웃는 사람들을 이해하고. 길 위에 쓰러져 꿈꾸는 사람들을 이해할 수 있게 됐다. 빈 들녘의 바람을 그리워해 본 적이 있었나. 길 위에 서서 홀로 쓰라린 고통을 느껴 보았나. 길 위에 서서 우리가 격렬한 욕망을 꿈꾸어 보았나. 그때 그이가 이 길 위에 서서 나를 얼마나 그리워했을까. 그때 그이가 이 길 위에 서서 얼마나 심장의 통증을 느꼈을까. ―여름이 속절없이 흘러간다. ―

사람들은 들꽃이 예쁘다. 국화가 은은한 멋이 있다. 말하지만 언제나 책상 위에는 장미꽃 차지. 그 자리에서 그대로 낮은 자세로 항상 웃음을 잃지 않고 겸손해서 크기가 작은 들국화, 대견스럽다. 가냘픈 몸으로 온갖 어려움 다 겪는 코스모스, 사랑스럽다. 태양은 꽃을 피워라, 피어라. 바람은 씨를 날려라, 날려라. 들꽃은 세상의 모든 사람에게 가장 평화로운 마음으로 기쁨의 향기를 담아 미소를 띠어라. 늦깎이 뻥시레한 햇살이 내 마음을 사로잡은 어느 날 오후. 거울을 깨끗이 닦아 그 햇살을 비추어 길을 만들고, 길

양쪽에는 들국화와 코스모스로 장식하고, 늦은 여름의 향기에(그대에게) 프러포즈합니다. 초대하지 않은 소낙비의 박수 소리, 천둥·번개의 자원봉사 보디가드, 나의 생은 이 순간의 경이로움에 감사드립니다.

'프로포즈를 천국에서 하려면, 미리 예행연습을 해야지'

천국으로 가는 길은 육교나 지하도 또는 건널목을 이용하세요. 우측통행입니다.

'자기의 말이나 행동이 차츰 신중해지기 시작했고, 나에게 깊이 빠져들지 않으려 거리를 두기 시작했어요.'

단풍이다. 왈칵왈칵 눈물이 한없이 쏟아진다.

허허로운 느낌, 서늘한 바람, 스쳐 지나가는 인연들. "안녕하세요." 낙엽이 바스락거린다,

추억이 방울방울, 슬픔이 송알송알, 미련이 주렁주렁, 눈물이 그렁그렁, 언제쯤 갈무리 지울까? 빨갛게 창백한 꽃. 일장춘몽(一場春夢)이다. 춘풍추우(春風秋雨)이다.

차곡차곡 쌓인 낙엽 위에 밤색 도토리가 참기름을 발라놓은 듯 다이아몬드보다 더 반짝거린다. 밤하늘의 별이 쏟아져 내려와 박혀있듯 빛나고 있다. 차곡차곡 쌓인 기억들도 별처럼 빛나고 있다. 입술에 찍힌 보라색 빛 가슴의 상처는 세월 속에 삭아서 없어졌는데, 차곡차곡 쌓인 가슴의 기억들은 깊은 생채기 되어 보석처럼 빛

나고 있다.

사람들이 도토리를 마구 주어간다. 그저 먹으려고.

나는 밤 한 말을 뿌려주고 행복한 기억들을 한 말 담아왔다.

오늘은 그동안 다니던 길을 벗어나 자주 안 가던 코스로 산행했다.

그곳은 고요하다. 고요해도 너무 고요하다.

잣나무가 울창해서 햇빛이 차단되어 어둡다. 잣송이가 우두둑우
두둑 떨어지는 소리, 송골매가 잡아먹은 산비둘기의 깃털들이 널
려져 있다.

슬픈 바람이 휘돌아 나가고 황량하다. 서두르는 것은 도토리, 잣
송이 입에 문 다람쥐와 청솔모뿐이었다.

하늘에는 구름이 잔뜩 끼어 있고, 내 마음은 그리움이 잔뜩 끼
어 있다. 침묵은 여전히 무덤 위의 도라지꽃.

상고대가 피던 밤. 가을은 또 흠칫 놀라 불타는 길을 내주고 자
꾸자꾸 뒷걸음질 치며 힐끗힐끗 뒤돌아본다.

그날만은 가정에 충실하라고, 토요일 일요일에는 만나지 않았다.
일요일. 그날은 도서관에서 온종일 공부하는 날이다. 어느 날 문
뜩 새벽에 전화가 왔다. 조기축구 나가는 길인데 일부러 일찍 나왔
다며 들뜬 아이처럼 펄쩍펄쩍, 나도 들떠서 팔짝팔짝. 그이는 기쁨
의 사랑을 나누고 커피 한잔 마시고 간다. ―오늘. 보너스 탔다―

겨울이 고운 뒤태를 남기고 봄으로 넘어가는 어느 날. 나는 원도

봉산의 원효사로 해서 바위 능선을 타고 망월사로 넘어갔는데 그곳에 설국이 있었다. 망월사가 온통 흰 눈이 쌓여있었다. 밑에서 올라올 때는 비가 살짝 뿌렸었는데 산속에 와보니 잎이 다 떨어져 앙상한 가지들만 파르르 떨고 있던 나무들에 눈꽃이 활짝 피었고 망월사는 온통 흰 눈이 쌓여 빼꼼히 반쪽 얼굴만 내밀었다. 그곳은 설국이었다. 일요일 기쁨의 사랑 나눔 같은 내 인생의 보너스였다.

구불구불한 오솔길, 그다지 높지 않은 고개, 그리운 마음이 가는 길.

좁은 오솔길을 휘파람 불며 산뜻한 공기와 산들바람을 벗 삼아 오르면, 수줍게 입 가리고 눈 가리고 떠도는 하얀 구름 뒤에 파란 하늘을 고사리 같은 두 손으로 떠올린 산정호수.

명성산의 가을은 재빨리 깊어졌다. 은빛 꽁지머리 휘날리며 산정호수를 내려 보는 명성산의 억새꽃밭. 팔각정에 서면 눈부신 햇빛 속에 산등성이 전체가 구석구석 샛별로 반짝인다. 아름다운 빛, 원시적인 색채.

반짝이는 샛별, 조그만 정령들이 저마다의 사연을 담아 반짝이고 웅성거리며 사뿐히 내려앉아 있는 듯. 자애로운 바람에 파도친다. '몽상'

햇빛은 억새꽃, 꽃마다 반짝이면. 억새는 하늘 바람에 파르르, 파르르 선녀의 옷처럼 날린다.

하늘은 별을 놓쳐 아쉬운 듯 파랗게 멍들어 있다.

그이를 만났을 때의 기쁨이, 그이를 잃었을 때의 슬픔이, 가슴 속에서 울컥 감정이 치밀 때 내 눈에서도 샛별들이 뚝뚝 떨어진다.

내 마음도 별을 잃은 하늘처럼 파랗게 멍들어 있다.

고석정의 이목구비는 분명 임꺽정의 부리부리한 얼굴.

철원 평야의 논처럼 떡 벌어진 넓은 가슴 하며, 깎아서 자른 듯한 절벽 사이로 흐르는 그 젖줄은 마치 임꺽정이 퍼마시던 탁주.

시원시원하게 꺾은 기암절벽은 훌륭한 혀를 가진 뱀들의 춤사위 같다.

—이곳을 추천해준 산정호수의 여사장님은 산신령님인 듯싶다. —

지난여름의 흔적이 아직 남아있는데. 나비가 껍질을 벗고 비상하듯 내 몸에 남아있는 여름의 흔적들 각질을 한 꺼풀, 한 꺼풀 겹겹이 사연을 묻혀 훨훨 벗어버리고 싶은 간절한 소망. 나도 나비가 될 수 있을까? 단 한 번의 펄럭거리는 날갯짓이라도 좋다. 도토리를 입에 물고 달아나는 다람쥐처럼 쏜살같이 빠져나가는 여름을 며칠만 더 잡아두려 발버둥 쳐보지만, 야속한 귀뚜라미는 귀 기울여 가을을 기다리는 이들의 가슴을 설레게 하네. 임 간 곳 찾으려 귀-뜨르 귀-뜨르, 새 임 맞아 꽃피우려 귀-뜨르 귀-뜨르. 늦깎이 뺑시레한 햇살에 욕심내어 인디안 summer를 기다려보자.

따사로운 햇살을 한 올, 한 올 엮어서. 한 땀, 한 땀 스웨터를 짜고. 내 임이 있는 큰 바위들에 입혀주면 내 임이 따뜻한 겨울을 지

낼 텐데. ─추위도 많이 타는데. ─

하늘이시여! 이제부터는 겨울이면 목화솜같이 포근한 눈을 2m 는 내려 바위를 따뜻하게 덮어주세요.

첫사랑의 그리움이 커서 한겨울 꽁꽁 언 산정호수가 어름 밑으로 그르렁, 그르렁 울음 운다.

나는 육체적으로나 정신적으로나 그동안 성숙한 인간이 되었다.

거울을 보면 내 눈 속에서 산이 보인다. 맑고 투명하고 깊은 그 것. 처음 내가 그이를 보았을 때 느낀 깊고 슬픈 그 눈빛. 그 깊이를 알 수 없는 눈빛이 거울 속에서 고개를 갸웃거리고 눈을 멀뚱멀뚱거리면서 나를 보고 있다. ─너는 마음에 청춘을 간직하고 있느냐. ─ 새로운 눈이 열리고 정신적 성숙을 가져왔다. 20살. 몇 줄로밖에 정의할 수가 없었던 내 인생에 한 줌 햇살로─분홍색─다가와 내가 숨 쉬며 살게 했다. 눈이 부시다. 내가 지금 몇 살이지? 모든 것이 제자리로 돌아갈 시간인가?

뜨거운 정열을 가슴에 감춘 예민한 감성의 소유자.

너:<─혹은 나:─>

어쩌다 우연히, 붉게 물든 저녁노을을 보고 가슴이 뭉클하게 감동을 하여 자기도 모르게 눈물 흘리며 웃을 수 있는 사람.

어쩌다 우연히, 밤하늘의 달과 별을 보고 그 아름다움을 위해 해님이 자기 몸을 태워 잉태한 것이라 믿는 사람.

어쩌다 우연히, 꽃이 피어 봄이 아름다움을 보고 가을에 진 잎들이 이불이 되어서 모진 겨울을 이겨냈다고 믿는 사람.

어쩌다 우연히, 처마 끝에 낙수 져 떨어지는 빗방울에도 임인가 하여 맨발로 뛰어나올 수 있는 사람.

어쩌다 우연히, 쏟아지는 폭우 속에서 비를 흠뻑 맞고선 거울 앞에서 민낯의 자신을 발견할 수 있는 사람.

그이는 이런 사람이다.

코스모스의 하늘은 분홍색이다. 국화의 하늘은 노란색이다. 도라지의 하늘은 파란색이다. 사람들은 저마다 가슴속 더 깊은 곳에 쓰디쓴 쓰라림을 가슴에 품고 살아가기에 모두가 하늘은 파란색이라 믿는가 보다. 하늘이 분홍색이다, 하늘이 노란색이다, 하늘이 보라색이라고, 자기만의 혼과 빛깔로 살아가는 자연이 더없이 부럽다.

나는 이런 사람이 되고 싶다.

새소리, 물소리, 바람소리, 거친 숨소리.
웅덩이의 피라미, 별, 다람쥐, 도토리, 알사탕.
나비, 까마귀, 이름 모를 들꽃, 제비꽃, 야호.
파란 하늘, 하얀 구름, 검은 구름, 쓴웃음.
맑은 햇살, 검게 그을린 피부, 해 맑은 웃음.

큰 바위, 나무, 초대하지 않은 소낙비, 콧노래.

머리가 아플 정도의 맑은 공기, 숏는 엔 돌핀.

친절한 안내원, 굿 당, 덩 덩 덩—덕 쿵.

실록, 진달래꽃, 철쭉, 아카시아, 송화, 야생화, 밤나무 꽃, 칡넝쿨.

내가 이승의 가지 끝에서 본 산속의 아름다움들. 그이의 핏빛 그리움.

겨울: 눈꽃, 설경, 순백, 설국, 첫눈, 첫경험, 가슴 설레는 단어들.

봄: 목련, 벚꽃, 개나리, 진달래, 복사꽃, 아카시아, 송화, 장미, 밤꽃.

여름: 여우비, 소나기, 천둥, 번개, 우비, 우산, 장화.

가을: 국화, 코스모스, 단풍, 도토리, 상고대.

멀어지면서 동시에 가까워지는 것. —계절—

나는 봄부터 가을까지 주워온다. 우리가 예전에 한때 좋아했던 색깔들, 추억들, 영혼의 부스러기들, 또 내 임의 모습들. 그리고 우리의 사랑이 담긴 노트. 겨울에는 그것을 꿰서 보배로 만든다. 한 땀, 한 땀. —아직은 네버, 네버.—

그이가 내게 남긴 글들, 산 지도들은 내가 정상적인 생활을 하게 하려는 그이의 거대하고, 치밀한 작전이었다. 내가 어떤, 극단적인 선택을 할까 봐. —예전에 수면제 먹은 일을 알고 있었구나. — 내 성격을 알고 미리 생각해서 그이가 나를 위해 철저하게 계획했구나. 그러나 그이의 훌륭한 계획도 물거품이 되려 한다.

나는 지금도 산길을 걷고 있다. 빈 들녘의 바람을 맞으며. 나 자신의 길을 찾아 길 위에 서 있다.

코스모스 꽃잎에 앉은 잠자리처럼 마음이 살랑살랑 흔들리고, 지켜보는 이 없는 공원 한구석에 홀로 춤을 추고 있는 분수처럼 영혼이 외롭고, 적막한 곳 산중 절의 종 치기 전에 잠깐 휴식을 취하는 나비의 낮잠처럼 모든 것이 불투명했고, 나 자신이 위태롭다.

산등성이에 올라 두 팔을 벌리고 두 눈을 감고 뒷발을 조금만 들어 올리면, 그대 빈자리가 매우 커서 한없이 가벼워진 나는 붉은 저녁노을 속으로 분홍색 바람을 타고 끝없이 날아오를 것만 같다.

나의 눈에서 잊었던 눈물이 와락와락 쏟아질 때, 한 땀, 한 땀. 기억의 조각들이 다 맞추어지는 날. 그날, 그날. ―디 엔드―

어젯밤에 먹은 수면제가 이제 슬슬 효과가 나타나고 있다. 요즘, 밤이면 특히 그리움이 커서 수면제 양을 늘렸는데 또 뜬눈으로 잠을 못 자고. 새벽, 지금은 사패산 정상에 아슬아슬하게 균형을 잡고 서 있다.

사랑을 잃은 흐느낌, 가련한 영혼을 괴롭히는 가장 슬픈 일, 진화의 가지 끝에서 가늘게 떨리는 몸부림, 무관심. '이제 놓아 버릴래요.'

지금은 사패산 벼랑 위에 덩그러니 서 있다. 신발을 벗은 채. 두 팔을 벌리고. 예쁜 비가 온다. 처음 내가 그이에게 노크했을 때. 그 날처럼.

사패산 벼랑 위, 오늘은 밤이 새도록 예쁘게 화장을 했다.

낯설게 다가와 낯설게 달아나는 것이 어디 초침뿐인가, 속도만 조금씩 느릴 뿐 분침이나, 시침이나, 다 같은 것을. 한 걸음, 두 걸음, 뒷걸음질 쳐 사패산 벼랑 끝. 바람이 불어온다. 분홍색이다. 고요하다. 적막하다. 드디어 안식처를 찾은 듯 마음이 편안하다. 잠이 온다. 어둠의 심연으로 조그만 정령들이 나를 이끈다. 그이는 죽었고, 나는 넋을 놓았다. 불현듯 고통이 기쁨으로 생생하게 다가온다. 어떤 미지의 신비스러운 힘이 아득한 비바람에 실려 저 멀리서 아스라이 다가온다. 나는 실크 같은 빗줄기에 희미한 그이의 스킨 냄새를 맡는다.

쓰디쓴 쓰라림을 가슴에 품고 사는 모든 분은 산속에서 길을 걷다 슬픈 눈을 가진 여자를 보면 "안녕하세요." 인사해주세요. 그러면 나는 "수고하세요." 인사할 겁니다. 제비꽃으로, 두견화로, 분홍색 바람으로.

> 꿩은 "꿩꿩"
> 소쩍새는 "소쩍소쩍"
> 두견새는 "소쩍바꿔주우"
> 뻐꾸기는 "뻐꾹뻐꾹"

까마귀는 "까악"(곡성)

나는 "하 악"

사랑하고 싶다. 이 겨울을

유난히도 춥겠지.

사랑하고 싶다. 이 겨울을

이 겨울에는 유난히도 눈이 많이 내리면 좋으련만.

사랑하고 싶다. 이 겨울을

연인과 함께 그 눈길을 손잡고 거닐고 싶다.

사랑하고 싶다. 이 겨울을

그래야 이 겨울이 너무나 따뜻할 테니까.

사랑하고 싶다. 그 봄을

유난히도 따사롭겠지.

사랑하고 싶다. 그 봄을

그 봄에는 유난히도 꽃이 많이 피었으면 좋으련만.

사랑하고 싶다. 그 봄을

연인과 함께 그 꽃길을 손잡고 거닐고 싶다.

사랑하고 싶다. 그 봄을

그래야 그 향기를 잊지 않을 테니까.

사랑하고 싶다. 그 여름을

유난히도 덥겠지

사랑하고 싶다. 그 여름을

그 여름에는 유난히도 비가 많이 내리면 좋으련만.

사랑하고 싶다. 그 여름을

연인과 함께 그 빗속을 손잡고 거닐고 싶다.

사랑하고 싶다. 그 여름을

그래야 그녀 생각이 많이 떠오를 테니까.

사랑하고 싶다. 그 가을을

유난히도 쓸쓸하겠지.

사랑하고 싶다. 그 가을을

그 가을에는 유난히도 단풍이 예쁘면 좋으련만

사랑하고 싶다. 그 가을을

연인과 함께 그 예쁜 단풍잎에 손을 잡고 편지를 쓰고 싶다.

사랑하고 싶다. 그 가을을

그래야 또 그 겨울을 노래할 테니까.

사랑하고 싶다. 나의 '연인'

Angel of the morning

– Juicy Newton

There'll be no strings to bind your hands

Not if my love can find your heart

And there's no need to take a stand

For it was I who chose to start

I see no need to take me home

I'm old enough to face the dawn**

Just call me angel of the morning, angel

Just touch my cheek before you leave me, baby

Just call me angel of the morning, ange

l Then slowly turn away from me

Maybe the sun's light will be dim

And it won't matter anyhow

If morning's echo says we've sinned

Well it was what I wanted now

And if we're victims of the night

I won't be blinded by the night**

Then slowly turn away

  I won't beg you to stay with me through the tears of the day of

the years baby baby

꿈

'웅성웅성', '119' 헬리콥터

못 만난다, 없는다, 떠난다는 것은 세상을 살 가치를 상실했다는 것.

그대를 잃었다는 상실감에 빈속에 소주 한잔 짜르르하게 공허함 (외로움)을 달래 보지만, 그대의 손을 잡아보고 싶은 욕망의 갈증을 풀 방법이 없어 끈 떨어진 낙엽만 탐닉하다 마음을 챙깁니다.

'이별.' 소름 끼치는 느낌. '진실.'

제가 괴로워하거나, 슬퍼하거나, 울기만 하지 않겠어요. 그대는 내 인생에 가장 중요한 사람으로 항상 남아있을 테니까요.

어제는 밤새도록 당신을 생각했어요. 새삼스럽지도 않지만. 그런데 어제는 달랐어요. 왠지 슬픔보다 달콤함이 더 컸어요. 분홍색 나비가 날아왔거든요. 분홍색 바람을 타고.

'둘은 항상 함께 있었기에 그리움조차 존재하지 않았다.'라고 쓰고 있는 이 순간도 당신을 그리워하고 있어요.

가을 낙엽을 보면 눈물이 왈칵 쏟아져 내려.

어느 날은 은행나무를 보고 노란 눈물을 흘리고,

어느 날은 단풍나무를 보고 빨간 눈물을 흘리고,

어느 날은 쪽빛 저녁 하늘을 보고 남색 눈물을 흘려.

산등성이에 올라 두 팔을 벌리고, 두 눈을 감고, 뒷발을 조금만 들어 올리면. 한없이 가벼워진 나는 -그대 빈자리가 너무 커서- 잿빛 저녁노을 속으로 분홍색 바람을 타고 끝없이, 끝없이 날아오를 것만 같아요. 노란 나비로, 빨간 나비로, 남색 나비로.

아침에 눈을 뜨면 맑은 한 줄기 햇살과, 맑은 바람과, 맑은 새들의 청량한 노랫소리가 나를 반기겠죠.

'천국으로 가는 길이겠죠?'

앰불런스

눈을 떴을 때, 머리가 상쾌하다. 몇 년 만에 이런 기분일까?

누군가 내 손을 잡고 잠이 들어있다. 주위를 둘러보니 내가 병원 침대에 누워있고 여러 개의 주삿바늘에 약병들이 걸려있다. 누군가 내 손을 잡고 잠들어있는데, 스포츠머리에 얼굴색은 까맣게 그을리고 야윈 모양새인데 목덜미가 낯이 익어 보인다. ―내가 늘 애무하던 긴 목― 내 손은 본능적으로 그의 머리를 쓰다듬고 내 입술은 그이의 목덜미에 뽀뽀한다. 우리 자기라는 것을 내 손이 감각적으로 느끼고 있다. 천년의 세월이 흘러간들 어찌 이 느낌을 잊으랴. '여기가 천국인가?'

가슴은 거칠게 뛰고, 눈물은 마구 쏟아지고, 내 손은 또 그이의 머리를 쓸고, 얼굴을 반듯이 돌려 키스를 했다. 그이도 무언가 놀라 잠에서 깨어난다.

"삼 일 만이야."

"삼 만년 만이에요."

우리 자기는 여전히 바람 같다. 그 눈, 슬픈 그 눈, 더 깊어졌는데 눈 속에 산이 들어있다.

손을 보니 팔뚝에 용이 한 마리 들어와 있다. 가만히 귀를 대보니

어느 때는 바닷가 파도 소리처럼 '철썩철썩'

어느 때는 아기의 잠자는 소리처럼 '쌕쌕, 쌕쌕'

어느 때는 여름 장마철의 천둥 치는 소리처럼 '크르릉, 크르릉'

내가 살며시 손을 얹어보니 팔딱팔딱 뛰고 있다. 마치 어항에서 튀어나온 금붕어처럼. 아! 이 팔에 투석했었구나.

"여기가 천국이 맞아요?"

파란 하늘에 하얀 구름

내 손에는 꽃다발이 들려있고, 그이를 만나러 간다.
JH는 여전히 바람 같다. 그이가 미소를 머금고 나를 바라본다.
우리는 사랑을 나눈 후 잠이 들었다.

"당신의 아이도 당신의 길을 가게 할 거야?" 그녀에게 투정을 부린다.

하얀 집, 우리 딸이 나와 같이 파란 정원의 잔디밭에서 풀을 뽑고 있는데 그이가 들어온다. 손에는 아이스크림을 사 들고.

"아빠"
"귀여운 내 새끼."

우리는 식탁에 모여앉아 아침을 먹는다.

"여보, 어제 당신 아들한테서 전화 왔었어요. 여기 온다고."
"누구?"
"당신 아들. 아니 우리 아들."

전처와 살고 있는 아들이 온다고. 무슨 일일까?

"며칠 와서 쉬었다 갔으면 하더라고요. 요즘 스캔들 때문에 힘든가 봐요."

"그래서?"

"나야, 언제든 대환영이라고 했지요. 아빠 간이식 해주고 큰 고생을 했는데, 맛있는 것 무엇을 해줄까요? 방은 북한산이 보이는 방을 내주어야지. 신난다."

우리 자기는 신나서 어깨춤을 추면서 콧노래까지 부른다.

"지금처럼 영원히 '꿈'속에서 살았으면 좋겠어."

"매일 매일의 삶이, 이처럼 선홍빛 '꿈'만 같으면 좋겠어요."

—천국이 아니더라도 이대로이면 좋으련만—

아들 쪽을 보면 그 아이도 아빠 없는 삶을 살 수 있게 할 수 없고, 딸 쪽을 보면 그 아이도 아빠 없는 삶을 살 수 있게 할 수 없고, 일장춘몽이다. 모두의 아빠이면서 모두의 허상이다.

애정 결핍증에 걸린 한 남자의 희망 사항이다.

해바라기

내 이름은 선녀다. 김선녀. 나이는 서른다섯 살이고 미혼이다. 아직은 결혼할 생각이 없다. 혼자서 자유롭게 살고 있지만, 가끔씩 꿈같은 사랑을 꿈꾸어 보고, 불같은 사랑을 할 준비는 항상 하고 있다. 지금껏 내 마음에 울림을 준 남자가 한 사람도 없었다. 작은 아파트에 전세로 살고 있다.

나는 7호선 도봉산역에서 강남고속버스터미널까지 출퇴근한다. 도봉산역은 종점인 장암역 바로 다음 역이라 매일 앉아서 출근할 수 있다.

도봉산 다음 역인 수락산역에서 외모가 수려하고, 유난히 신장이 큰 남자가 전철 안으로 들어서는 순간, 주변이 온통 환해 보이는 듯했다. 남자는 내 맞은편에 앉았다. 내가 주문을 걸었다.

나의 사랑은 시작된다. 인물과 배경을 잡고, 묘사해서 플롯을 짜고, 나의 사랑은 시작된다. 반짝이는 크고 까만 눈동자와 연약한 미소, 면도를 안 했는지 턱수염 밑으로 그늘이 길게 드리워져 있다. 늘씬한 몸매는 조각으로 빚어 놓은 듯하고, 지적인 분위기까지 풍겼다. 내게는 연하남인 것 같다.

눈에서 수천 개의 별들이 솟아오르고, 머릿속에서 분홍색 방울이 팡팡 터졌다. 짜릿한 끌림, 이 떨림은 유쾌했다.

돌 틈 속에 숨어 있는 제비꽃처럼 다소곳하게 보여야 할까? 사뿐히 내려앉은 하얀 눈에 부러진 소나무처럼 연약하게 보여야 할까? 내 행동이 부자연스럽다.

남자가 눈을 감았다. 봄날의 종달새처럼 간드러지게 휘파람을 불어 그를 부를까? 남자가 눈을 가늘게 떴다. 그는 사람을 관찰하듯이 빤히 쳐다본다.

나는 하염없이 늪에 빠지고 말았다. 나는 남자의 눈을 보면서 대화가 끊어지지 않도록 무슨 질문이든 계속 던져야 했다. 희망이 있는 한 끝까지 가보는 거야.

로맨스 소설을 쓸까? 판타지 소설을 쓸까? 추리 소설을 쓸까? 오늘은 비가 내리니 로맨스 소설이 좋겠지.

빗속에서 우산을 뒤로 올리자, 구름에 씻겨 나온 달처럼 새하얀 얼굴로 등장하는 강동원이 좋을까? 손예진과 점퍼를 쓰고 빗속을 달려가는 조인성이 좋을까?

'자가용에 떨어진 귀걸이, 립스틱 묻은 안전띠, 재떨이에 립스틱

묻은 담배꽁초, 옅은 향수 냄새.'

"당신 이 차에 다른 여자 태운 적 있어?"

그 남자의 여자친구가 그에게 다그친다.

남자가 먹골역에서 내린다. 뭐야! 이제 막 배경이 끝났는데, 벌써 내리면 어쩌라고. 악, 내 눈빛이 매우 강렬했나? 내 눈동자가 매우 반짝였나? 이게 아닌데. 나의 환상은 이제 무참히 깨져버렸다. 이제는 한낱 얼빠진 망상이 되어버렸다. 이건 뭐, 로맨스가 아니라 나의 정신세계가 그린 시간여행을 하는 사람이 나오는 판타지로 끝나버렸네.

또 다른 사랑에 빠진다. 이번에는 미처 인물 탐구도 마치기 전에 남자 앞에 다른 여자 승객이 서 있어 내 시야에서 남자를 가린다. 오늘은 여기까지. 속에서 탄산수처럼 피식피식 웃음소리가 난다. 선녀는 생각한다. '나는 꼭 마지막 힘이 달려, 어쩌면 간절함이 부족해서일 거야.' 그래도 내일은 또 다른 사랑이 기다리고 있다.

직종은 광고업계에 종사하고 있다. 선녀는 대학 나와서 지금껏 앞만 바라보고 열심히 일하고 있다. 카피라이터다.

대학 졸업하고 입사해서 10년 동안을 휴가, 결근, 지각, 한번 없이 개근상을 타고 있다. 실력이 떨어지니 몸으로라도 때우는 중이다. 타오르지 않으면 존재 자체가 필요 없는 초처럼 존재감이 없다.

선녀는 어느 순간 비를 흠뻑 맞고 마주 선 거울 속에서 지쳐있는 자신의 모습을 보았다. 거울을 들여다볼 때면 항상 반짝반짝 빛나던 눈은 충혈되었고, 고왔던 피부는 혈색을 잃었고, 눈가에 잔주름이 자글자글하다. 몸매는 탄력을 잃었고, 숱 많은 검은색 머리카락은 힘없이 푸석거렸다.

선녀는 오늘도 만족할 만한 광고 문구를 만들지 못해서 상사로부터 야단을 맞았다. 팀장은 고슴도치처럼 성을 부렸다.

냉장고에서 캔 맥주를 꺼낸 선녀는 몇 개인가 마시다 잠이 들었다. 그녀는 천둥, 번개가 치고 폭우가 쏟아져 물안개가 자욱한 산길을 우산도 없이 걷고 있다. 이 길 끝 저쪽에 파란 간판만이 멀리서 반짝인다. 가까이 가보니 '사랑을 삽니다'라는 찻집 간판이 보였다.

선녀는 찻집에 들어가 구석 테이블에 앉았다. 찻집 내부는 제법 크고 테이블마다 촛불이 켜져 있다. 부부인 듯 보이는 주인인 남자는 홀 서비스를 하고, 여자는 파란색 편지지를 들고 손님들과 대화를 나눈다. 선녀는 뼛속까지 빗물이 젖어 오들오들 떨었다. 그것도 불이라고 촛불이 몸을 데워주었다.

"모든 것이 때가 있는 법이죠. 한낮의 참새 떼에게 소나무 숲에서 침묵에 도움이 되는 말만 하라고 하면 참새 떼가 조용해지겠어요. 그러나 밤이 찾아오면 저절로 조용해지듯이 모든 것은 때가 있죠."

다른 테이블의 남자가 상담을 원한다.

"우리가 오랫동안 길을 걷다 문득 뒤돌아보았을 때. 누구든 가지 않은 길에 대한 미련이 남아있듯이. 오랫동안 삶을 살아오며 어느 날 문득 자신을 발견했을 때. 누구든 못다 한 내 마음이 남아있을 것입니다. 그러나 누구나 그런 '가지 않은 길', '못다 한 내 마음을' 하며, 자기 자신을 들여다보며 즐길 수 있는 호사를 누리는 것은 아닐 겁니다."

그녀는 다른 손님의 말씀을 듣고 있다.

"말씀하신 사랑을 담아 누군가에게 하고 싶은 말이 있으면 직접 쓰셔도 좋고요, 제가 대신 써드릴 수도 있어요. 주소는 직접 작성해서 우표를 붙이세요."

더러는 손님들이 직접 쓸 때도 있고, 또는 여자주인이 써주기도 하면서 차를 마시고 있다.

파란색 편지지 위에 '못다 한 내 마음을'이라 쓰여 있다. 선녀는 자신도 모르게 그곳을 기웃거리다 남자 주인과 눈이 마주쳤다. 순간 그녀는 깜짝 놀라 잠에서 깨어났다.

창밖으로 소낙비가 내려 창으로 빗물이 쪼르륵쪼르륵 굴러떨어진다.

아침에 출근하자마자 부장님께서 팀원들을 불러놓고 또 야단을 치셨다.

"마지막 기회다 생각하고 이번 생리대 광고 문구 성공 못 하면 모두 잘릴 각오로 임해 주길 바란다. 모두가 간절한 마음으로 임해라." 부장님은 사마귀가 성내듯 했다.

그날 저녁 팀원들은 죄 없는 소주에 노가리만 씹다가 아무런 구상도 하지 못했다. 아무리 머리를 쥐어짜도 속 시원한 해답이 나오지 않았다. 소리 없이 눈물이 주르륵주르륵 흐른다.

선녀는 '사랑을 삽니다' 찻집을 또 찾아왔다.

뒤로 솟은 산봉우리 좌우로 높은 산 밑에 저수지가 있고, 옆으로는 계곡물이 흐르고, 들판에는 억새와 야생화가 조화롭게 공존하며 살고 있다.

화창한 햇살에 나뭇잎이 반짝이며 흔들리고 있다. 바람이 좋은 날이다. 파도가 바람의 파도가 '쏴쏴' 치고 은빛 나뭇잎들이 살랑거린다.

키 모양의 산세 중심에 잘 다듬어진 초가집이 있다. '사랑을 삽니다' 찻집이다. 이곳은 밤에만 영업한다. 선녀는 노트를 꺼내 메모한다.

주위가 온통 꽃이다. 꽃향기를 맡아보고 지금의 내 마음의 목소리에 귀 기울이자 꽃이 말하고 있다. '지금 이 순간에 존재하라.' 나비의 날갯짓이 말하고 있다. '당신을 사랑합니다.'

새들의 노랫소리가 사랑의 언어라면 나비는 날갯짓이 사랑의 언어이다. 먼 옛날 나비는 새들의 노랫소리를 가지고 있었다. 나비의 사랑의 언어가 죽은 것이 아니라 날갯짓으로 존재한다.

우리 인간들도. 사람은 물론이고 모든 살아있는 생물들에게 나비의 날갯짓처럼 손을 흔들어 사랑의 노랫소리를 들려주자. 그러면 꽃은 미소로 답할 것이다. '당신을 사랑합니다.' 손바닥 안에 작은 호수를 만들어 각자의 사랑을 담아 놓고, 간절함이 필요할 때 그것을 하나하나 꺼내어 펼쳐보자. 손바닥 안의 작은 호수에서 작은 행복을 느낄 수 있다.

'사랑은 각자의 하늘색으로 존재한다.'

아카시아 꽃은 하얀색 하늘로,

매화는 하얀색 하늘로. 이 둘은 영혼의 동반자인가 보다.

산수유는 노란색 하늘로,

개나리는 노란색 하늘로. 이 둘은 영혼의 동반자인가 보다.

진달래는 핏빛 하늘로,

리일락은 보라색 하늘로,

동백꽃은 빨간색 하늘로,

장미는 빨간색 하늘로. 이 둘은 영혼의 동반자인가 보다.

석양은 주황색 하늘로,

쪽빛구름은 남색 하늘로,

실록의 잎사귀는 초록색 하늘로,

사람의 마음은 파란색 하늘로.

빨주노초파남보 무지개처럼 사랑은 그 하나 속에 모든 것이 존재한다. 하늘의 색이 원래 무지개색이었나 보다.

신이 모든 살아있는 생물들에게 저마다 각기 다른 몸을 주었지만, 그 안의 영혼은 자기 스스로 자기만의 색깔로 채워 나가는 것. 저마다의 사랑의 색으로 영혼이 익혀지는 것이다.

우리가 그 경이로움을 느낄 수 있는 것이 곧 기적이며 살아있음이다.

선녀는 계곡물에 다리를 담가보고, 들판에 핀 야생화를 구경하며 어두워지기를 기다렸다.

소나무 숲에서 울어대던 참새 떼의 무거운 속삭임이 잠잠해지고, 달빛이 숲 속에 검은 그림자를 드리우고, 하늘에 별이 뜨자 찻집 문이 열렸다.

선녀는 배가 고팠다. 가방을 뒤져보니 낮에 먹다 남은 빵이 있었다. 옹달샘에서 샘물과 함께 빵을 마저 먹고 찻집에 들어갔다. 일전에 머물렀던 구석 자리에 앉아 주위를 살펴보니 어느새 테이블마다 초가 켜져 있고, 여자 주인이 어느 여인과 마주 앉아 파란색 편지지를 놓고 대화를 나누고 있다. 남자 주인이 테이블에 차를 내려놓고 돌아가자 여인이 말을 시작했다.

"… 첫눈이 내려서 가슴이 설레고, 온천지가 하얗게 뒤덮고, 그 위에 진달래꽃(두견화) 한 송이 '하 악' 하고 떨어졌어요. 진달래꽃을 다른 말로 두견화라고 하는데, 두견새가 밤새워 피를 토하면서 울어 그 피로 꽃이 분홍색으로 물들었다는 전설에서 유래된 말이래요. 그래서 진달래꽃으로 만든 술을 두견주라 부른데요."

그녀는 잠시 생각하고 말했다.

"저는 그날 밤, 그이와 사랑을 나누었어요. 첫 경험이었죠."

여자 주인이 파란색 편지지에 글을 쓰고 있다.

[두견화가 한 송이 낙화했다. 빨갛고 창백한 꽃.

멀리 산정호수 뒤편 명성산에서,

두견새가 '소쩍 바꿔주오' 하고 피를 토하고 있다.

소쩍새도 '소쩍 소쩍 소쩍 소쩍']

선녀는 그 상황에 몰두한 나머지 남자 주인이 자신을 응시하고 있는 것도 모른 체 수첩에 메모하다가, 차가운 시선을 느끼고 머리를 들어 앞을 응시하다 남자 주인과 눈이 마주쳤다. 그녀는 깜짝 놀라 잠에서 깨어났다.

선녀는 출근하기 위해 샤워를 하다, 문득 지난밤 꿈의 조각들이 생각이 났다. 그녀는 기억을 잡느라고 한참 맴을 돌고 난 후에 흔들리는 전철 안에서 겨우 조각조각 퍼즐을 맞출 수 있었다. 잠시 잠깐 잊을까 전철 안에서 비틀거리며 노트에 메모했다.

첫눈이 내려서 가슴이 설레고, 온천지가 하얗게 뒤덮였고, 그 위에 진달래꽃(두견화) 한 송이 '하 악' 하고 떨어졌다. 눈 위에 조용히 내려앉은 햇살처럼 포근하게.

'두견화 한 송이 낙화. 빨갛고 창백한 꽃.'

선녀는 심장이 뛰기 시작했다. 회사에 출근하는 전철 안에서부터 회사에 도착해서까지 계속 심장이 두근거렸다. 이번에는 소득

이 있을 것만 같은 기대감이 그녀를 흥분시켰다. 다른 한편 선녀
는 내심 생각한다. '내일이 온다면' 하루살이의 비애처럼 엷은 우수
에 물든다.

> [첫눈이 내려서 가슴이 설레고,
> 온 천지가 하얗게 뒤덮였고,
> 그 위에 두견화 한 송이 '하 악'하고 떨어졌다.
> '두견화 한 송이 낙화. 빨갛고 창백한 꽃.']
> 또 하나의 처음 OOO 생리대가 축하드립니다.

선녀가 초안을 작성해서 나이 어린 상사에게 넘겨주자, 상사는
들뜬 마음으로 콧노래를 부르고 경쾌한 발걸음으로 부장님께 보
고를 드리러 갔다.

물론 선녀가 꿈속에서 본 것은 사랑의 첫 경험 이야기였지만, 선
녀는 여성으로서의 처음 초경을 표현했다.

광고는 성공적이었고 시장의 반응도 좋았다. 사장님으로부터 부
장님이 금일봉을 받았고, 기념하여 직원 회식이 있었다. 직장상사
들이 2차를 가자고 졸랐지만, 그녀는 피곤했다.

선녀는 입사 10년 만에 처음으로 성공적인 광고 문구를 만들어
내자, 이제야 진정한 카피라이터가 된 것 같았다. 그러나 이 작품
은 엄밀히 말하면 그녀 작품이 아니라 꿈속에서 어느 여인의 사연

을 훔쳐온 것이다.

'카피라이터가 남의 말을 카피하다니.' 그녀는 영혼 없는 눈사람처럼 우울해졌다. 하지만 내 절박함이 꿈의 무의식 속에서 발현된 것이라 자위한다.

냉장고의 캔 맥주를 따서 몇 모금 삼키자, 회식 때 먹은 소주와 섞여 온몸의 기운이 다 빠져나갔다.

선녀는 또 찻집의 구석에 앉아 메모하고 있다.

오늘 밤에는 손님이 제법 많았다. 근처 콘도에 놀러 온 사람들인 것 같다.

남자 혼자 온 손님, 여자 혼자 온 손님, 남녀가 같이 온 손님, 친구들과 같이 온 손님, 가족들이 같이 온 손님. 선녀만이 이방인이었다.

손님 중에 여자 혼자 온 분 앞에 여자주인이 파란색 편지지를 들고 앉아있다.

"… 저는 제 목숨보다 더 사랑하는 사람이 있어요. 제가 몸에 병이 있어 휴양차 이곳에 왔어요. 우리의 처음 시작은 이랬어요. '내가 가진 것은 병든 몸과 빈 지갑뿐이지만, 맑은 영혼을 간직하고 있어요. 영혼의 동반자는 되어줄 수 있어요.' 하루도 지나지 않아 벌써 그이가 보고 싶네요. 제 소원은 아주 단순해요."

그녀는 떨리는 목소리로 말했다.

"자다가 그이 품에서 잠들었으면."

"꿈꾸다 그이 품에서 꿈꾸었으면."

"그이 품에 안겨 꿈꾸다 잠들었으면, 영원히."

그녀는 가슴이 찢어지는 듯 말했다.

"그랬으면 좋겠어요. 그이와 저는 정말 열정적인 밤을 보냈어요. 그날 밤 저는 첫 경험을 했어요… '그것은 마치 대지를 흔드는 바람 소리에 별똥별과 함께 떨어져 초설에 수놓은 버찌의 기쁜 추락이며, 행복한 낙과였어요.'"

진홍은 고개를 저으며 말했다.

"오랜 길을 걷다 문득 뒤돌아보았을 때. 누구든 가지 않은 길에 대한 미련이 남아있을 것입니다. 오랜 삶을 살아오며 어느 날 문득 누구든 못다 한 내 마음이 남아있을 것입니다. 그러나 누구나 그런 가지 않은 길, 못다 한 내 마음에 대한, 자기 자신을 들여다보며 즐길 수 있는 호사를 누리는 것은 아닐 것입니다. 지금의 손님은 비록 몸은 아프지만, 위와 같은 호사를 누리며 살고 있으니 뭘 더 바라겠어요?"

선녀는 부지런히 노트에 메모하다 남자주인과 눈이 마주쳐 도망쳤고 침대에서 깨어났다.

[대지를 흔드는 바람 소리에 별똥별과 함께 떨어져 —
초설에 수놓은 버찌의 기쁜 추락, 행복한 낙과이다.]
또 하나의 처음 000 생리대가 축하드립니다.

．

．

．

[마침내, 태곳적부터 긴 기다림 끝에 신비로운 꽃이 피어났다. 침묵 속의 개화!]

또 하나의 처음 000 생리대가 축하드립니다.

7호선 도봉산역에서 한 남자가 맞은편에 앉았다. 영화 '가시'가 문득 생각이 났다. 어쩜, 저 남자가 고등학교 체육선생님처럼 운동복차림인 것 때문일 것이다.

―학교에서 가장 인기 많은 체육교사 준기(장혁)는 영은(조보아)의 당돌한 고백에 당황한다. 영은의 사랑은 광기 어린 집착으로 치닫기 시작한다. 장혁의 눈을 그윽이 바라보는 조보아의 눈은 환상적이다. 환상적? 아니 더 멋진 표현이 뭐 없을까? 풋풋하고 여린 마음에 심장이 쪼이는 느낌! 짜릿짜릿하면서 초조한 것? 이슬의 은은한 향기에 머리가 아득해지는 느낌? 뽀드득뽀드득 눈을 밟고 다가오는 산토끼의 눈처럼 몽환적인 느낌? 선녀는 홀로, 분위기에 취한 흥분의 가쁜 숨소리를 낸다. ―

몇 개월 전 신입사원이 들어왔다. 대학 졸업하고 군대 갔다 와서 이곳저곳 아르바이트를 하다 입사를 했다. 나이는 서른세 살. 이름은 박형영이다. 여직원들이 환한 미소를 짓는다.

평소에 선배님, 선배님 하며 회사 일을 물어 올 때면 선녀는 조언을 해주었다. 서로는 가끔 술친구가 되어주었다.

이날도 광고가 시장의 좋은 반응을 보이자 직원 회식이 있었고, 그녀는 중간에 살짝 빠져나왔다. 박형영 씨가 밖에서 담배를 피우다 마주쳤다.

"선배님 제가 모셔다드릴게요."

"아냐, 혼자 택시 타고 가면 돼."

"괜찮아요. 저 술 마시지 않았어요. 선배님 얼른 모셔다드리고 상사님들 2차도 가봐야죠."

집에 온 선녀는 샤워하고 기초화장을 하고 책상에 앉았다. 휴가서를 낼 생각이다. 10년 만에 처음으로, 10일 동안. 늦은 여름이라 다른 직원들은 전부 다녀오고 해서 날짜가 여유가 있었다.

칠월칠석부터 내린 비가 일주일 넘게 내리고 있다. 뒤늦은 휴가를 얻은 선녀는 홀쩍 도시를 떠나 산정호수에 여행을 왔다. 휴가는 무려 10년 만이다.

그녀는 콘도에 짐을 풀고 산정호수 가를 우산을 쓰고 돌아다녔다. 호수 위로 빗방울이 떨어져 끝없이 파문을 일으킨다. 밤이 되자 날씨가 제법 쌀쌀했다. 호수는 낮과 다르게 몽환적이다. 비까지 내려 마치 이무기가 승천할 것만 같다.

우산을 쓰고 산책길을 무심히 걷다 정신을 차리고 주위를 살펴보니, 호수는 보이지 않고 빗자루 도깨비에 홀린 듯이 모르는 산길을 거닐고 있었다. 주위는 더 어두워졌고 천둥, 번개가 요란하고 빗줄기는 더욱 거세게 내리고 있다. 눈을 들어 주위를 살펴보니 멀리 불빛이 반짝이는 것이 눈에 보였다.

겨우겨우 길을 찾아 가까이 가보니 '사랑을 삽니다'라는 간판이 불을 밝히고 있었다. 데쟈뷰처럼 언젠가, 어디선가 꼭 본 듯한 기억이 있는 듯하다.

선녀가 그곳에 들어서자 안은 무거운 어둠에 싸여 있었다. 핸드폰을 꺼내 불을 밝히고 가까스로 전기 스위치를 찾아 그것을 켜자 불이 들어왔다. 핸드폰은 신호가 잡히지 않는다.

주위를 둘러보니 예전에 찻집을 운영하던 흔적이 남아있다. 주방이며 홀에 있는 테이블마다 초가 놓여있는데, 먼지가 많이 쌓여 있어 오래전에 문을 닫은 것 같다.

뒷마당을 지나 안채에 방이 두 개 있었는데, 그곳도 역시 먼지가 많이 쌓여있고, 거미줄만이 그녀를 반겼다.

오늘 밤은 이곳에서 밤을 새워야 할 것 같다. 밖은 어둡고 천둥, 번개는 계속 으르렁거렸고 비 또한 거세게 내리고 있었다. 왠지 무서움보다 궁금증이 더해 마음속에 설렘이 가득하다. 겨우 쪽잠이 들었는데 어디선가 남녀의 목소리가 들려왔다. 찻집의 광경이 잔상처럼 펼쳐졌다.

깜짝 놀라 잠에서 깨어보니 날이 환하게 밝아 있었다. 방문을 열어보니 초롱초롱한 얼굴로 아침이 밝아왔다. 비는 그치고 따가운 햇살이 비치고 있었다. 화창한 햇살에 나뭇잎이 반짝이고, 살랑대며 흔들리고 있다.

방은 온통 분홍색으로 도배되어 있다. 자리에서 일어나 몸을 털고 일어서려는데 방 한구석에 먼지를 가득 입은 컴퓨터 한 대가 눈에 보였다. 뒤돌아서서 나오려 하는데 누군가 선녀를 자꾸 부르는 것 같다. '저를 데리고 가세요.' 비에 젖은 채로 속삭이는 목소리였다.

컴퓨터를 들고 나와 먼지를 털어 내니 IBM Think Pad 노트북이었다. 벌써 20년도 훨씬 지난 모델이었다. 지퍼를 열어 안을 들여 보니 컴퓨터와 더불어 Micro FLOPPY Disk가 들어 있었다. 가방 안쪽에 젊은 남자의 사진도 한 장 들어있다.

밖으로 통하는 찻집을 지나 밖으로 나와 보니 바람이 발을 흔들고 풀 냄새, 꽃냄새가 코끝을 찌른다.

뒤로 솟은 산봉우리. 좌우로 높은 산 밑에 저수지가 있고, 옆으로는 계곡물이 흐르고, 들판에는 억새와 야생화가 조화롭게 공존하며 살고 있다. 키 모양의 산세 중심에 잘 다듬어진 초가집의 찻집이 있다. 그녀가 밤새 머문 곳이다.

흐드러지게 피어난 들꽃은 찬란하기 그지없고. 즐겁게 노니는 벌, 나비, 소나무 숲에서 울어대는 참새 떼의 무거운 속삭임이 그녀를 반긴다. 맑게 갠 하늘, 맑은 햇살에 고인 빗물이 영롱하게 반짝이고 있다.

조금 걸어 내려오니 산정호수가 저 멀리 보였다. 오래된 노트북이 어찌나 무거운지, 콘도에 들어오니 팔 한쪽이 떨어지는 것처럼 고통스러웠다.

지퍼를 열어 컴퓨터를 꺼내 충전기를 연결해서 전기에 꽂아 놓고, 샤워를 하고 나오니 컴퓨터에 불이 들어 왔다. FLOPPY Disk를 넣자 컴퓨터의 활자가 살아났다.

달이 차오르면 (백중날) 죽은 이들이 사는 마을에 집주인들이 돌아온다. '죽은 이들이 사는 마을이 살아난다.' 밤하늘의 별이 빛나고, 꽉 찬 달빛도 은은하게 비추고, 어둠이 밀려와도. 묘지 위에 핀 도라지꽃은 시들지 않고 나비를 기다린다.

앞은 넓고 평평하고 뒤로 좁고 우긋하게 고리 비들이나 대쪽 같은 것을 납작하게 쪼개어 만든 것을 '키'라고 한다.

곡식을 담고 까부르면-위아래로 흔들어주거나 양옆으로 가볍게 흔들어 주는 것—가벼운 쭉정이는 바람에 날아가거나 앞에 남고, 무거운 것은 뒤로 모여 따로 구분할 수 있다.

옛날 옛적에는 오줌싸개 아이들에게 키를 등에 씌워 동네를 돌아오라 했다. 집집이 소금을 얻으면서.

백마 타고 진 치는 / 꿈을 꾸다가 / 글방 도령 간밤에 /
오줌 쌌다네 / 오줌 싸개 똥 싸개 / 소문내볼
—한국 전래동요집 2, 충남 당진
백말 타고 시집가는 / 꿈을 꾸다가 / 꼬마 아씨 단솟곳에 /

오줌 쌌다네 / 얼러리 껄러리 / 골리어주자
— 한국 전래동요집 2, 충북 음성

오줌싸개 똥싸개 / 뒷골로 가다가 / 달기 똥에 미끄러져라
— 강원도 민요, 강원 고성

이야 오줌싸개 똥싸개 소문내보자/
저 애 챙이 덮어쓰고 소금 꾸러 가네
— 한국 민요대전, 경북 의성

<오줌싸개 놀리는 소리>는 오줌싸개를 발견하고 아이들이 놀리는 상황이 그대로 표현되어 있다.

키로 곡식을 까부는 것을 키질이라 하고, 바람이 조금 부는 날에는 바람을 등지고 까불어 주면 더욱 잘 된다. 이것을 '나비질'이라고도 부른다.

바람이 나비질을 하면 마을 전체에 벚꽃과 복사꽃이 날려 꽃비가 내리고 나비들은 춤을 춘다.

나비들이 노래하는 것을 들어보았다. 나비들은 그들의 노래가 있다. 나비들의 기억 저편에 입으로 하는 노래가 있었다. 나비는 우리에게 노래를 불러준다. 우리가 귀를 기울여 들으려 노력한다

면 '사랑한다.' 말하는 나비의 속삭임을 들을 수 있다.

산 정상에 넓적하게 우뚝 선 바위가 있다. 바위 곁으로 새끼줄을 묶은 모양의 무늬가 있다.

(,) 진홍은 쉼표 바위라 하고,

(?) 파란은 자살 바위라 말하는 바위 앞에서 차를 마신다.

"파란아 나 이제라도 다시 시작하고 싶어."

진홍은 아주 조심스럽지만 심각하게 말을 꺼냈다. 그녀의 온화한 눈빛에 슬픔이 서린다.

"진홍이가 아주 힘들구나. 의사 생활이 힘들어?"

파란은 눈을 깜빡이며 말했다.

"진홍아, 나는 너의 아픔을 알아. 내가 의사는 아니지만, 그 아픔을 치료할 수 있으면 좋겠어."

파란은 어깨를 으쓱하며 진홍의 눈을 바라보았다.

"파란아, 나 이대로 의사는 못할 것 같아. 예전부터 하고 싶던 글 공부를 해서 소설을 썼으면 좋겠어."

진홍은 매우 진지했다.

"진홍아, 나는 네가 말만 하면 언제, 어디서, 무엇을 시작한다 해도 네 편이야. 나는 곧 너이고, 너는 곧 나이니까. 나는 네 안의 모든 것을 사랑해."

'하긴 내 안에 네가 있고, 네 안에 내가 있으니까.' 생각하며 진홍이 마음은 흐뭇해진다.

"진홍아, 내가 마을 입구에 빈집을 한 채 보아 두었어."

글 쓰는 이야기가 나오자 진홍의 눈 속에 밝은 햇살이 빛나고 있다.

"진홍아, 내가 너에게 사랑한다는 말은 했지만, 한 번도 헌신적인 사랑을 실천하지 못했는데 이번만큼은 내 모든 것을 너에게 주고 싶어."

파란은 진홍을 가볍게 안고 등을 토닥거렸다.

"진홍아, 예전에 고등학교 때. 내가 너에게 말했었지. 네가 소설을 쓴다면 산 속집에 방 한 칸 내주고 분홍색 도배를 해주겠다고."

진홍이 눈은 생기로 빛났다.

"파란아, 고마워. 신이 내게 몸을 주었다면, 너는 나에게 영혼을 주었어. 내 영혼은 온전히 너에게 가 있어."

진홍이 파란의 품으로 뛰어들어 바짝 안겼다.

"진홍아, 내 가슴은 장미를 품다 가시에 찔렸고, 내 코는 꽃향기를 맡다 벌에 쏘였고, 내 발은 꽃길을 걷다 뱀에 물렸지만, 너를 향한 내 영혼은 아직 맑고 깨끗해."

이 말은 진홍이 해야 멋있는 말인데. 파란이 흉내 냈다.

"우리가 이번에는 가족들을 설득할 수 있을까?"

진홍이 파란이 둘은 결사항전을 다짐했다.

"우리의 삶이 지속하는 한 나는 너를 영원히 사랑할 거야. 그래서 그 삶이 다하는 그날 죽음마저도 너와 함께하고 싶어."

진홍의 가슴은 아프지만 감미로웠다.

"삶에서든 죽음에 이르러서든 우리는 하나일 거야. 그 무엇도 우리를 갈라놓을 수 없어. 나는 항상 네 곁에 파란 하늘로 머물러 있을 거야."

파란은 신비로운 미소를 짓고 있다.

파란이 집 앞 느티나무 밑 평상에 모두 모였다. 파란이 부모님과 진홍이 부모님. 파란이 무겁게 말을 뗀다.

"두 가지 상의 드릴 게 있습니다. 첫 번째는 저희 결혼 문제입니다. 두 번째는 저희 진로 문제입니다. 더 늦기 전에 저희가 하고 싶은 일을 하며 살고 싶습니다. 진홍이가 찻집을 운영하며 글쓰기를 하고 싶어 해서 저도 같이하기로 동의했습니다. 양가 부모님들도 이제는 저희의 뜻을 헤아려 주셨으면 합니다."

뒤로 솟은 산봉우리, 좌우로 높은 산. 그 밑에 저수지가 있고 옆으로는 계곡물이 흐르고 들판에는 억새와 야생화가 계절마다 피고, 지고, 하며 조화롭게 공존하며 살아가고 있다.

키 모양의 산세 중심에는 달걀 모양의 초가집이 있다.

파란이 아버님과 진홍이 아버님 그리고 인부들 몇 명이 빈 초가집을 잘 다듬고 손을 보았다. 지붕은 볏짚을 엮어 새로 올리고, 용마루에는 볏짚을 틀어 지네처럼 엮어 만든 용마름을 덮고, 그 위를 바람에 날리지 않도록 새끼로 얽어맸다.

　방 2칸을 터서 찻집으로 차리고, 안마당 건넌방 2칸은 살림집으로 쓰기로 했다. 살림집은 파란이 직접 분홍색으로 도배했다. 찻집의 이름은 '사랑을 삽니다'라고 진홍이 지었다.

　소나무 숲에서 울어대던 참새 떼의 무거운 속삭임은 잠잠해졌다. 저녁이면 석양빛이 유리창을 뚫고 들어와 찻집을 주황색으로 물들인다. 어둠이 찾아오고 별들이 빛을 발할 때. 영업을 시작할 시간이다.

　우리는 여름에 개업해서 벌써 5개월째 영업을 하고 있다. 하루도 쉬지 않고 매일 밤. 심야의 이곳은 언제나 분주하다.

　어둠이 밀려와 달이 차오르면 달빛 신비에 다가서는 침묵. 밤하늘의 별이 빛나고, 달빛도 은은하게 비춘다. 계곡물의 낙수 치는 소리는 침묵의 신비에 다가서는 마음에 깨우침을 준다. 여명이 밝아오기 전 짙은 어둠이 몰려온다. 영업을 마칠 시간이다. 이 찻집은 밤에만 영업한다.

　파란은 찻집 청소를 마치고 일찍 잠자리에 들고, 진홍은 그날 일어난 일과 손님들에게 써준 편지들을 다듬으며 IBM Think Pad 컴퓨터에다 글을 쓰고 있다.

　파란은 몽롱한 표정을 지으며 말했다.
　"진홍아 피곤한데 일찍 자자."

진홍은 단호하게 말을 끊었다.

"파란아! 나 글 쓰려고 이 찻집 시작했잖아. 하나도 피곤하지 않아. 먼저 자."

파란은 아이처럼 애원했다.

"나는 언제 사랑해줄 거야?"

진홍은 태연스럽게 말했다.

"해가 중천에 뜨면."

찻집의 새벽이 오면 저수지는 모두 얼고, 그 위로 풀 먹인 하얀 광목천을 깔아 놓은 듯 하얀 눈이 소복이 내려앉는다. 저수지 주위의 억새에 서리가 얼어, 상고대가 하얀 공작의 꼬리처럼 하얗게 꽃을 피운다. 고고한 소나무 위에도 하얀 눈이 내려앉아 상고대와 함께 햇볕에 반짝인다.

밤사이 내린 눈으로 천지사방이 눈 천지다. 밝은 보름달에 비쳐 다이아몬드처럼 반짝이고, 나뭇가지 위에도, 푸른 소나무 위에도, 높은 산봉우리도 온통 설국이다.

밤은 짧아졌고, 낮은 길어졌다. 노루 꼬리만큼.

남녘에는 하얗게 핀 매화, 노란 산수유 꽃과 유채꽃, 빨간색 꽃잎에 노란 꽃술이 도드라진 동백꽃이 피었다는 소식과 진해에는 연분홍 벚꽃이 피었다는 분홍색 소식이 바람에 실려 날아온다.

매화의 하늘은 하얀색, 신수유와 유채꽃의 하늘은 노란색, 동백꽃의 하늘은 빨간색, 벚꽃의 하늘은 연분홍색이라 서로 뽐내며 날려 온다.

찻집의 뒷마당에는 목련, 벚나무, 라일락, 복숭아, 배나무, 주위가 온통 꽃이다. 그 뒤로 끝없이 이어진 소나무와 잣나무가 실록의 숲을 이룬다.

봄비가 내렸다. 언 땅을 녹이고 잔설을 녹이면, 온 대지에 봄의 기운이 가득하다. 햇빛도 제법 따사롭다. 목련 꽃가지에 꽃봉오리가 수줍게 솟아오른다.

파란이 어릴 적에는 목련 나무가 매미 나무인 줄 알았다. 꽃봉오리가 꼭 매미가 매달려 있는 것 같았다. 검은 껍질을 벗고 봄에 하얀 꽃을 피우고 그 꽃이 지면 떨어진 꽃잎이 땅속에서 살다가, 매미로 환생해서 한여름에 청량감 있는 소리로 울부짖다가, 또 땅속으로 떨어져 다음 해 봄에 목련 나무에 피는 줄 알았다. 어른이 된 지금은 매미 속 하얀 목련화가 속살을 내보일 때면, 진홍에게서 느끼는 내적인 아름다움과 영혼의 순수함을 느낀다.

소나무와 잣나무 사이에 정자가 하나 있다. '솔밭정자' 이곳의 밤하늘은 유난히 별이 밝다. 달빛은 기묘할 정도로 높은 산을 훑고 지나간다.

이슬비가 나뭇잎에 내려앉는다. 가랑비가 꽃눈에 노크를 하면 천지사방이 꽃들의 잔치다. 저마다의 혼을 깨우며 부활하는 봄을 알린다. 실바람이 나비질을 하면 온통 꽃비가 내린다. 실비가 내려서 온 마을에 꽃 강을 이루면 철쭉과 아카시아 꽃, 밤나무 꽃이 핀다. 갑자기 내린 폭우로 꽃잎이 떨어져서 빗물에 쓸려 내려가면서도 빗물을 물들일 수 있는 혼의 자신감. 송화가 피면 잘 말려 조총에 버무려 송화 다과를 만들어 놓는다.

파란은 문설주에 이마를 붙이고, 나풀나풀 대며 달려오는 봄소식을 접할 때면. 진홍에게 '너보다 더 너를 사랑할 수 있어'라며 혼자서 되뇐다.

진홍은 창호지에 꽃잎이 문신을 새기고 향기가 배어 나오면, 심장이 부풀어 올라. 파란에게 '너보다 더 너를 사랑할 수 있어'라고 혼자서 되뇐다.

창문 밖에 빗줄기가 억수같이 쏟아지고 있다.

둘은 어두운 창문 앞에 꼼짝하지 않고 버티고 서서 억수같이 퍼붓는 빗줄기를 바라본다.

천둥이 세상이 떠나갈 듯 포효하고 있다.

세차게 창문을 때리며 계곡으로 흘러들어 가는 빗물 소리가 들려온다.

파란이 눈에 어둠 속에 한 여인이 구석 테이블에 앉아 도둑고양이처럼 이곳을 응시하고 있는 것이 들어왔다. '들어오는 것도 못 보았는데' 생각하며 파란이 다가서자 감쪽같이 사라졌다. 잔상처럼 요즘 들어 가끔 일어나는 현상이다.

파란이 진홍에게 이야기하면, 진홍은 파란이 엉덩이를 톡톡 치면서 "파란이 너 또 한눈파는 거야?" 하며 놀린다.

비는 매일이다시피 억수처럼 퍼부었다.

천둥은 더 큰 소리로 으르렁거렸다.

번개가 노란 용암을 뿜어내며 치고 지나간다.

천둥소리가 위협적으로 쿵쾅거리고 울리면 창문들이 소란스럽게 요동쳤다. 다음날이면 계곡에 물이 불어 모유를 콸콸 쏟아내는 젖무덤들이 장관이다.

낮은 짧아졌고, 밤은 길어졌다. 노루 꼬리만큼.

해가 진 후 들려오는 바람 소리, 벌레 소리들.

만산이 홍엽(紅葉)으로 붉게 물드는 계절. 초콜릿 색깔과 향기, 노란 은행나무, 곱게 물든 단풍나무. 비가 쏟아지면 그 색이 더 짙어지고 더 선명하게 물든다.

가을 낙엽을 보면 눈물이 왈칵 쏟아져 내린다.

어느 날은 은행나무를 보고 노란 눈물을 흘리고,

어느 날은 단풍나무를 보고 빨간 눈물을 흘리고,

어느 날은 쪽빛 저녁 하늘을 보고 남색 눈물을 흘린다.

산등성이에 올라 두 팔을 벌리고, 두 눈을 감고, 뒷발을 조금만 들어 올리면. 한없이 가벼워진 영혼은 잿빛 저녁노을 속으로 분홍색 바람을 타고 끝없이, 끝없이 날아오를 것만 같다.

노란 나비로, 빨간 나비로, 호랑나비로. '펄펄'

산등성이 사이사이로 붉은 어둠의 바다가 눈으로 잡히는 계절, 가을에서 겨울로 밝아온다.

날이 바뀌고, 주가 바뀌고, 달이 바뀌고, 계절이 바뀌고, 해가 바뀌면서, 둘은 인생의 새로운 의미를 깨닫게 되었다. 그들의 낮과 밤은 그렇게 이어지고 있다.

파란은 조바심을 쳤다.
"진홍아 우리는 언제쯤에야 밝은 낮에 이 아름다운 사계를 볼 수 있는 거야?"
진홍은 믿기지 않는다는 듯이 되물었다.
"파란아! 우리 글쓰기 위해 찻집을 운영하는데 너는 후회하는 거야?"
파란은 태연스럽게 말했다. 눈은 생기로 빛났다.
"아냐, 아냐. 내가 왜? 나는 진홍이 너만 좋으면 그것으로 만족해."

진홍은. 파란이 간혹 여자를 만나긴 했지만, 그저 스쳐가는 인연이었을 뿐이다 자위한다. 파란이 반짝이는 눈동자와 달콤한 미소 앞에서, 그 모든 문제는 그다지 중요하지 않았다.
파란은, 지금 이 순간 진홍이 함께하는 것이 꿈처럼 행복하다는 사실, 이건 의심의 여지가 없었다. 함께 있다는 사실 말고는, 아무것도 중요한 것이 없었다.

진홍은 일이 일찍 끝나면 가끔 솔밭정자에 나와 파란이 마음도 달래줄 겸 둘만의 오붓한 시간을 보낸다.

'라일락이 보라색 꽃을 피워 꽃향기를 날리고 있다. 달빛 아래서 라일락꽃 향기에 귀를 기울이면, 내 안에서 보라색 삶의 향기가 은근히 배어 나온다.'

이곳 솔밭정자는 어떤 계절이나 어떤 날씨에도 숨 막힐 정도로 아름답다. 어떤 때는 그 아름다움이 눈물겨워 지금의 이 행복이 영원할까? 하는 원인 모를 불안감이 엄습해 올 때가 있다. 그들의 낮과 밤은 그렇게 이어지고 있다.

여름이 끝나가는 무렵 어느 날 밤. 비가 추적추적 내리고 진홍이 오싹한 한기를 느낄 때. 파란이 분홍색 스웨터를 어깨에 걸쳐주며 말했다.

"이것, 봄 햇살을 한 올 한 올 엮어서, 한 땀 한 땀 짠 거야."

파란이냐 여전히 나를 사랑한다는 생각에 진홍이 마음이 훈훈해졌다.

비는 칠월칠석부터 백중(百中)날까지 천둥, 번개와 함께 억수같이 퍼부었다.

한 남자를 지독하게 사랑한 한 여자가 있다. 그 남자는 서른 두 살의 유부남이고 여자는 대학생이다. 이미 유부남임을 알고 반쪽 사랑이라도 신뢰와 믿음, 진실 하나로 둘은 열정적으로 사랑했다.

　여자는 대학 1학년생이고 어릴 적부터 집안은 부유했지만, 마음에 아픔이 있다. 지금은 엄마가 재혼(사실은 초혼)을 해서 새아버지가 생겼고, 미국에서 사업하는 새아버지를 따라 이민을 간다.

　그녀는 초등학교 졸업 후 가서 고등학교까지 미국에서 마쳤다. 대학은 모국에서 다니기 위해 한국으로 왔고, 카페에서 아르바이트하다 그 남자를 만났다. 여자는 경영학을 전공하고 대학을 졸업하면 새아버지 사업 일로 미국으로 돌아갈 예정이다.

　남자는 보육원에서 자라 자수성가해서 결혼했으나 평범하고 단란한 가정을 꿈꾸는 남자와 달리 그의 아내는 어릴 적부터 부유하고 풍족한 삶을 살아와서 남자와 많은 갈등을 겪는다.

　둘은 5년 동안 진실 하나로 갈등 한 번 없이 뜨거운 사랑을 했다. 여자의 섬세한 배려 때문이다. 그러나 남자는 생각한다. 언제까지 내 굶주린 정을 채우기 위해 그녀를 희생시킬 수 없다고. 여자는 대학 졸업 후 아버지 사업을 위해 미국에 들어가야 하는데 계속 미루고 있다. 사랑하는 남자 때문이다.

　남자는 생각한다. 비록 나쁜 생각이지만 그녀를 위해서라면 '슬픈 이별'이라며 다른 여자(고향 후배)를 끌어들인다.

　그녀는 처음 사랑이 유부남임을 알고, 비록 반쪽 사랑이지만 진실 하나로 충분히 행복해했다. 그러나 그 반쪽을 다른 누군가와 나눠야 한다면 사랑의 끈을 놓고 깊은 잠을 자겠다며 수면제를 다량 복용한다. 다시 건강을 회복하지만, 정신이 피폐해진 상태로 미국으로 들어간다.

그 무렵 남자에게 건강에 이상이 온다. 심각하게. 남자는 회사를 정리하고 요양도 할 겸 외곽 도시를 찾아 혼자 이사한다.

남자에게 불면증이 왔다. 어차피 밤에 잠도 못 자는 터라 지역 생활정보신문 벼룩시장을 돌린다.

남자는 새벽 3시에 시작해서 정오까지 일한다. 일이 끝나면 수면제를 먹고 잠을 자고 새벽 3시에 일을 나간다. '썩 괜찮은 시간 사용이다.' 그렇게 몇 년, 어느 날 새벽 수면제 부작용으로 그는 졸음운전을 하고 시 외곽 벼랑으로 떨어졌다. 차가 완파되었다. 오른쪽 눈을 실명했다. 다행이다. '역시 순발력이 대단해.' 그 상황에서도 긍정적이다.

이제는 신문 일도 할 수 없게 되자, 산속으로 들어갔다.

그는 지도에 체크를 해가며 산행을 한다. 그는 아침 10시부터 오후 5시까지 산행을 하고 집에 돌아오면 수면제를 먹고 잠을 자고, 사랑하는 여자를 마음속에 간직할 수 있다는 것만으로도 행복해한다.

그렇게 몇 년의 세월이 흘러 간암으로 죽는다? 하나 있는 아들에게 장례식은 치르지 말고 화장을 해서 유골은 도봉산의 우이암, 신선대, 원도봉산의 망월사, 사패산, 북한산의 백운대에 뿌려 달란 부탁했다. 남자는 나비로 바람으로 무엇으로든 자유로워지고 싶었나 보다.

그녀는 미국에서 한국 체인점을 내기 위해(속마음은 사랑하는 사람 곁으로 빨리 오고 싶어 잰걸음으로 돌아온 것이다) 돌아왔다. 의젓한 사업가였다. 남자에 대한 소식은 그이의 친구로부터 듣는다.

포장된 박스 1개를 전해 받았다. 반지, 목걸이(이것들은 여자가 해준 것), 우리의 사랑에 대한 글, 산 지도들이다.

사소한 오해와 부족한 열정으로 잠시 떠나 있던 여자는 마음을 추스르고 다짐을 한다. 회사를 정리한 것, 몸이 아픈 것은 알고 있었지만, 그 정도로 심각한 상태일 줄이야.

체인점은 전문 경영인한테 맡기기로 했다. 자신의 주변 정리를 마치고 북한산과 도봉산이 병풍처럼 펼쳐있는 우이동에 집을 얻어 산속으로 들어갔다(그이의 품속으로 들어갔다). 남자의 유골이 뿌려진 우이암, 신선대, 망월사, 사패산, 백운대, 처음에는 그이의 친구에게 도움을 받았고 이제는 혼자 산행을 한다. 처음 한 달은 힘들었지만, 점차 체력도 좋아졌고, 사색을 즐기는 여유가 생겼다.

여자의 일상은 하루하루 남자가 남겨둔 지도를 보며 남자가 다닌 코스별로 지도에 있는 산봉우리로 해서 산길을 돌며 남자의 흔적을 찾아, 사랑의 흔적을 찾아 지금도 쉼 없이 산길을 걷고 있다.

그녀는 수녀원, 절, 업의 율동, 빈 들녘의 바람을 맞으며 자신의 길을 찾아 길 위에 서 있다. 산속에서 길을 걷다 한없이 슬픈 눈을 가진 여자를 보면 "안녕하세요." 인사해 주세요. 그러면 그녀는 "수고하세요." 인사할 겁니다. 제비꽃으로, 두견화로, 분홍색 바람으로?

여인이 파란색 편지지 '못다 한 내 마음을' 위에 편지를 쓴다.

　무명을 사랑한 무명이.

　우리가 봄의 정원에서 꽃을 심을 때, 나무를 심을 때가 생각나.
벌과 나비가 어떻게 알고 꽃을 심자마자 찾아 날아들었잖아. 지
금 생각해보니 그들은 꽃의 아름다움을 보고 찾아온 것이 아니
라, 그 꽃에서 배어 나오는 향기에 이끌려 찾아온 것 아니겠어.
내가 처음 자기를 보았을 때. 처음에는 외모에 반했지만, 지금은
자기 마음에서 배어 나오는 향기가 내 마음을 여전히 설레게 하
는 것 같아.

　나. 집 떠나와 길 위에 서서 생각해 보니. 장기판 옆에서 훈수하
듯이, 내가 자기에게 소홀했던 순간순간들이 파도처럼 밀려와서,
마음에 멍이 들것 같아.

　몸은 이곳에 여행 와 있지만, 마음은 자기의 향기를 찾아 벌써
자기 곁으로 날아가 버린 것 같아.

　어느 순간. 간절했던 우리의 사랑이 시간 속에, 세월 속에 향기
를 잃은 듯해 조금은 슬퍼. 자기가 꿈속에 자주 나타나지 않는
것을 보면 그래…. 내가 많이 늦었어.

　내 이름은 무명이다. 올해 마흔 살이 막 됐다. 가늘게 내리는 비
를 바라보니 눈물이 가랑가랑 맺힌다.

　나는 슈퍼마트체인점을 운영하고 있지만, 이따금 들려 월말 마

감 정산만 하고 경영은 전문 경영인이 맡고 있다.

내 마음은 항상 내가 사랑한 무명에 가 있다. 누구나 자신들의 몫인 얼마만큼의 기쁨과 슬픔을 안고 살아가고 있으리라.

나 또한 나만의 기쁨과 슬픔, 상처와 즐거움을 겪고 있지만, 그 운명에 감사함을 느낀다.

우리는 서로의 결핍을 한 눈에 알아봤다.

오늘도 산 정상에 우비를 입고 앉아 무명을 그리워하고 있다. 지금처럼 가랑비가 가랑가랑 내리면 감성의 늪에 빠져 허우적거린다.

분홍색 바람이 불어온다. 어둠의 심연으로 조그만 정령들이 나를 이끈다. 불현듯 고통이 기쁨으로 생생하게 다가온다. 어떤 미지의 신비스러운 힘이 아득한 비바람에 실려 저 멀리서 아스라이 다가온다. 나는 실크 같은 빗줄기에서 희미한 그이의 스킨 냄새를 맡는다.

내가 무명을 처음 만난 것은 대학입학을 위해 미국에서 막 귀국해서이다. 대학로에 있는 오피스텔을 나와 아르바이트할 곳과 학교 가는 길을 알아보려고 나왔다가 그이에게 각인되었다. 그것은 마치 공의 세계이다. 그이의 눈을 보는 순간 모든 것이 멈추어섰다.

대학로에서 처음 무명을 보았을 때. 그 짧은 시간이 영원처럼 느껴지는 긴 순간이었다. 마치 시간이 얼어붙은 것처럼.

첫 만남. 찰나의 순간이었다. 그이는 눈을 뗄 수조차 없을 만큼

황홀했었다. 나는 그때 그곳에서 바람이 쌩쌩 부는 겨울로부터 해방되었다. 마치 추운 겨울이 오기 전에 잠깐 맞이하는 인디언 서머처럼 달콤한 꿈을 꾸었고, 머릿속에서는 풍금 소리가 휘몰아쳤다.

무명 그는 마치 바람 같았다.

내가 무명인 이유는 두 가지다.

첫 번째는 나의 문제다. 어릴 적 초등학교 졸업할 무렵까지 내게는 아버지가 있되 없는 것 그것이었다. 이름도 어머니 성을 따서 지었다. 초등학교 졸업 즈음 어머니께서 재혼하셨다. 엄밀히 말하면 재혼이 아닌 초혼이었다.

지금의 나의 새아버지는 미국에서 큰 슈퍼마트를 운영한다. 새아버지 성을 따서 이름도 다시 지었고, 어머니와 나는 새아버지를 따라 미국에 이민을 갔다. 다시 한국 땅을 밟은 것은 대학입학을 위해서였다.

그 시절에 나는 무인도에 살았다. 쓸쓸함, 외로움, 고독….

대학로에서 그이를 본 순간. 나는 그때 그곳에서 차가운 바람이 씽씽 부는 겨울로부터 해방되었고, 달콤한 꿈도 꾸었으며, 내 인생 처음으로 맛본 따뜻함. 얼어있는 내 마음에 연분홍색 따뜻한 햇볕이 한줄기 비추고 있었다.

물이 모래에 스며들 듯이, 달빛이 창호지에 스며들 듯이, 내 마음이 그이에게 젖어들었다.

두 번째 이유는 그이의 문제다. 그이는 유부남이다.

무명 그이는 한마디로 바람이었다. 왔다가 사라지는 바람이 아니고, 분홍색 바람이 여민 옷깃을 파고들어 가슴에 문신을 새겨 놓는 바람이다.

부란에 성명 미상. 모란에 성명 미상.

보육원 원장의 성을 따서 이름을 지었기에 실질적으로 무명인 것이다. 무명(無名).

우리는 이름이 필요 없었다.

그이의 이름이 내게 오는 것이 아니고, 내 이름이 그이에게 가는 것이 아니라. 그이의 존재 자체가 내게 오는 것이고, 내 존재 자체가 그이에게 가는 것이다. 그이의 영혼이 내게 오는 것이고, 내 영혼이 그이에게 다가가. 마침내 우리는 느낌으로 하나가 된 것이다.

우리는 서로 얼마만큼의 사랑을 받느냐보다, 얼마만큼의 사랑을 줄 수 있을까를 생각했다.

나는 무명을 사랑했다.

내가 사랑한 사람이 무명이니 나 또한 무명이다. 무명을 사랑한 무명.

"너에게 나는 그냥 너이고 싶고, 나에게 너는 그냥 나이면 좋겠어. 너에게 내가 그 무엇이거나, 나에게 네가 그 무엇이라면 우리는 서로 슬퍼할 거야."

비가 오면 그이가 내게로 온다.

파도 바람의 파도가 녹색 잎들을 흔들고 지나가면 비의 파도가 그리움으로 쌓인 구름 낀 내 마음에 눈물로 다가온다.

내가 방긋 웃으면 그이는 '두견화 한 송이 피어났다'라고 반겼다.

돌을 던지면 호수의 파문은 시간 속에 잠잠해지지만, 돌은 가라앉아 마음 깊숙한 곳에 똬리를 틀고 앉아 있다. 달그락달그락 흔들릴 때면 내 눈에서 영롱한 이슬이 몇 방울 뚝뚝 떨어진다.

우리는 바쁜 세상 속에서 소중한 많은 감성을 잃고 사는 것은 아닐까? 우리 마음속 깊은 곳에 가라앉아 있는 감정을 깨울 시간을 가져보자. 메마른 시간 속에서 지금 우리 사이에 과연 사랑이라는 순수하고 고결한 가치가 존재할까?

매일 밤, 비를 맞으며 먼 길을 걸어간다. 길 끝에 파란 불을 보고 잠에서 깨어난다.

비는 칠월칠석부터 내려 백중날까지 일주일 넘게 계속 내리고 있다.

언젠가, 어디선가 한 번쯤 본 듯한 기억이 난다. 마치 데자뷰처럼. 아주 오래전부터 이곳에 오기로 예정되어 있었던 듯이. '우리 그이가 꿈속에 나타나 편지를 읽어주고, 그곳의 산세를 감탄하며 자랑했지.'

샤워를 마친 무명을 사랑한 무명은 거울에 몸을 위에서 아래로 훑어본다. 그이가 말했지 '복숭아 같은 엉덩이'라고. '오늘은 그곳을 꼭 찾고야 말 거야' 다짐을 하며 짐을 챙긴다.

"그이는 무명이었어요. 자수성가해서 조그만 사업체를 운영하고 있었어요. 제가 아르바이트하는 카페의 단골이셨어요. 제가 오기 이전부터요."

 "그이 무명의 눈을 보는 순간 숨이 멈췄어요. 슬픔 그 자체였어요. 뭔가 사연이 있는 깊고 슬픈 눈빛이었죠."

 "무명을 사랑한 저도 무명이지요. 그이가 그이 아내와 대화 속에 무의식적으로 내 이름이 불리면 큰일이잖아요. 그래서 제 이름도 무명이랍니다. 궁리 끝에 제가 그냥 '자기'라 부르라고 시켰어요."

 "인어공주가 사랑이 아름다워 사람이 되고 싶어 했던 그 사랑. 그러나 아무리 사랑을 갈망해도 바닷속 인어공주처럼 내 사랑도 그이 안에서만 빛이 났어요."

 "무명을 사랑했죠. 저도 우리 자기한테는 무명이었어요. 그이의 아내 앞에서 제 이름이 불리면 끝이잖아요."

 "그이는 곰탕을 매우 좋아했어요. 어릴 적에 고깃국을 먹어 보질 못해서 원 없이 먹고 싶다 했어요. 제가 국에 밥을 말아 한 수저 뜨면, 그이는 그 위에 깍두기를 놓아주고 배추김치도 놓아주었어요. 그 밥은 결국 그이 입으로 들어갔죠."

 진홍은 태연스럽게 말했다.

 "이곳을 어떻게 알고 찾아오셨어요?"

 그녀는 입가에 흐뭇한 미소를 지으며 말했다.

 "우리 자기가 이곳을 알려주었어요. 이곳 산세를 얼마나 자랑하던지요. 꿈속에서 편지도 읽어주었죠. '인어공주가 꿈꾸는 사랑.'"

진홍은 떨리는 목소리로 말했다.

"그랬군요. '인어공주가 꿈꾸는 사랑'을 쓴 남자분이 다녀가신 적이 있죠. 지금은 어디 계세요?"

그녀는 가슴이 찢어지는 듯 말했다.

"오래전에 저세상으로 갔습니다. 하지만 우리는 지금도 함께하고 있지요. 내 마음속에 살아있거든요. 우리는 서로의 남겨진 날들을 축복했고, 죽음까지 우리를 갈라놓을 수 없다는 것을 잘 알고 있었어요."

"무명. 그이는 비를 좋아했어요. 그이는 비를 좋아해서 비 오는 날이면 늘 혼잣말로 되뇌었어요. '오늘은 날씨가 무척이나 좋은 날이구나.'"

"제가 아르바이트하는 카페의 단골이었는데, 비가 와도 우산을 안 쓰고 그냥 나갔어요. 웬만한 비가 오면 우산을 쓰지 않고 그냥 맞고 다녔어요. 나중에 안 사실이지만 나름의 사연이 있더라고요."

'내게 물들어 있는 모든 오염 물질들을 깨끗이 씻어 본래의 순수함으로 돌아가는 느낌이야. 예전에 시골 여자친구와의 약속을 지키지 못한 것이 마음에 걸려. 그 친구는 내게 10년이 지나도 100년이 지나도 너의 순수함을 잃지 말라고 했어.'

"언젠가는 내가 꼭 우산을 씌워주어야지. 아마 우산이 마법지팡이가 되어 우리를 어떤 끈으로 엮어 줄지도 모르지 하고 생각했어요."

진홍은 감이 잡힐 듯했지만, 확실하지 않은 듯 말했다.

"비를 좋아한다는 남자분이 다녀가신 적이 있어요. 그분이 무명이라 했어요. '인어공주가 꿈꾸는 사랑'을 무명은 말했어요."

그가 무명이라며 말했다.

"제 생각에는 나를 위해 날개를 접었던 그녀를 날개를 펴고 다시 날게 해줘야 한다고 생각했어요. 사랑하는 나를 위해 접어두었던 날개를 활짝 펴고 멋있는 인생을 살기를 바랐어요. 그 바람은 오래전부터 나의 생각이었어요. 그녀를 진정 사랑했기에 고향 후배의 도움을 받아 자연스럽게 날게 해주고 싶었어요."

"그래서 계획대로 이루어졌나요? 상처 없이."

진홍이 눈을 깜빡이며 말했다.

"그러나 그녀는 '당신은 나에게는 온 세상이에요.' 라고 말했어요. 우리의 처음 시작이 이미 유부남임을 알고 그것을 인정하고 5년 동안 내 남자에 대한 정열적인 사랑 하나로 살아온 그녀에게는 쉽게 용납이 되질 않았을 거예요."

사내는 한숨을 푹 내쉬었다.

"그녀는 내게 말했어요. 내가 당신을 사랑할 때. 유부남임을 알고 그 사실을 인정하고 당신을 사랑했어요. 당신의 반쪽만이라도 진실 하나로 만족할 수 있어요. 그러나 그 반쪽의 또 다른 반을 다른 사람에게 빼앗긴다는 사실은 나를 비참하게 만드네요. 당신의 반쪽은 인정하고 반쪽 사랑으로도 만족하지만, 그 반쪽의 또 반을 잃는다는 것은 전부를 원하지 않았던 내 사랑이 이젠 전부가 아니면 차라리 내 사랑의 끈을 놓고 깊은 수렁에 빠져 버리는 것이 덜 힘들 거예요. 아마 우리가 어디로든 흘러가겠죠. 그래도 당신을 잊지 못한다면 잠을 자죠, 아주 깊은 잠이요."

사내는 눈물이 그렁그렁했다.

"최종적으로 우리는 미국으로 가서 접시 닦기라도 해서 같이 살자고, 나는 못 헤어지겠다고 했어요."

그랬더니 그녀가 말했어요.

"당신의 아이도 당신의 길을 가게 할 거예요. 만약 당신의 말대로 우리가 같이 떠난다면 당신과 나는 죄책감에 많은 날을 후회하며 사랑이 식어가는 고통을 느껴야 할 거예요. 만약 당신이 사랑으로 인해 아픈 나날을 보낸다면 그건 내가 바라는 것이 아니에요. 우리의 사랑은 서로의 마음속에 존재하고 있는 것만으로도 충분히 만족해요. 많은 날, 우리가 가지 않은 길에 대해 후회를 하거나 미련을 가지고 살지 않기를 바라요."

사내는 힘없이 말했다.

"그런 와중에 제가 몸이 많이 안 좋아졌어요. 나의 사랑이 그녀의 삶에 기쁨이길 바랐지만, 나의 사랑을 위해 그녀의 삶에 슬픔을 안겨주었어요."

사내는 무명에게 우리 다툼은 이쯤 해두자고 했다.

"우리 더 이제 그런 논쟁을 하지 말자. 우리에게 주어진 시간이 얼마 남지 않았음을 인식하자고 이야기했어요. 그러자 무명을 사랑한 그녀는 이렇게 말했어요."

"'당신의 남겨진 날들만큼, 나에게 남겨진 그만큼의 날들.' 이라며 죽음도 우리를 갈라놓지 못할 거라 말했어요."

무명. 그 여인은 손등으로 눈가에 맺힌 눈물을 씻어 냈다.

"네. 제가 그 남자(무명)분에게 편지를 써드렸죠."

진홍이 꼭 한마디 해줘야 할 것 같은 책임감이 느껴졌다.

"소유하지 않고, 구속당하지 않고, 그저 바라보는 것만으로도 마음이 따뜻해지고 포근해지는 것. 그것이 사랑 아닐까요? 누구의 그 무엇이라는 것은 집착 때문에 여백의 미가 떨어지잖아요. 더못 줘서 안타깝고, 어머니 앞에 서면 순수해지는 그런 마음이 사랑이 아닐까요? 같이 있는 그 순간조차 그리워할 수 있는 아름다운 감성, 마치 항아리 위에 소복이 쌓인 눈(雪)처럼 말이에요."

무명인 그녀는 잠시 생각하고 말했다.

"사랑은 서로의 눈을 깊이 바라보고, 바라보는 그 눈빛에서 수줍음과 설렘이 깃들어 있고, 상대의 신비에 다가서는 것 아닐까요? 나의 사랑이 때로는 그이를 힘들게 했지만, 나에게는 더 없는 축복이었어요. 잠을 자도 그리움은 항상 깨어있죠."

"무명, 그이는 이런 사람입니다."

어쩌다 우연히, 붉게 물든 저녁노을을 보고
가슴이 뭉클하게 감동을 하여 자기도 모르게
눈물 흘리며 웃을 수 있는 사람.
어쩌다 우연히, 밤하늘의 달과 별을 보고
그 아름다움을 위해 해님이 자기 몸을 태워

잉태한 것이라 믿는 사람.

 어쩌다 우연히, 꽃이 피어 봄이 아름다움을 보고

가을에 진 잎들이 이불이 되어

모진 겨울을 이겨냈다고 믿는 사람.

 어쩌다 우연히, 처마 끝에 낙수 져 떨어지는

빗방울에도 임인가 하여

맨발로 뛰어나올 수 있는 사람.

어쩌다 우연히, 쏟아지는 폭우 속에서

비를 흠뻑 맞고선 거울 앞에서

민낯의 자신을 발견할 수 있는 사람.

"저는 이런 사람이 되고 싶어요."

코스모스의 하늘은 분홍색이다.

국화의 하늘은 노란색이다.

도라지의 하늘은 파란색이다.

사람들은 저마다 가슴속 더 깊은 곳에 쓰디쓴 쓰라림을 가슴

에 품고 살아가기에, 모두가 하늘은 파란색이라 믿는가 보다.

하늘이 분홍색이다.

하늘이 노란색이다.

하늘이 보라색이다.

자기만의 혼과 빛깔로 살아가는 자연이 더없이 부럽다.

진홍과 파란. 둘은 첫사랑으로 만나 너무도 순수했기에 서로를 더 욕심내지도, 더 다가가지도 못한 채 서로를 가슴속에 남겨두고 또 다른 사랑을 찾는다.

"너와 나, 우리 사이는 그 어디에나 운명이 항상 연결되어 있으니. 눈에 보이지 않는다고 해서 사랑이 끝난 것은 아니야."

그둘에게 같이 있다는 것은 그 어떤 형체나 실체가 꼭 있어야 할 필요는 없다. 마음으로 정신으로 함께하면 언제든 같이할 수 있기에 그 어떤 시련도 초월한 두 사람은 그들의 사랑을 소중하게 그리고 아름답게 이어간다.

파란에게 진홍은 첫사랑이자 짝사랑의 대상이다. 초등학교 때부터 고등학교 2학년 때까지. 둘이 친해진 것은 고등학교 2학년 때부터이다.

'진홍은 내게 하얀 눈사람 같은 친구이다. 내 입술이 닿으면 사라질 것 같은, 내가 바라보는 눈길만으로도 녹아서 사라질 것 같은, 그런 순백의 여자. 진홍은 내 마음속에 천년만년 하얀 눈사람으로 남아있을 것이다. 진홍이 생각만 하면 입안에 가득히 아카시아 꽃향기가 짙게 배어 나온다.'

'진홍에게 파란은 인생 전부였다. 파란이 다른 여자들을 만나고 돌아오면, 집에서 집 나간 아이를 기다리는 어머니의 마음으로 파란을 두 팔 벌려 맞이했다. 파란은 진홍이 같은 친구를 두었다는 것이 얼마나 운이 좋은지 실감하는 순간들이다.'

진홍과 파란. 둘은 작은 시골마을에서 초등학교 때부터 고등학교 때까지 같이 다닌다. 진홍은 시내에서 살고 파란은 화전민의 아들로 시내에서 떨어진 먼 산속에서 산다.

봄날의 따뜻한 햇볕이 비추던 어느 날. 이날 부는 바람의 무늬는 꽃신을 신고, 색동저고리를 입고, 진홍과 파란이 가슴에 산들산들 불어왔다. 우연히 시내에서 떨어진 외진 길에서 마주쳤다. 서로의 이름이 불렸고, 서로의 가슴에 설렘이 시작되었다.

파란이 진홍을 산속 집으로 초대했다.

뒤로 솟은 산봉우리, 좌우로 높은 산. 그 밑에 저수지가 있고 옆으로 계곡물이 흐르고 들판에는 억새와 야생화가 계절마다 피고 지고 하며 조화롭게 공존하여 살아가고 있다. 집 옆에는 옹달샘이 있고, 집 앞에는 우물이 있다. 수령이 200년 가까이 된 느티나무와 버드나무가 있다. 그 밑에는 평상이 있다.

산속에는 목련, 벚꽃, 개나리, 진달래, 철쭉, 복사꽃, 이화, 라일락, 아카시아 꽃, 눈부신 초록의 생명이 있고, 장미, 송화 밤꽃이 피고 진다. 단풍이 들고, 상고대가 피고, 겨울 눈꽃이 핀다. 머루, 다래, 도라지, 산딸기, 더덕, 개암, 개 복숭아, 돌배와 같은 자연 먹거리가 있다. 예전에 화전 밭을 일구던 산은 소나무와 잣나무가 울창하다. 화전민들은 모두 서울로 일자리를 찾아 떠났고, 파란이 집만 이곳에 살고 있다.

진홍은 산속의 신비스러움에 감탄하며. 반딧불이 빛에 홀린 듯이, 밤꽃 향기에 취한 듯이, 파란에게 기묘할 정도로 물들어갔다.

진홍이 부모님은 교사이다. 진홍은 공부를 잘해서 항상 전교 1

등이다. 진홍은 이화여대 영문학과를 가서 영문소설을 써서, 노벨 문학상을 타는 것이 꿈이지만. 부모님의 거센 반대에 부딪혀 마음에도 없는 의대를 가고, 대학원에서 정신과 박사가 된다.

파란은 산속에서 학교를 뛰어다녀, 이미 고1 때 고등부 전국대회 5,000m를 신기록으로 우승한 경력이 있다.

파란이 부모님은 가족 잔치 때문에 서울에 가셨고, 산속에서 운동하던 파란이 돌부리에 걸려, 머리와 다리를 크게 다쳐 더는 달리기를 못 하게 된다. 산속에 쓰러진 파란을 발견한 이는 진홍이었다. 진홍이 파란을 손수레에 싣고 병원으로 가 응급처치를 받게 했다.

운동을 못 하게 된 파란은 과학 선생님과 아름다운 추억을 쌓는다.

진홍은 의대에 입학했고, 파란은 체대에 입학했다. 둘은 잠깐 행복했었다. 의대에 들어간 진홍이 바빠지자 파란은 아르바이트하다, 시한부 여대생을 만나 달콤하고 아픈 사랑을 했다. 운동하다 다친 머리의 통증과, 아픈 이별의 상처를 안고 지냈다. 미친 듯이 산을 헤매고 다녔다. 명성산에서 나무 지팡이 하나 주워 와서는 동반자인 양 제 몸뚱이처럼 애지중지하며 늘 함께했다. 겨울에만 집에 머물면서 3년 넘게 산속 동굴에서 살면서 머리도, 수염도 손질 한 번 안 했다. 3년이 지나고 반년이 지난 어느 여름밤. 천둥이 세상을 가르듯이 치고, 번개가 천둥이 가른 그 사이로 노란 용암을 뿜어내듯이 치면서, 비가 내리는 것이 아니라 쏟아져 내리는 밤에 마당에 있는 버드나무처럼 머리를 풀어헤치고, 그 비를 다 맞으며 산에서 내려왔다. 어느 날. 파란은 진홍을 다시 만났다. 진홍이 근무하는 병원에서 의사와 환자로 만났다.

진홍이가 파란이 삶에 활력을 준 따뜻한 햇살 같은 존재였다는 것만큼은 부인할 수 없는 사실이었다.

진홍에게 파란은 인생 전부였다. 파란이 다른 여자들을 만나고 돌아오면 집에서 집 나간 아이를 기다리는 어머니의 마음으로 파란을 두 팔 벌려 맞이했다. 파란은 진홍이 같은 친구를 두었다는 것이 얼마나 운이 좋은지 실감하는 순간들이다.

"파란이 네가 다리를 다쳐 더는 운동을 못 하게 되었을 때. 나는 파란의 포근한 안식처가 되고 싶었어. 그런데 파란이 과학 선생님을 만났고, 그분한테 기대어 슬픔을 달래고 있는 모습을 보았을 때. 파란은 나를 공부하라며 계속 밀어냈지. 파란이 네가 편히 쉴 수만 있다면 과학 선생님께 기쁜 마음으로 양보할 수 있었어. 과학 선생님이 결혼하고, 이제는 내 차례인가 하고 가슴이 두근거리기 시작했어. 우리는 대학에 들어갔고, 즐거운 만남이 잠깐 있었지. 그때 파란이 너는 경아를 만나서 아픈 사랑을 시작했어. 물론 파란이 네게는 달콤한 사랑이었겠지만. 어느 순간부터 나와 만남은 그저 껍데기만 있을 뿐이었어. 내가 참을 수 없는 것은 경아가 잘 못되어서 우리 곁을 떠났을 때. '다행이다'라고 생각하고 있는 나 자신이 너무 미웠어. 일상생활에서 경아를 많이 미워했어. 죄의식이 너무 강해서 머릿속이 산정호수에서 나무배를 탔을 때 흔들리듯이 뒤죽박죽이 됐고 터질 듯했어. 그 생각은 내가 대학원에서 석, 박사가 되었을 때까지 계속 나를 따라다니며 괴롭혔어. 소설을 못 쓰게 된 현실과 지난날의 기억들이 나를 자유롭게 놓아두질 않았어."

진홍과 파란이, 둘은 그동안 쌓인 오해와 감정의 앙금을 '뚝뚝' 떨어지는 눈물방울로 모두 털어냈다.

이후 진홍이 심경에도 변화가 오기 시작한다. 어릴 적 꿈이 소설가였는데, 그동안 억누르고 있던 감정이 폭발한다. 부모님의 원치 않는 의대 강요와 파란이 친구 경아의 죽음에 대한 마음의 병이 감정 폭발에 불을 붙였다. 결국, 진홍과 파란은 같은 병원에 환자 신세가 된다.

창문 밖에 빗줄기가 억수같이 쏟아지고 있다.

둘은 창문 앞에 꼼짝 않고 버티고 서서 억수같이 퍼붓는 빗줄기를 바라본다.

천둥이 세상이 떠나갈 듯 포효하고 있다.

세차게 창문을 때리며 계곡으로 흘러 들어가는 빗물 소리가 들려온다.

비는 매일이다시피 억수처럼 퍼부었다.

천둥은 더 큰 소리로 으르렁거렸다.

번개가 노란 용암을 뿜어내며 치고 지나간다.

천둥소리가 위협적으로 쿵쾅거리고 울리면 창문틀이 소란스럽게 요동쳤다.

둘은 서로의 눈을 깊이 바라보고, 그 보는 눈빛에 수줍음과 설렘이 깃들어 있어서, 서로의 신비에 다가서는 두근거림이 느껴진다.

진홍은 '이 남자라면' 하고 침을 삼켰다. 매일 눈을 떠야 하는 이유가 파란 때문이었다. 그녀는 파란에게 잠시 눈길을 주었다. 파란은 '이 여자라면' 하고 침을 꿀꺽 삼킨다. 그는 씩 하고 이를 드러내며 천진난만하게 환한 미소를 지어 보였다.

파란은 기타를 집어 들었다. 'It's Now or never'를 연주했다. 벽난로에 불이 활활 타며 소리를 내고 있다. '타닥타닥' 마치 드럼소리처럼. 진홍은 파란을 도발적으로 바라보았다. 진홍을 바라보면서 느끼는 평온한 감정은 때때로 정체불명의 불안감으로 혈압이 오른다. 파란은 이제야 행복이라는 것이 값비싼 대가를 치른 뒤에 찾아오는 것임을 알게 되었다. 깔딱 고개를 넘은 뒤에 맛보는 정상에서의 산들바람처럼.

밖은 어두웠다. 사내는 우산도 없이 빗속으로 걸어나갔다.

날씨가 무척 좋은 날이다. 세찬 비바람과 천둥·번개가 치고, 며칠째 폭풍우가 쏟아지고 있다.

비바람이 거세고 천둥·번개가 으르렁 쿵쾅거리며 폭풍우가 거세게 쏟아지는데, 날씨가 좋은 날이라고?

사내는 비를 좋아해서 비 오는 날이면 늘 혼잣말로 되뇐다.

'오늘은 날씨가 무척이나 좋은 날이구나.'

키 모양의 산세 중심에는 잘 다듬어진 초가의 찻집이 있다.

뒤로 솟은 산봉우리. 좌우로 높은 산 밑에 저수지가 있고, 옆으로는 계곡물이 흐르고, 들판에는 억새와 들풀과 야생화가 조화롭게 공존하며 살고 있다.

뒷마당에는 꽃나무와 소나무와 잣나무가 울창하다.

야생화는 어둠이 밀려와도 폭풍우가 거세도 청춘을 간직한 채 시들지 않는 꽃으로 나비를 기다린다.

찻집의 이름은 '사랑을 삽니다'.

내가 팔 사랑이 있을까?

내가 왜 사랑을 팔아야지?

남의 사랑을 사서 어쩌려고?

사랑이 사고팔고 하는 물건인가?

사랑을 한 번도 못 해본 사람일까?

주인은 도대체 본인이 노력해서 얻어내는 가장 신성한 행위가 사랑인 것을 모르는 것일까?

그렇게 들어온 손님들이 주인 여자 앞에만 앉으면 신기하게도 모두 고백을 한다.

주인 남자는 머리를 길게 길러서 굵은 웨이브 파마를 하고, 뒤로 꽁지머리를 묶었고, 수염은 덥수룩하다.

여자는 단발머리에 검은 생머리다. 창포물로 감은 듯 윤기가 난다. 찬란하기가 밤하늘의 별과 같고, 영롱하기가 매화 꽃봉오리에 맺힌 이슬 같고, 기풍은 바위를 뚫고 서 있는 사철 푸른 소나무 같다.

찻집은 밖에서 보는 것보다 넓었다. 테이블마다 초가 켜있고, 제법 손님이 많았다.

진달래 차, 도라지 차, 아카시아 꽃차, 아카시아 끌차,

밤나무 끌차, 두견주, 솔잎 주, 도라지 주, 칡 주, 더덕 주

—가격은 형편껏 내세요. 사랑을 팔면 무료입니다. —

꽁지머리 남자가 내게 다가온다.

"무엇을 드릴까요? 선택하시면 말씀하세요."

여자는 차를 다 마신 손님들에게 파란색 편지지를 내밀어 준다. '못다 한 내 마음을'이라 쓰여 있다.

"말씀하신 사랑을 담아 누군가에게 하고 싶은 말이 있으면 직접 쓰셔도 좋고요, 제가 대신 써 드릴 수도 있어요. 주소는 직접 작성해서 우표를 붙이세요. 나가시는 길에 문 옆 분홍색 우체통에 넣어주시면 됩니다."

남자는 내가 주문한 밤나무 끌차를 들고 다가섰다.

"새벽까지 영업하니 편한 시간에 말씀 나누시고, 사랑을 팔 게 없으면 그냥 가셔도 됩니다."

어느 남자분이 여자주인과 대화를 나눈다.

"중학교 1학년 때의 일입니다.

초등학교 때부터 줄곧 같은 반에서 공부하던 여학생이 있었어요. 그날은 소풍날이었어요. 거의 끝나갈 무렵에 그 애는 얼굴을 덜 핀 고사리처럼 고개를 숙이고 쑥스러워하며 손만 쭉 뻗었어요. 그 애의 손에는 빵이 한 봉지 들려있었어요. 단팥빵이었는데, 온종일 기회만 엿보느라 잠시도 손에서 놓지 못하고 힘을 잔뜩 주어 쥐고 있어서 빵이 다 부서져 있었어요. 지금 와서 호텔 제과점이나, 유명한 빵집의 빵을 먹어도 그날 그애가 수줍게 건네준 빵보다 더 맛있는 것은 찾지 못했어요. 얼굴은 기억이 가물가물하지만 한 가지 확실한 것은 그애의 따뜻한 마음이에요. 그애의 그림자는 보라색이었어요."

진홍이 '못다 한 내 마음을' 편지지를 내밀자 짧은 편지를 썼다.

　저처럼 둥근 달을 너의 품에 안을 수 있다는 것은, 네 마음이 우주보다 더 큰 모양이다.

"보라색 라일락 향기 같은 기억을 간직하고 있군요. 참으로 부럽습니다."
남자는 진홍에게 인사를 하고, 분홍색 우체통에 편지를 집어넣고, 찻집을 빠져나와 어두운 길로 걸어갔다.

도라지 차를 다 마신 남자분이 눈을 감았다.

"제 직업은 택시기사입니다. 아내와 딸과 셋이서 힘들지만, 열심히 일하고, 넉넉하지 않은 살림에도 행복하게 살았어요. 아내는 딸애 학원비를 벌기 위해 식당에서 일했어요. 우리 가족은 딸 애의 밝고 유쾌한 성격으로 매일매일 힘든 것도 모르고 웃음 속에 살았어요.

그러다 아주 어마어마한 변화가 찾아왔어요. 우연히 산 로또에 당첨되었어요. 세금 공제하고 10억 정도 받았어요. 몹시 떨렸죠. 마음이 두근두근했어요.

처음 며칠은 붕 떠서 살았어요. 그러다 돈을 받으면서부터 아내와 갈등이 시작되었어요.

아내는 딸을 대입학원은 물론 외국어에 피아노학원까지 보냈어요. 딸은 새벽 2시가 돼야 집에 들어왔어요. 점차 지쳐가는 딸애를 보고 있으니 마음이 아팠어요.

저는 계속 택시를 몰았어요. 2년만 더 무사고 운전을 하면 개인택시 자격요건을 갖추게 되어서 열심히 일했어요.

그러던 중 아내가 서서히 변해갔어요. 아침에 딸애 학교 보내면 새벽 2시에 들어오고, 저도 영업을 나가면, 아내는 낮에 에어로빅과 배드민턴을 치러 다녔어요. 열심히 일했고 이제는 살림도 넉넉하니 취미 생활을 즐길 수도 있죠.

그런데 그런 생활을 하다 보면 모임도 만들고 마음에 맞는 몇몇 회원들이 새로운 친구와 선후배들과 만남이 자연스럽게 생기잖아요. 물론 전부 다는 아니지만요. 하지만 아내는 선을 넘었어요. 저는 이혼을 결심했고, 고심 끝에 여행을 왔어요."

가만히 듣고 있던 진홍이 넌지시 물어본다.

"선생님께서는 그동안 결혼 생활하면서, 한눈 안 팔고 한 치의 양심에 어긋남이 없이 살아오셨나요?"

"택시 영업을 하면서 몇몇 여성들과 one night를 즐긴 적이 있었어요. 그냥 엔조이였어요."

"택시 영업하시는 분들이 모두 그렇지는 않죠. 유혹에 넘어가 아내를 배신하는 행위를 하는 분은 지극히 드물죠. 마음을 터놓고 솔직한 대화를 나누어 보세요. '바람이 불고 비가 내리고, 꽃이 피고 비가 내리고, 꽃이 지고 비가 내리고, 잎이 솟아나고 비가 내리고, 구름이 일고 안개가 피어오르고 비가 내리듯이' 사람은 누구든 자기 자신 안에 하나의 세계를 가지고 있죠. 그것이 무엇이든 부부라면 존중해 주어야겠지요. 비가 온 뒤 땅이 더 굳는다고, 서로의 믿음이 더 굳건해지지 않겠어요. 미움을 사랑으로 바꿔보시지 않겠어요?"

미모가 수려하고 유난히 검은 머리카락을 길게 늘어트린 지적으로 생긴 여인이 들어왔다.

파란이 흠칫 놀랐다.

숲을 뚫고 들어 온 햇살이 동굴을 만들고, 바람이 휘몰아치면. 햇살에 반짝이는 은빛 날개들이 '쏴쏴' 파도친다.

꽃잎이 눈처럼 내리면, 가슴이 욱신거렸다. 통증이 심해졌다.

바람처럼 스쳐 지나가는 사랑을 어찌 손가락으로 잡을 수 있을까?

하늘이 찢어질 듯 내리쏟는 햇살, 천둥, 번개와 소낙비. 여름은 또 그렇게 찾아왔다.

연두색 나뭇잎을 뚫고 쏟아져 들어오는 추억.

'내가 어찌 너를 내 눈에 담을 수가, 내가 어찌 너를 내 마음에 품을 수가.'

이슬을 흘려보내는 꽃잎처럼, 거센 폭풍우가 몰아치고 지나간 뒤의 공허감이 몰려왔다.

"오래전에 한 남학생을 좋아했던 기억이 나요. 내 영혼에 깊은 흔적과 자취를 남긴 남자예요. 젊은 시절 교사로 있던 고등학교 제자였어요. 우리는 산속 동굴에서 사랑을 나누었어요. 끝까지 둘만의 비밀로 간직했어요. 그러다 제가 집안의 강요로 결혼했어요. 제 결혼 생활은 원만했어요. 적어도 겉으로 보기에는요. 어느 날. 남편과의 잠자리에서 그 애 이름이 불렸어요."

진홍이 파란이 둘은 마주 보고 엷은 미소를 지었다.

신문기자인 손님이 머리 식힐 겸 휴가차 여행을 왔다. 찻집이 아주 예뻐서 들어와 봤다고 한다.

막말과 고성이 난무한 국정조사장에서, 국회의원은 턱을 괴고 반말을 섞어가며 비웃듯이 질문을 한다. 증인은 꼿꼿이 앉아 대답한다.

국회의원이 의도하는 답변이 안 나왔다. 이때 위원장이 증인을 호통을 치며 나무란다.

'증인 똑바로 앉으세요. 국민을 대신해서 국회의원이 질문하는데 증인의 태도가 왜 그러십니까?' 호통을 친다.

질문한 국회의원은 턱을 괴고 말했다. 국회의원들이 원하는 대답이 나오질 않았던 모양이다.

국민은 반말하고, 다그치고, 턱을 괴고 질문하는 국회의원을 뽑지 않았는데. 그들은 국민, 국민 하면서 정작 국민을 무시하는 것은 그들 즉 국회의원들 아닌가 싶다. 그런데 방송은 그들을 청문회 스타라고 칭한다.

국민은 그렇게 경우 없고, 예의 없는 국회의원을 뽑은 적 없다.

"그런데도 국민을 대표해서 국가를 위해서 힘쓴다고 하잖아요."

자동차 CF에서 세계적인 발레리나가 자동차 광고를 했다. 그분 멘트 중에 학교 규칙이 밤 10시면 취침이라 했다. 본인은 몰래 사감의 배려로 연습실의 불을 켜서 연습을 했다고 한다. 학교 규칙이 밤 10시에 취침을 시키는 것은 그만한 이유가 있었을 것이다.

연습시간이 만약 5시간이면 5시간 내에서 최선을 다해 연습하고 다른 규칙을 따라야 하는데, 밤 10시 이후에 연습하는 것을 자랑삼아 이야기하고 있다.

이는 엄연한 반칙 인생 아닌가? 다른 학생들은 미련해서 밤 10

시 취침 규칙을 따랐을까?

그가 말하고 싶은 이야기는 오늘의 내가 우뚝 서 있는 것은, 그토록 열심히 연습한 결과물이라고 말하고 싶은가 보다. 그 예술가의 재능을 보면, 그 예술가의 발가락을 보면. 규칙을 지켰어도 지금의 실력보다 더 하면 더 했지 못하지 않을 듯싶다.

또 한편의 자동차 CF가 있다.

운전하는 여성이 립스틱을 바르며 화장을 하느라 차가 차선을 넘는데, 자동차가 알아서 차선을 지켜준다는 광고이다.

자동차 운전 중에 핸드폰 사용, DMB 시청금지, 내비게이션 작동금지 등이 법적으로 금지되어 있다. 법을 위반하는 행동을 하는데, 최신 기술이 이를 지켜준다는 CF는 어떤 설명으로도 정당화될 수 없다.

월드컵이나 올림픽 경기 중에 아나운서나 해설가들이 전문지식이 있을 텐데 '아! 편파적이네요.' 또는 '제가 말하지 않았습니까.' 하며 애국주의에 빠져 전문지식으로 해설하지 못하고 시청률에 신경 쓰는 것은 바람직하지 않은 것 같다.

개그맨들의 정치 풍자를 반대하는 것은 아니다. 잘하면 모두에게 웃음을 줄 수 있을 것이다. 그러나 정치 풍자를 할 때.

풍자하며 지지자 모두의 가려운 곳을 긁어 주지만, 지지하지 않는 대다수의 침묵하는 양들의 생채기는 누가 보듬어 주나. 이는 개그맨들뿐만 아니라 공인이라 일컫는 연예인들이 정치적인 발언을 할 때도 주의를 하여야 할 것 같다. 그 또한 문화 권력으로 보일 수도 있기 때문이다.

"위와 같은 칼럼을 자주 쓰다 지적을 당해서, 머리를 식힐 겸 여행을 떠났어요. 이곳의 간판을 보고 들어 왔어요."
"어느 분한테 어떤 사랑을 쓰고 싶으신가요?"

입 밖으로 중얼대는 사람, 마음속으로 끊임없이 생각에 몰두하는 사람, 모두가 중얼거리는 것인데. 문제는 나 자신이 그 중얼거림의 주인이냐, 대상이냐 하는 문제일 뿐.
속살과 민낯은 다른 관점과 시각으로 보면, 가면과 허위와 기만으로 가려진 참모습이다.

"저 자신한테 초심을 잃지 말라는 다짐입니다."
진홍이 신문 한 장을 찾아와 읽어준다.
"무언가 절대적인 신념으로 받아들이자마자 우리는 자신의 시야에 갇혀 버리게 되죠. 옳은 것이 좋은 것이냐? 좋은 것이 옳은 것이냐? 하는 고민이지요."

한 남자가 자수성가한 이야기를 했다.

미천한 출생 신분과 세상의 갖은 방해에도 불구하고. 마침내 그가 '개천에서 용 난다고,' 사장이 되면서 이야기가 끝났다.

"그렇다면 이 이야기는 좋은 결말일까요?"

진홍은 옅은 미소를 띠며 대답했다.

"이기적으로 일인칭 시각으로 보면, 분명히 좋은 결말이죠,"

남자는 자기 앞의 고유한 문제들을 해결하고, 갖은 고생 끝에 목표를 성취했다. 하지만 그 과정에서 아들에게 바쁘다는 이유로 소홀했다. 아들의 시각으로 바라보면, 아빠가 필요할 때 제자리에 없는 것에 많은 상처를 입었다.

진홍은 파란색 편지지 '못다 한 내 마음'을 내주었다.

인생은 산마루의 구름처럼 잠시 머물다 흘러가는 것. 잊지 마라 희로애락은 아주 오래전부터 주어져 있던 한때의 지나가는 감정이다.

어느 산이나, 정상에 오르기 전에 깔딱 고개가 있다. 바위나 계단을 오르면서 하나에서 열을 세고 비워 버리고, 다시 또 하나에서 열을 세고 비워 버려라.

마치 꽃잎이 빗물을 비워내듯이. 견디기 어려운 만큼의 소유는 집착이다. 소유에 집착해 저 자신을 비울 수 없다면 꽃잎은 찢겨 그 형체를 잃고 말듯이. 자신의 삶 또한 즐길 수 없을 것이다.

스트레스는 어차피 이것을 해결하고 앞으로 나아가야 하는 일을 징검다리 없이 건너뛰려고 하는 생각에서 오는 것. 반드시 통과해야 할 길이라면 한발 한발 다가가 더 친숙한 마음으로 지나쳐 걸어야, 먼 훗날에라도 가지 않은 길에 대한 미련이 남지 않는다.

자기 자신과 대화하기. 선생님 말씀도 맞고, 선배 말도 맞고, 친구 말도 맞지만, 자기 안의 목소리에 귀 기울이고, 마음이 하는 말에 자주 귀 기울여라.

만약 네가 모르는 것이 있으면, 웃어라. 웃음으로 모름을 인정해라.

본의 아니게 실수를 했거나 잘못을 저질렀을 경우, 해결책은 딱 한 가지뿐이다. 실수에 대해서 잘못에 대해서 진정으로 사과하고, 같이 해결책을 찾아보아라. 섣부른 합리화는 비겁한 행동이며, 진정성을 잃는다.

인연을 중시하라. 스쳐 지나가는 모든 인연들이 지금은 아무 의미 없이 네 곁을 지나쳤지만, 언젠가는 다른 일로 얽혀 특별한 인연으로 다가올 수 있다. 지금의 소홀함이 화로 돌아올 수 있음이야. 매 순간 모든 인연들에 성심을 다해 대하면서 지나치도록 하여라. 그래야 네 뒤가 든든하고, 뒤가 든든해야 희망찬 한 발을 앞을 향해 내딛을 수 있다.

아버지는 이미 이루었기 때문에, 이미 가지고 있어서, 이런 말을 할 수 있지만. 나는 경우가 다르다고 생각하지 말 거라. 세상이 모두 바뀌어도 전혀 바뀌지 않는 진리가 있다.

—아빠가 아빠를 매우 닮은 아들에게

중년의 남자가 진홍이 앞에 앉아있다.

"내가 라일락꽃 향기를 처음 맡은 것은 제주도 신혼여행지에서 처음이었어요. 그만큼 바쁘게 살았으니까요. 봄에 결혼해서 신혼여행을 제주도로 갔어요. 오후에 도착해 짐을 풀고, 저녁을 먹고, 호텔 주위를 산책하는데. 바람에 라일락꽃 향기가 실려 와 코끝을 간질이고, 마음을 풍선처럼 부풀어 오르게 했어요. 처음 맡은 꽃 향기에 이끌리어 갔더니, 그 꽃이 라일락이라는 호텔 관계자의 말을 듣고, '라일락'을 처음 알게 되었어요. 나는 그때 아내에게 라일락이란 애칭을 불러주었어요."

"지금의 나는 아내에 거는 기대가 아무것도 없어요. 희망도, 절망도, 미움도, 증오도, 전혀 없어요. 딱 무관심이 맞는 표현이겠네요."

"찻잔 속의 태풍이었지만 참 끔찍한 생각까지도 했었어요. '내 마음속에 악마가 살고 있다' 생각했어요. 아내가 아이를 낳다가 아기를 낳고, 아내는 죽었으면 하는 무서운 생각을 잠깐 했었어요. 아내가 아무리 나쁜 일을 했고, 못된 짓을 했지만. 그런데도 내 아이의 엄마고 내 아내인 것을, 이러다가 내가 천벌을 받지 하는 불안이 엄습했었어요. 아이가 태어났고 큰 기쁨이 솟아오르면서 미움은 더 이상 끼어들 틈이 없었어요."

진홍은 가슴이 철렁 내려앉았다.

"그녀와 그녀 가족들은 나를 데리고 산부인과에 갔어요. 병원에 들어가 사인을 하고 나와 길 건너편 다방에 앉아 제 첫사랑을 아파해 했어요. 산부인과에 들어간 저 여인이 내 아이를 뱄고, 아이를 지우러 병원에 누워 있는 생각을 하며. 첫사랑과 이별을 하고, 저 여인을 책임져야 한다고 생각했어요. 풀만 뜯다가 도살장에 끌려가는 소처럼 눈에 그렁그렁 눈물이 맺혔어요. 그 당시에는 그저 떨리는 마음에 병원 안에서의 일은 전혀 모르는 상태였으니까요. 진짜로 내 아이를 뱄는지? 진짜로 우리가 잠자리를 했는지? 의심 한번 못 해봤어요. 제 대학교 1년 후배였어요. 2년 동안 저를 따라 다녔어요. 어느 날 동기들끼리 학예회를 끝내고, 술자리가 있었는데. 아침에 일어나니 그 애가 저와 동침을 했고, 얼마 후 그 애가 부모님을 모시고 제 앞에 앉아있었어요. 임신했다고 했어요. 그때부터 저는 고통을 말없이 견디자고 결심했어요. 신혼여행 첫날밤. 그 애는 첫 경험이었어요. 영혼의 가장 깊은 곳, 가슴의 밑바닥에서 의문이 솟아났어요. 이것이 과연 진실한 관계일까? 진실한 사랑일까?"

—내가 고등학교 1학년 때. 중학교 1학년 신입생이 우리 독서 부에 들어왔다. 그 애는 초등학교 시절 때부터 줄곧 반장을 맡아 했다고 한다. 갓난아이처럼 티 없이 곱다. 큰 눈망울은 똘망똘망하니 '톡' 하고 건드리면 눈물인지, 이슬 방울인지 '뚝' 떨어질 것만 같다. 그 애는 졸업을 하면서 내 눈에서 멀어져, 가슴속에서 잊혔다. 그 애가 우리 대학 국어국문학과에 들어왔을 때. 군대에 다녀와서 복학한 나는 어렵게 그 애를 알아봤다.

학예회가 끝나고 단체로 나이트클럽에 동행했다. 다른 여학생이 내게 블루스를 청했지만, 내 앞에 앉아있는 그 애가 시야에 들어왔다. 나는 그 애에게 손을 내밀어 홀로 나갔다. 블루스를 치는데 내 허벅지에 뜨거움이 느껴졌다. 어린애가 어느새 '여인'이 되어 있었다.

그날 밤. 마침내 태곳적부터 긴 기다림 끝에 신비로운 꽃이 피어났다. 침묵 속의 개화! 내게도, 그 애에게도 첫사랑이었다.—

원호는 비로소 지난날의 의문점들이 선명하게 풀렸다.

"말해봐. 나한테 왜 그랬어?"

"오빠는 내게 수치심을 주었어. 그 많은 학생 앞에서 내가 블루스를 청했는데, 내 손을 뿌리치고 다른 애와 블루스를 쳤어. 나는 나를 잘 알고 있어. 누군가 한번 내 가슴속에 들어오면 영원히 머무른다는 것을."

"당신은 그래서 지금 행복해?"

"나는 내 안의 악마와 거래를 했어. 원하던 사람의 모든 것을 가졌고, 꿈꿀 수 있는 모든 것을 이루었잖아. 나는 행복해."

"그래서 내 마음이 떠날 텐데, 당신은 무엇이 당신을 행복하게 하지?"

"오빠만 얻을 수 있다면, 악을 쓰고 버티고 서서 싸움을 해서라도 내 것을 지킬 거야."

재떨이에 담배꽁초가 수북하다.

원호는 자기 자신에게 묻는다.

'억울함, 배신감, 증오, 복수심이 차올라 현재를 생생하게 살지 못하겠지? 나를 둘러싸고 있는 모든 것들이 원망스럽고 저주스럽다.'

원호는 자기 자신에게 다시 묻는다.

'오죽하면 이렇게까지. 사랑의 크기가 매우 커서 잠깐의 실수를 했을 뿐. 본심은 선했을 거야. 상황을 받아들일 수 있어? 원호는 최면을 걸어 본다.

"내가 선이라고 생각했던 것이 더는 선이 아니고, 악마의 속삭임이었다면 내 선택은 분명해."

"비록 내가 잘못 생각했어도 여기서 멈추고, 내 삶은 의미를 잃더라도. 관계 설정을 백지로 되돌리고, 고고하게 백을 유지하는 것이 사랑일까? 오빠! 모르는 소리. 사랑은 백색에 검은색을 묻히고서라도 내 것을 지키는 것이야."

원호는 절규하듯, 진홍에게 공격적으로 변했다.

"사장님 이게 말이 된다고 생각하세요?"

진홍은 부정하지 않았다. 잠시 생각하고 말했다.

"그래도 사랑은 그 자체로 고귀한 것입니다."

그는 치유할 수 없는 마음의 상처를 입은 것 같다.

"그들이 과연 '우리는 인간으로서는 해서는 안 될 일을 했어. 사람을 기만했어. 신의를 저버렸어.'라는 식의 반성을 할까요? 아니 반성이라는 표현도 쓰기 싫어할걸요. 우리는 당연히 싸워 얻어낸 것을 지킨 것뿐이라고 말하겠지요."

진홍은 손님이 받아들이건, 잊어버리건 간에, 사랑 자체만은 아름다운 것이라는 사실을 알려주고 싶었다.

"그렇게 생각해서 손님에게 남는 것은 무엇인가요? 그렇게 생각해서 손님께서 잃은 것은 무엇인가요? 눈먼 자들의 도시라고, 사람들은 자기가 믿고 싶어 하는 대로 믿는 존재니까요. 하지만 진실하지 않아도, 진정성이 없다 해도, 그것은 겉포장이에요. 포장지 속의 연약한 속살을 보면, 사랑이라는 묘약만큼 더한 것은 없는 것 같아요."

―그녀의 전화가 왔다. ―

"저, 혹시 강 원호 씨 되시나요?"

"네. 그런데 누구시죠?"

"제 이름은 채 진실이요. 중고등학교 후배고, 대학에서 만났었죠."

봄비 속에 찾아온 노란 산수유 꽃에서 산들바람이 부는 걸 느꼈다. 바람이 꽃을 몰고 온 것일까? 꽃이 피어 바람이 불어 왔을까? 가슴이 두근거린다. 고통스러울 정도로 격렬하게 뛰는 심장박동이 느껴졌다.

"네. 잘 압니다. 진실 씨가 대기업에 입사해서 사내 과장님하고 결혼해서 미국지사로 갔다는 것까지는 들었었어요. 지금은 어디 계시고, 어떻게 지내시죠?"

"지금은 서울에 들어와 살아요. 그런데 왜 존댓말을 쓰고, 진실 씨라고 부르죠?"

"그럼 뭐라고 부르죠? 예전에 진실 씨가 나한테 뭐라 불렀죠?"

원호는 '오빠라고 불렀었지.' 작은 소리로 웅얼거렸다.

"제가 오빠 오빠하고 따랐고, 오빠는 저한테 진실이라고도 불렀고, 꼬맹이라고도 불렀어요. 기억이 나요?"

"그래서 지금도 반말로 말하고, 진실이나 꼬맹이라고 불리길 바라나요?"

"오빠. 상당한 거리감이 느껴지네요. 물론 잘못은 오빠보다 제가 더 많이 했으니까요. 지금은 우리가 서로 나이도 먹고, 자식들이 있지만. 우리 사이는 언제나 그 시절의 우리니까요."

"나는 진실 씨를 정말 좋아했어요. 내 첫사랑이었죠. 그러나 만나는 내내 생각했어요. 그 당시 나는 가난했고, 미래도 불투명했죠. 진실 씨를 소중하게 생각한다면, 내 사랑으로 만드는 것보다는 좀 더 나은 조건의 남자를 만나길 바랐어요."

그때의 내 심정은 아프지만, 진실 이를 진정 원한다면 꼭 그래야만 했다.

"연락을 못 하고 결혼해서 미국으로 갔지만, 오빠를 한시도 잊은 적 없어요. 제 첫사랑이었으니까요."

[마침내, 태곳적부터 긴 기다림 끝에 신비로운 꽃이 피어났다. ― 침묵 속의 개화! ―]

"항상 그리워하고, 잘살기를 바랐어요. 친구들을 통해서 연락처는 알고 있었지만 차마 연락할 수 없었어요."

그녀의 말은 내 마음속에 더욱 짙은 그늘을 드리웠다. 원호는 조용히 쓴웃음을 짓는다.

그녀를 만나보는 것도 과히 나쁜 생각은 아니지 않은가?

카페 문이 열리고 문틈으로 예쁜 얼굴이 삐쭉 고개를 내밀었다. 부드러운 햇살이 카페 안을 가득 채우고 있었다. 그녀의 입가에는 기분 좋고, 흐뭇한 미소가 번져가고 있었다.

원호는 그녀를 똑바로 바라볼 수 없었다. 그녀는 나를 흘끔 바라보았다.

"진실이 떠나고 나는 거의 반포기 상태로 결혼해서 딸을 둘 낳았어. 결혼해서 아기 낳고 살면 정들겠지, 그러면 진실이도 잊겠지 생각했어. 인간적으로 애들 엄마한테는 미안하지. 사업이 어느덧 자리를 잡아가고 운이 좋았는지, 성공적으로 입지를 다졌어. 어느 날, 한 여인을 만났어. 그녀는 미소가 참 예뻐. 얼굴에 미소가 차오르면, 마치 달이 차올랐어. 그러면 내 영혼 속까지 충만해졌어. 기쁨과 고통이 섞인 감정이었어. 하지만 아주 소중한 존재 그 자체였어. 창호지 문으로 봄 햇살이 한가득 비쳐 들어오듯이 내게 들어 왔어. 노란 산수유 꽃 같은 여자였어. 산수유 꽃이 지고 빨간 열매가 달리듯이 식었던 열정이 빨갛게 살아나고 영혼이 자유로워졌어. 진실 이를 사랑했을 때처럼 정열적으로 타올랐어. 진실 이는 내 장래가 불투명하고, 가난했기에 포기해야만 했던 사랑이었다면, 이 사랑은 내가 유부남이라는 사실만 빼면 정말 완벽했어. 우리는 정말 열정적으로 사랑했어. 만나는 동안은 정말 열정적으로 사랑했어. 그동안 불행했던 내 사랑을 보상하고, 남은 내 나머지 인생이 불행해져도 될 만큼. 만나는 동안 충분히 사랑했고, 가질 수 있는 모든 것을 가졌어."

"오빠는 자기 첫사랑을 위해서 한 것이 뭐예요? 첫사랑이 소중했다면 그들과 맞서 내 사랑을 지켰어야죠. 알량한 도덕적 책임 때문에 정작 지켜야 할 것을 버려두었잖아요. 오빠가 내가 모르는 시간을 어디서 어떻게 무엇을 하며 보내고 있을까? 누군가 그 사람 옆에 내 사랑을 가로채 간 사람이 행복해하고 있을까? 지금도 있지도 않은 환상을 내보이며 행복하다고 말하고 있잖아요. 오빠는 이미 멀리 떠나 있는 걸, 내가 매우 늦었나 보네요?"

원호의 마음은 방바닥을 뛰어오르는 벼룩처럼, 마음이 제자리에서 계속 맴돈다. 진실이 전화를 받고 봄비 속에 찾아온 산수유 꽃에서 바람이 불어오는 걸 느꼈다. 진실은 여전히 수줍은 미소를 지었는데, 원호의 눈에는 야릇한 미소로 보였다.

"바람이 꽃을 몰고 온 것일까요? 꽃이 피어서 바람이 불어 왔을까요? 봄비가 꽃을 피우고, 바람이 그 향기를 실어 온 것 아닐까요? 그것이 자연의 순리고, 우리 둘의 자연스러운 무한궤도인 것이죠."

그녀는 잠시 말을 멈추었다. 침묵만이 흘렀다. 지금 이 순간에 필요한 건, 침묵에 필요한 말 외엔 아무것도 필요 없었다.

—산정호수에 빈 나무배와 노. 빨간 단풍나무, 노란 은행나무, 초콜릿색 풍경, 떨어져 불타는 낙엽, 호숫물에 비친 소나무들. 한겨울밤, 눈보라 속에서 우는 바람 소리를 들어보았는가? '윙윙' 소리를 내며 무엇이 그리 슬퍼 밤새우는지. 한여름 밤, 소낙비 속에서 우는 바람 소리를 들어보았는가? '커이 커이' 소리를 내며 무엇이 그리 슬퍼 밤새우는지. —

마주 선 두 사람 눈가에 눈물이 흘렀다.

"오빠! 제발 나를 포기하지 말아줘. 우리의 사랑을 포기하지 말아줘. 지금 오빠 행동 이해 못 해."

진홍은 희망의 끈을 놓지 않고 원호의 눈을 응시했다.

"선생님은 선생님 입장에서는 첫사랑을 떠나보내고, 결혼하고, 아내와 사는 지금도 불행하네요? 애들이 커가는 지금도 아내에 대한 사랑 없네요? 그러면 아내 입장에서 생각을 해보죠. 물론 그 방법은 옳지 않았다고 봐요. 아내가 선생님을 얼마나 사랑했으면 그리했겠어요. 결혼해서 사랑도 제대로 못 받고, 애 낳으면 나아지겠지 하고 첫딸을 낳아요. 선생님은 잠깐 위하는 애정을 주었겠죠. 그래서 이번에는 희망을 품고 둘째를 낳았겠죠. 이제는 두 딸이 있으니 가정에 충실하고, 내게도 관심을 주겠지 생각했겠죠. 그런데 선생님은 두 딸은 예뻐해 주면서 밖에서 보내는 시간이 많아졌어요. 여자가 남자를 사랑할 때. 그 여자는 그 남자의 모든 것을 사랑하고, 모든 말에 휘청거리죠. 아주 심하게. 첫사랑 진실 씨에게는. '어느 날, 한 여인을 만났어. 그녀는 미소가 참 예뻐. 얼굴에 미소가 차오르면, 마치 달이 차올랐어. 그러면 내 영혼 속까지 충만해졌어.'라고 진실 씨를 빗대어 말하면서, 그 마음을, 사랑스러운 그 마음을, 그대로 아내에게는 애정표현도 없이 그렇게 무심하세요?"

원도봉산 망월사를 오르다 보면 중간쯤 갔을 때. 오른쪽으로 들어가 두꺼비 바위가 있다. 이 두꺼비 바위 밑은 사방이 큰 돌들로 병풍처럼 막혀있고, 큰 웅덩이가 흐르는 물속에 고여 있다. 병든 몸을 이끌고 이곳에 도착하면, 이곳은 내 운둔지요, 독락당(獨樂堂)이다.

책 한 권과 도시락을 가지고 올라오면, 아침 10시부터 저녁 5시까지 자유로운 영혼이 된다.

삼총사가 있었다. 내가 결혼을 하고 이 동네에 이사 왔다. 처음으로 조기축구회에 가입해서 일요일마다 운동을 나갔다. 조기축구회에서 한 친구를 만났다. 그 친구는 동네토박이였다. 그 친구는 1958년생이고, 나는 동갑이었지만 호적상 1959년생으로 되어 있다. 우리 둘은 매우 잘 어울렸다. 어느 날, 그 친구가 술자리에서 "우리 의형제 맺을까?" 하고 말을 꺼냈고 나는 기쁜 마음으로 동의했다. 그 이후 한 친구가 이사 와서 조기축구회에 가입하면서, 세 친구가 의형제를 맺었다.

우리는 우정이 돈독했다. 첫 친구는 1958년생, 나는 호적으로 1959년생, 나중에 이사 온 친구는 1960년생이다. 첫째와 둘째인 우리는 친구로, 셋째는 우리에게 형, 형님 하며 지냈다. 내성적인 우리 둘과 다르게 셋째는 성격이 쾌활했고 사교성이 좋았다. 우리 셋은 술을 마시고, 노래방을 다니고, 철엽(輟儷)을 다녔다. 부인들이 시샘할 정도로 몰려다녔다. 즐거운 날들이 몇 년. 첫째 친구가 몸이 안 좋아 일찍이 저 세상으로 여행을 떠났고, 몸이 먼저 아팠던 나는 그 친구를 그리며 두꺼비 바위 밑에서 눈물을 흘린다. 그 친구는 내 몸을 항상 걱정했는데, 정작 나를 두고 먼저 갔다.

지금 생각해보니 호적상으로 내가 한 살 밑이고, 생일도 내가 3개월 늦었다. '의형제'라면 형과 아우가 있어야 했다. 그 시절로 돌아가면 "형"이라고 한번 불러주었어야 했다. 후회스럽지만 지금이라도 "형"이라고 한번 불러본다.

셋째는 내게 형님하고 부르지만, 그의 사회를 보는 눈이나 사물을 꿰뚫어 보는 시선은 나보다 한층 성숙했다. 지금은 서울로 이사하여서 거리가 멀어졌는데, 명절 때나 내가 몸이 허약해지면 꼭 내려와서 물질적으로, 정신적으로 나를 채워주고 간다.

세상을 살면서 누군가 내 곁에 있다는 것만큼 더 한 행복이 있을까? 친구 같은 동생이 동행을 해주어서 내 인생이 붉은 장미처럼 화사하다. 문제는 내가 베풀 것이 없다. 내가 가진 것은 병든 몸과 빈 지갑뿐. 맑은 영혼으로 형이라 부르고 싶었던 친구와 친구라고 부르고 싶은 동생의 앞날에 환영받는 일만 가득하기를 빌어본다.

진홍이 손가락으로 하늘을 가리키며 "그분은 그곳에서 환영받으실 거예요." 하며 "함께했던 모든 순간들이 추억 속에 살아있을 거예요." 말했다.

나는 몇 분 만에 기분이 한결 가뿐해졌다.

"동생에게 줄 수 있는 것이 편지밖에 없네요."

진홍이 파란 편지지 '못다 한 내 마음을'을 들고 왔다.

"제가 써드릴까요? 선생님께서 직접 쓰시겠어요?"
"잘은 못 쓰지만 직접 써볼게요."

　　잠결에 속삭이는 소리에 눈을 뜨고 앞마당에 나갔는데, 덩굴장미가 한가득 피어 있었다. 나를 깨운 이가 나비였다. 내 눈은 나비가 되어 장미꽃 송이 위에 가볍게 내려앉았다. 장미꽃 송이에는 서리가 얼어 상고대가 꽃을 피운 듯, 이슬이 반짝이고 있었다. 흠칫 놀라 다리를 접고 날개를 펄럭이며 눈으로만 바라보았다. 하얀 나비가 빨간 장미 송이에 물들어 분홍색 나비로 날개를 펄럭인다. 내 다리는 어느새 빨간색으로 물들었다. 내 마음은 다치지 않고 다리를 살며시 물들이는 친구 같은 동생의 배려에 깊이 감사함을 느낀다. 그의 마음은 이슬처럼 영롱하고, 나비에게 색을 내주는 꽃과 같다.

할아버지와 할머니가 손을 잡고 다정하게 걸어 들어오셨다.
"아이들에게 휴가를 주려고, 우리가 여행을 왔어요."
파란이 송화다식과 아카시아 꿀차를 내다드렸다.
'우리가 그 시절로 다시 돌아가 선택을 바로 잡을 수 있다면? 하지만 삶이 끝나가고 있는 지금으로써는 모두 부질없는 일일 뿐이다.' 노인은 생각한다.
비가 많이 내린다. 장마의 시작과 함께 태풍이 닥친다. 번개가

'빡' 하고 내리쳤다. 할아버지는 갑자기 닥친 일에 한동안 정신이 없었다.

"아내가 나이가 들어 기력이 쇠했는데, 암에 걸렸고 치매가 왔다네."

할아버지 할머니, 아들과 며느리, 손자와 손녀. 삼 대가 행복하게 살았다.

"나는 삶의 의미란. 배우자와 자식을 잘 돌보고, 남들과 비교해서 열등감을 느끼지 않게끔 노력하는 것이라 생각했지."

할머니의 지병이 시작되면서 가족 구성원 모두 노력을 했다. 할머니가 빗길에 미끄러져 허리를 다쳤고, 대장암 수술을 했고, 치매가 왔다.

가족 구성원 모두가 노력했지만, 오랜 간병에 모두 지쳐있다. 지금은 가족 서로가 맨숭맨숭한 타인처럼 애정보다는 의무감으로 지쳐있다.

"나는 모든 것을 가졌고 행복했지. 지금은 아내가 아프고 많은 재산을 잃어서 불행해. 진작 아내를 데리고 요양원으로 들어갔으면, 남은 식구들은 덜 힘들었을 테고, 재산도 많이 물려줄 수 있었을 텐데, 줄 것이 적어 불행해."

할아버지와 할머니는 삶의 의미가 자식들의 행복에 있다고 믿고 열심히 일만 했다.

"물질로 행복을 이야기하면, 이 세상에 행복한 사람은 아무도 없겠군요? 그래도 두 분은 이야기 들어보니 매우 행복하셨네요."

진홍은 할아버지의 우울한 마음을 달래려 웃으며 말했다.

"어느 날, 아내는 갑자기 성이 난 듯 미친 듯이 격렬하게 울부짖다가, 비가 갠 햇살 가득한 맑은 아침으로 돌아왔어. '당신은 행복해? 무엇이 당신을 행복하게 해?' 분위기가 우울하고, 낯빛은 서글픈 표정으로 방에 틀어박혀 음악을 듣다가 지겨우면, '응접실로 데려다줘' 하고는. 아무 말 없이 텔레비전을 켰지만, 골똘하게 딴생각에 잠겨 있는 표정을 지었어. '미안'이란 말이 내게는 어떤 계시처럼 다가왔어."

과거의 달콤한 추억에 젖어들었던 할머니는 할아버지가 듣지 못했지만, 독백처럼 말씀하셨다.

"사랑이 평생 지속할 수 있을까? 내가 당신을 사랑하는 마음은 천만번 다시 태어나도 영원할 거야. 제발 당신은 아이들을 위해서라도 삶을 포기하지 말아줘."

진홍은 할머니 손을 힘주어 잡았다.

중년의 남성이 코트 깃을 세우고 들어오셨다. 그 신사는 머리는 반백이고 수염을 약간 기르고 있다. 신사의 눈은 수리부엉이의 날카로움을 지녔지만, 왠지 모를 우수에 가득 차있다.

"선생님 무엇을 드릴까요?"

진홍이 테이블에 앉은 신사한테 인사하자, 신사는 미간을 약간 찌푸렸다.

'나이가 어림잡아 오십 대 후반인 것 같은데, 내 호칭이 마음에 들지 않나 보다.' 진홍이 속으로 생각한다.

'어르신이라 부를까? 손님이라 부를까?' 당황스럽다.

파란이 진홍의 눈치를 보며 손님이 주문한 더덕 주를 테이블에 내려놓고 돌아간다.

꽉 찬 달이 바로 찻집 위에서 푸르스름한 빛을 내뿜고 있었다. 밝은 별들과 함께.

신사는 허허로운 나그네의 우수에 찬 얼굴에, 외로움에 젖은 목소리로 말을 시작했다.

릭(햄프리 보가트)과 일자(잉그리드 버그만)는 서로 사랑하는 사이다. 둘은 프랑스에서 즐거운 한때를 보낸다.

"당신을 만나기 전 나는 사랑니를 앓고 있었어요."

"당신의 눈동자에 건배를."

전쟁이 나고 둘은 헤어졌다. 모로코 카사블랑카에서 릭과 일자는 가슴 설레는 재회를 한다.

배경음악으로 주제곡 '세월이 가면(As Time Goes By)'이 흐른다. '세월이 가면 우리의 사랑도 잊히겠지요.'하는 주제곡과는 다르게 릭과 일자는 여전히 가슴이 설렌다.

프랑스에서의 릭과 일자. 카사블랑카에서의 릭과 일자. 서로의 눈을 들여다보며 사랑을 애태운다. 공항에서의 이별 장면에서는 극에 달한다.

"이것이 내가 고등학교 때 주말의 명화 시간에 본 카사블랑카입니다."

릭과 일자는 서로 사랑하는 사이다. 프랑스에서 둘은 즐거운 한때를 보낸다? 전쟁이 나고 둘은 피난 가기 위해 역에서 만나기로 하지만 일자는 나타나지 않는다. 일자의 남편 때문이다.

중동에 있는 요지. 모로코의 카사블랑카는 전란을 피하여 미국으로 가려는 사람들의 기항지로 붐비고 있다.

릭과 일자는 다시 재회한다. 일자의 남편과 함께.

자기 자신의 사랑을 위해서 다른 누군가를 이용했다면, 어느 쪽의 사랑에 박수를 보내주어야 할까?

이용해서 사랑을 지킨 일자? 순진하게 이용당해준 릭?

"지금의 나의 시선은 순수한 사랑을 믿지 않습니다."

진홍은 신사의 말에 감이 잡힐 듯했지만 확실하게 이해되지 않았다.

"내가 지금부터 하는 말은 사실임을 먼저 밝혀두려 합니다."

내 나이 20살 정도의 일이다. 돈암동 고려대학교에 막 입학했을 때의 일이다. 학교 앞에서 시내버스를 타고 종로 3가로 가는 길이었다. 학교 앞에서 버스를 타고 자리에 앉았다. 운 좋게 자리 하나가 비었다. 다음 정거장에서 20대 후반의 여성이 버스에 올랐고,

차창 밖으로 손을 흔들고 있어서 밖을 내다보니, 남자친구인 듯 남성이 손을 흔들고 있었다.

이 여성 나와 눈이 마주쳤다. 그때의 나는 한창 물오른 하얀 얼굴에 머리는 파마했다. 청바지와 하얀색 티 하늘색 정장을 입었고 신발은 랜드로버를 신고 있었다. 종로에 아르바이트를 하러 가는 길이었다.

그 여성이 내 곁으로 다가와 옆에 섰다. 한두 정거장을 지나쳤는데, 어깨가 따뜻해지기 시작했다. 나는 심장이 뛰고, 얼굴이 붉어지고 있었다. 심장이 어떻게나 빨리 뛰는지 고통스러웠다. 그녀가 내 얼굴을 보며 희열을 느끼는 것 같아 고개를 숙이고 눈을 감았다. 그렇게 버스 안에서 성추행을 당했다.

지금 생각해보면, 그 여성은 떨리는 내 어깨에 더 큰 희열을 느끼고 있었다.

"내가 왜 이런 진실을 지금 말하려 하면. 나이를 먹는다는 것이 그냥 숫자만 더해지는 것이 아니고, 순진했던 마음에 때가 묻어가고, 세상을 바라보는 눈 또한 탁해진다는 것을 말하고 싶었어요. 모든 기억이 다 아름다운 것은 아닙니다. 그러나 진한 색깔이 있는 추억은 항상 아름답죠."

진홍이 그 장면을 잠시 상상해 보았다. 손님에게 아무것도 묻지 않았다. 그런 다음 잠시 주저주저하다 물었다.

"지극히 평범하지 않은 일이 벌어졌군요…?"

파란은 갑자기 초조해지기 시작했다. 진홍이 저토록 기에 눌리는 것을 본 적이 없었다.

　파란이 진홍이 눈을 들여다보며 '산다는 것이 다 그런 것인지도 모른다.' 부드러운 눈길로 달래준다.

　파란의 옷을 정리하던 진홍이 손에 잡힌 것은 초콜릿이다. 파란이 호감 가는 여자가 있으면 제일 먼저 하는 행동이 초콜릿을 건네주는 것이다.

　내가 아는 한, 파란이 초콜릿을 받고 키스를 안 해본 사람이 없다. 유진 선생님, 경아는 물론이고, 나 또한 초콜릿을 받았다. 그런데 지금 이 시점에서 또 초콜릿이 있는 것이 마음에 걸렸다.

　"파란아! 너 초콜릿은 왜 챙겨두었어? 가끔 나타난다는 여인에게 주려고 그러지?"

　"진홍이 네가 글만 쓰고 내게는 사랑을 안 해주니까. 진홍이 너를 유혹해볼까 하고."

　파란은 흰 이를 드러내며 웃고 있고, 진홍은 이마를 찌푸리며 인상을 쓰고 있다. 진홍은 웃으며 속아주기로 했다.

　진홍이 걸어가는 길 위에 파란이 같이 있다는 사실에 그저 놀라움과 기쁨만이 흘러넘쳤다. 이제 이 길 끝에 서로를 기다릴 필요 없이 항상 같이하고 있다는 사실 하나만으로도 둘은 행복했다.

　"파란아. 행복은 마음 밖에 있는 것이 아니라, 늘 마음 안에 있는 거야."

　파란은 진홍이 질투하는 이런 상황이 재미있다는 듯 키득키득

웃어댔다.

2월의 햇살 좋은 어느 날. 입춘도 지나고 우수도 지났는데 찬바람이 몰아친다.

화향백리(花香百里), 인향만리(人香萬里)라고 남녘에는 벌써 홍매화가 피고, 동백꽃도 피었다 한다.

바람은 차지만 꽃향기가 멀리서 바람에 실려 온다. 올봄 날씨 변화가 심하다. 꽃샘추위가 기승을 부리고, 하루 사이에도 몇 번씩 변한다는 봄 날씨다. 봄이 오는 듯하다가 겨울이 막바지 기승을 부린다.

매화 꽃망울이 '톡톡' 터져 성큼 다가온 봄. 밤하늘에 달이 뜨고 별이 반짝이면, 아파트 앞뜰에 나와 앉아 도란도란 이야기꽃을 피운다.

어머니는 오늘도 똑같은 말을 벌써 백번도 넘어 천 번도 넘게 하신다. 설날이 지난 지 벌써 석 달이 넘었는데, 설날에 있었던 —일어나지 않은— 이야기를 매일같이 반복하신다. 내가 짜증을 냈다.

지금은 이야기 상대가 나밖에 없고, 치매가 손님으로 와 있는데, 내가 조금만 더 마음 넓게 받아들여야 했는데 짜증을 냈다. 어머니 기분이 봄 날씨처럼 변화가 심한 것이 당연한 것을. 반짝 추위를 뒤로 한겨울의 끝자락에도 매화꽃은 활짝 꽃을 피워 봄날을 애태워 손짓하는, 자연의 넓은 마음을 배워야 하겠다.

우리는 바쁜 생활 속에서, 일상의 삶 속에서 무수히 많은 것들을 자신도 모르게 잃고, 얻고 있다. 오늘은 그중에서 설렘에 대한 한 가지만 생각을 해보려 한다.

여름 내 몸서리치게 아파서 꼼짝도 못 하다가, 가을 단풍을 보려는 마음에 밤새 설레어 잠을 설치고 산에 올랐다.

더없이 파랗고 높은 하늘, 붉게 타오르는 단풍, 그동안 메말랐던 감수성이 어디서 뚝뚝 떨어졌다. 떨어지면서 이틀 동안 더 불타는 단풍잎도 뚝뚝 떨어졌다.

눈을 감고 저 파란 하늘 위를 걸어봐라, 눈을 감고 저 푸른 바다 위를 걸어봐라, 눈을 감고 저 넓은 대지 위를 걸어봐라. 기적은 하늘이나 바다를 거닐고 있는 것이 아니라, 지금 푸른 대지 위를 걷는 것이다.

저 불타오르는 단풍을 보며 마음속에는 평화, 얼굴에는 미소를 띠며, 왼발 오른발 대지를 거닐고 있음을 느끼면. 가슴에는 첫사랑들에 대한 기억으로 설렘이 가득하다.

생이 정해져 있다는 것, 생의 끝 가지에 서 있다는 것, 중증 환자가 죽음의 신비에 가까이 다가서 있다는 것. 처음에는 두렵고 무섭지만, 시간이 조금 지나면 옛날 첫사랑과 만남을 기다리듯 가슴 벅차고 설렘이 가득 차오르는 것.

양파 껍질 겹겹이 사연을 담아 모두 벗겨서, 이제 곧 그 가운데 무엇이 남아있을까? 신비에 다가서는 설렘.

추석을 며칠 앞두고 막내가 공부하겠다고 한다. 군대 제대하고 대학을 막 졸업해서 인턴으로 몇 개월 직장생활을 했는데, 실력이 미치질 못하나 보다.

20년 동안 공만 차던 녀석이 이제 공인중개사 자격증을 따겠다고 한다. 아주 어릴 적부터 군대에서도, 대학에서도 축구밖에 모르던 녀석이 책상 앞에 앉아서 공부하겠다고 한다. 빨리 추석이 지나고 막내가 책상 앞에 앉아 공부하는 모습을 머릿속에 그려보니 벌써 가슴에 설렘이 가득하다. 추석에 보름달이 뜨면, 두 손 모아 달님에게 막내의 건승을 빌어보아야겠다.

서울 시립미술관에 천경자의 '영원한 나르시시스트' 전시를 관람하고 나오는데, 옆방에서 티베트의 영적인 체험 영상이 흘러나왔다. 해설이 없어 답답했는데, 안내대의 한 학생(아르바이트)일 듯싶은 분한테 부탁하니. 직접 본인의 스마트폰으로 연결을 해주어 자세한 해설을 듣게 해주었다. 근래에 보기 드문 친절함을 맛보았다. 매우 감사해서 초콜릿을 사서 작은 성의 표시를 하고 싶어 근처 편의점에 들렀는데, 초콜릿을 사 들고 가는 내 마음이 왜 이렇게 설렐까? 며느리를 보면 딱 이 마음일까?

10월의 햇살 좋은 어느 날. 아파트 담벼락에 허리가 활처럼 휘며 핀 빨간 장미 몇 송이. 또 그 꽃을 바라보고 있는 하얗게 센 머리를 하고 허리가 활처럼 굽은 노인의 흐뭇한 미소. 빨간 장미와 노인의 환한 미소가 닮았다. 닮았어.

미소를 짓는 할머니의 기억 저편에는 첫사랑과 두근거리는 첫 키스가 스쳐 지나갔을까? 내 남편의 청혼 때 받고 싶었던 장미 꽃다

발이 한 줄기 햇살로 부서져 내리고, 맞선도 못 보고 결혼을 했지만, 첫날밤의 설렘이 다시 한 번 주름살 겹겹이 파도처럼 일렁거렸을까?

하늘은 맑고 푸르다. 그녀의 손은 차고 메말랐다. 공기는 밝고 빨갛다. 그녀의 얼굴은 노을에 물들어 검붉은 파도로 일렁거린다. 저승꽃이 만개했다.

아파트 공원에는 붉은색 단풍나무가 불타오르고, 나와 손을 잡고 데이트를 하는 이 여인은, 어느 두 철 전에는 물기를 흠뻑 머금은 실록의 푸름이었거늘. 지금은 손에 조금만 힘을 주어도 우수수 부서져 휘이 날아가 버릴 것만큼 건조하고, 온기가 없다. 팔은 저승꽃이 만개했다.

자연은 다시 돌아 봄날의 따스함이 돌아오는데, 이 여인. 나의 어머니. 이름만 불러도 가슴이 설레는 그 이름, 나의 어머니. 바라건대 '제인 허쉬필드'가 말하는 '사흘 동안 불타고 불타다 떨어지면서도 이틀 동안 더 불탄다.'는 그 단풍잎처럼 이틀만 더 불타오를 수 없을까? 그 설렘이 사치일까?

산정호수에서 동창회가 있어서 일찍 내려가 산정호수 둘레 길을 걸었다. 호수를 끼고 산속으로 등산로가 나 있다. 호수에서는 친구 석춘이가 보트를 지그재그로 몰며 물살을 가르고 있다. 호숫가를 돌면서 문득 생각난 것이. 내가 지금 혼자 걷는 이 호숫가나, 바닷가나, 덕수궁 돌담길을 혼자서 걷고 있는데. 옆에 누구와 걷는 것을 상상해 보니, 나는 아내가 아닌 옛 첫사랑의 얼굴이 떠올랐다. 궁금해서 동창생 36명이 모인 자리에서 물어보았다.

"만약에 혼자서 호숫가나, 바닷가나, 덕수궁 돌담길을 걷는데, 옆에 같이 걷고 싶은 사람을 잠시 생각해봐라."

10초가 흐른 후 다시 물었다.

"지금 그린 그림이 옆에 배우자와 걷는 그림을 떠올린 사람" 했더니. 12명이 손을 들고 20명은 친구나 옛 애인, 나머지 기타는 그런 생각을 왜 해? 2명, 부모님과 같이 걷는다는 것이 2명이었다.

"나는 우리 애 아빠하고 가끔 산정호수 둘레 길을 걷는데, 그렇게 편할 수가 없어. 나는 애 아빠밖에 몰라."

'여자가 남자를 사랑할 때, 여자는 남자의 모든 것을 사랑한다.' 그 친구 문숙이에게 딱 어울리는 말인 것 같다.

이 질문에서 내가 무엇을 얻는 것이 목적은 아니다. 단지 혼자서 가는 길에서 곁에 있는 누군가, 그 누군가는 크게 중요하지 않다. 중요한 것은 같이 걸어줄 사람이 마음속에 있다는 것이 중요한 것이다.

몸이 아픈 나는 한때 그런 적이 있었다. 왜 나는 누구에게도 속마음을 털어놓지 못할까? 왜 나는 아무도 믿지 못할까? 왜 나는 진정한 친구가 없을까? 왜 나는 쓸모없는 인간이라고 느껴지는 걸까?

밤하늘에 초승달이 떴다. 주위에 별들도 떴다. 날이 어두워 껌껌하다. 하지만 집중해서 자세히 살펴보면, 어두운 하늘과 검은 산등성이의 경계를 구분할 수 있다. 하늘의 어둠이 약간 흐리고, 산등성이의 어둠이 조금 진하다.

어두운 경계에서 산등성이의 진한 어둠은 마치, 여인이 샤워를 막 마친 나체로 팔을 괴고 옆으로 누워 있는 실루엣이, 굴곡져서 늘씬하게 뻗어 있다.

친구들에게 감히 '고맙다'는 말로는 표현 못 할 만큼 큰 위안을 받고, 친구들을 두고 어머니 때문에 혼자 올라오는데 뭔가 허전하다. 친구들의 마음이 어두운 하늘과 검은 산등성이의 경계에 있는 것이 아니라 항상 곁에 머물러 있었다.

달빛 아래서 이화 향기에 귀를 기울이면, 안에서 삶의 향기가 은근히 배어 나오듯. 아픈 나를 달래주는 친구들의 나를 바라보는 눈빛은 아침 햇살 같고, 나를 품에 안아 주는 마음은 벗나무 가지 끝 꽃봉오리에 맺힌 이슬 같고, 내 손을 잡아주는 손은 곱게 물든 붉은 단풍잎과 같았다.

말은 안 해도 입가에 번지는 친구들의 미소 속에서, 나는 더는 친구들을 상대로 아프지 않은 듯 형편없는 연극을 할 필요가 없었다. 그들의 사랑을 폐부 깊숙이 들이마시자 비로소 살아있다는 느낌이 충만해졌다.

얼굴이 예쁜 친구가 걱정 아닌 걱정을 한다. (미소 짓는 얼굴은 다 예쁘다)

"나이 들어가니 살이 자꾸 쪄서 걱정이야. 나는 살이 다 허벅지로 찌는 것 같아."

"요즘 젊은 애들은 '꿀벅지,' '꿀벅지' 하잖아. 그러면 좋은 것 아냐?"

"그건 젊은 애들 이야기고, 우리는 더 이상 젊지 않기에 허벅지에 살이 오르면 걱정이야."

"별걱정을 다한다. 너는 얼굴만 예쁜 줄 알았는데, 숨은 매력이 또 있었구나. 꿀벅지 자랑할 겸, 짧은 미니스커트 입고 다녀. 내가 하늘하늘한 짧은 원피스 하나 사줄까?"

그 친구의 눈(眼)은 눈(雪) 위에 조용히 내려앉은 햇살처럼 반짝이고, 기분이 좋은 듯 방긋방긋 웃는다.

"애는 주책이다. 이 나이에 어떻게 미니스커트를 입어?"

그 친구는 입술을 삐죽이 내밀었다. 그 입술이 마치 이슬을 머금은 꽃잎 같다.

"미니스커트 입은 모습을 은근히 보고 싶어지는데."

철마다 부활하는 꽃처럼, 때가 되면 피어나는 꽃처럼, 마음에라도 꽃을 간직하라고 친구들의 마음에 예쁜 꽃씨를 뿌려주고 서둘러 올라왔다.

어머니와 아버지는 1.4 후퇴 때 북에서 내려오셨다. 우리 두 아들을 낳고 아버지가 돌아가셨다.

어머니는 홀로 군인부대 앞에서 재봉틀 한 대 놓고 일을 하셨다. 군복삯바느질과 세탁, 다림질과 재봉 일을 하셨다.

한겨울에는 냇물의 얼음을 깨고 손을 호호 불며 군복을 빨아서 손과 발에 동상이 심했고, 한여름에는 선풍기 한 대에 의존해 재봉 일과 다리미질을 하시느라 땀띠 때문에 고생이 심했다. 군인들의 군복을 빨고, 수선하고, 다리미질하고, 명찰과 마크를 다는 재봉질을 하셨다. 그렇게 고생하셔서 우리 두 아들을 서울의 명문대에 보냈다. 이제 우리 두 아들의 효도 받을 일만 남았는데, 치매가 심해 전문 요양원에 입원하셨다.

형과 나는 변호사를 하는데, 결혼을 잘해서 배후자도 착한 여자들을 만났고, 아이들도 할머니께 지극정성이다.

우리 두 형제와 부인들은 집에서 모셨는데, 전문의 선생님의 권유로 요양원에 모셨다.

문제는 내가 몸이 아프다는 것. 오늘 아이들을 데리고 어머니를 면회 왔다. 치매가 심해 나한테는 어린아이처럼 떼를 쓰면서도 손자 이야기만 나오면 벌써 신이 난다. 나한테는 두 아들이 나무토막같이 무뚝뚝하지만, 할머니한테는 나긋나긋하다. 할머니는 첫 손자는 큰 애라 듬직하다 하고, 둘째는 막내라 사근사근하다고 한다. 어머니 면회하고 홀로 이곳에 여행 왔다.

"축복받는 일이 손님을 기다리고 있을 거예요. 화향백리(花香百里), 인향만리(人香萬里)라고 좋은 분들이 항상 함께하네요. 같이 못 하는 분들도 멀리서 향기를 보내실 거예요.

진홍이라 불리는 이곳 여주인은 약간의 소홀함도 없이 내 상처 난 영혼을 보듬어 주었다.

테이블 정리하고 설거지를 다 마친 남자가 여자에게 묻는다.

"진홍아! '살아있다'는 것의 진리가 뭐야?"

"파란이 너는 꼭 예고도 없이 스트레이트를 날리더라."

"진홍이 너는 순발력이 좋잖아."

"삶이란, 숨 한번 들이쉬고 숨 한번 내쉬는 것. 죽음이란, 숨 한 번 들이쉬고 숨을 내쉬지 않은 것. 이것이 진리 아닐까?"

"'살아가는 것'의 이치는 뭐야?"

"물 마시고 싶으면 물 마시는 것. 눈 감으면 안보이고, 눈 뜨면 보이는 것. 너 자꾸 왜 그래?"

"하나만 더. 기다림은?"

"기다림은. 몸은 이곳에 있는데, 마음은 저곳에 있는 것."

"진홍아 왜 그랬느냐 하면. 요즘 들어 가끔 아니 자주 일어나는 현상인데. 한 여인이 들어오는 것도 못 보았는데, 저쪽 구석 테이블에 잠깐 앉아 있다가. 나하고 눈이 마주치면 잔상만 남기고 순식간에 사라져 마치 도둑고양이처럼."

"파란이 너 또 한눈팔 생각하는 거야?" 하며 엉덩이를 톡톡 치고 놀린다.

어둠 속에서 한 여인이 앉아서 이곳을 응시하다 또 사라졌다.

"파란이 너는 아무리 뛰어야 방바닥에서 뛰어오르는 벼룩처럼 내 손바닥 안이야."

그녀는 약간의 소홀함도 없이 상대의 상처 난 영혼을 보듬었다. 사내는 진홍이라 불리는 여자를 불렀다.

진홍이 '못다 한 내 마음을' 파란색 편지지를 들고 다가선다.

"제 사랑을 담아 편지를 써주실 수 있을까요?"

"네. 편하게 말씀하세요."

손님은 흐느껴 울며 이야기를 시작했고, 진홍은 사내의 눈을 응시하며 정성껏 편지를 썼다.

"무명을 사랑한 무명. 우리는 인어공주가 꿈꾸는 그런 사랑을 했어요. 인어공주가 사랑이 아름다워 사람이 되고 싶어 했던 그 사랑이요."

"그러나 아무리 사랑을 갈망해도 바닷 속의 인어공주인 것처럼 무명인 그녀의 사랑도 내 안에서만 빛이 났어요. 그런데도 우리는 주어진 현실에서 서로가 서로에게 진실했어요. 주어진 현실이라는 것은 내가 유부남이었다는 것이었는데, 그것은 큰 문제가 아니었어요."

"저는 가정에서는 가정에 충실했고, 무명인 그녀를 만날 때는 그녀에게 진실했으니까요. 각자 주어진 현실 속에서 어떤 소홀함도 없는 각기 다른 사랑이었어요."

"문제가 시작된 것은 그녀를 이제는 그만 놓아주어야 한다고 생각하면서였어요. 나쁜 방법이지만 제가 대학교 후배와 잠자리를 했고, 그것을 빌미로 그녀 무명과 헤어지려 했어요. 그러나 그녀는 제 의도를 알아채고 잠깐 힘들어했지만, 이내 평온을 되찾는 듯했어요. 그런데 이번에는 제게 더 큰 시련이 찾아왔어요."

"몸이 아프기 시작하며 마음은 더 많이 아파져 왔어요."

"무명과 무명. 우리는 서로 이루지 못한 사랑을 아파했고, 그 고통은 가슴에 가시가 박혀 온통 누더기가 되었어요. 그래도 우리는 그 고통마저 사랑했어요."

"우리는 못다 한 사랑의 아쉬움보다. 서로가 서로에게 사랑 하나로 하루하루가 아름다웠고, 하루하루가 행복했고, 하루하루를 사랑할 수 있었어요. 그 아픔 끝에 우리는 밝은 웃음과 더 사랑할 수 있는 마음의 여유를 찾았어요."

"무명인 그녀가 말했어요. '무명에 남겨진 날들만큼 나에게 남겨진 그만큼의 날들'이라 했어요."

"무명인 제가 말했어요. 이미 많은 날이 흘렀지만 다가올 많은 날을 당신과 함께하는 아름다운 꿈을 꾼다면, 내 가슴 속에 묻어두었던 그 사랑. 모든 사람이 우리의 사랑을 비난하여도, 그들에게 무명은 나의 '연인'이라고 자신 있게 말하겠다고 이야기했어요."

"무명인 그녀가 말했어요. '몸이 아프고, 마음이 아프고, 사랑으로 인해 가슴이 아픈 무명에. 당신의 밝은 웃음을 위해, 보답을 바라지 않는 순수한 마음으로. 사랑받기 위한 삶이 아닌 사랑하여 행복한 삶으로, 당신의 영혼까지도 사랑하겠다.'고 말했어요. 그리고 '부족한 열정과 작은 것들에 대한 소홀함으로 사랑을 저울질했던 가슴 아팠던 지난날 모두 잊고, 순수한 영혼으로 다시 태어나 이루지 못한 그 사랑을 꼭 이루겠다.'고 말했어요."

손님은 흐느껴 울며 이야기를 했고, 진홍은 편지를 썼다.

당신에게 남겨진 날들만큼 나에게 남겨진 그만큼의 날들.
그 하루하루가 아름답고, 하루하루를 사랑하며,
지금 나에게 너무나 사랑하는 당신이 있어 행복하지만,
우리가 못다 한 사랑보다 우리가 이루지 못한 사랑이
안타까움으로 남아있습니다.

나에게 허락된 삶의 길이가 비록 짧을지라도
가슴이 찢겨 온통 누더기가 될지라도
사랑할 수 있었다는 그 사실 하나만으로도
충분히 행복했습니다.

이미 많은 날이 흘렀지만 다가올 많은 날
당신과 함께 하는 아름다운 꿈을 꾼다면
내 가슴속에 묻어두었던 그 사랑
당신의 밝은 웃음을 위하여 사랑할 수 있는
마음의 여유를 남겨두겠습니다.

몸이 아프고, 마음이 아프고, 사랑으로 인해
가슴이 아픈 지금. 당신의 밝은 웃음을 위해
보답을 바라지 않는 순수한 마음으로
사랑받기 위한 삶이 아닌 사랑하여 행복한 삶으로.
당신의 영혼까지도 사랑하겠습니다.

마음을 비우면 인생이 이렇게 아름다운 것을

부족한 열정과 작은 것들에 대한 소홀함으로

사랑을 저울질했던 가슴 아팠던 지난날 모두 잊고

순수한 영혼으로 다시 태어나 이루지 못한

그 사랑을 이루겠습니다.

모든 사람이 우리의 사랑을 비난하여도 그들에게

그녀는 나의 '연인'이라고 자신 있게 말하겠습니다.

진홍은 손님께서 우표를 붙이고 주소를 작성하는 동안에 잠시 자리에서 일어나다, 구석 테이블의 한 여인을 보았다. 진홍이 조용히 파란에 다가가 손으로 입을 가리고 나지막이 속삭인다.

"파란아, 구석 테이블에 저 여인이 네가 말하던 그 여인 맞아?"

파란이 구석 테이블을 보자 그 여인이 앉아있었다.

"진홍이 이제 네 눈에도 보이는 거야. 내가 거짓말한 것이 아니지?"

파란은 차림표를 들고 그 여인에게 다가선다.

무명인 손님이 주소를 쓰고 우표를 붙이고 출입문 쪽으로 걸어나가다 벽을 본다. 우체통에 편지를 넣은 뒤, 찻집 밖으로 나가자 여명이 밝아오기 전의 짙은 어둠이 몰려오고, 우체통에 불이 들어왔다.

— 이편지들은 수신인들의 꿈속으로 배달합니다. —

찻집의 벽에 이런 시가 걸려 있다.

내 무덤 앞에 서서 울지 말라.

나는 그곳에 없다. 나는 잠들어 있지 않다.

나는 천 개의 바람이다.

나는 눈 위에서 반짝이는 보석이다.

나는 잘 익은 곡식을 비추는 햇빛이다.

나는 부드럽게 내리는 가을비다.

그대가 아침의 고요 속에서 눈을 뜰 때

나는 원을 그리며 조용히 비상하는

새들의 날렵한 움직임이다.

나는 밤에 반짝이는 은은한 별들이다.

내 무덤 앞에 서서 울지 말라

나는 그곳에 없다. 나는 죽지 않았다.

—어느 인디언의 시—

회식을 마치고 선녀는 2차 가자는 상사들의 유혹을 뿌리치고 먼저 집으로 향한다. 이때 밖에서 담배를 피우던 박형영 씨와 마주쳤다.

"선배님 제가 모셔다드릴게요,"

"아니야. 혼자 택시 타고 가면 돼."

"괜찮아요. 저 술 마시지 않았어요. 선배님 얼른 모셔다 드리고 상사님들 2차도 가봐야죠."

박형영이 차를 몰고 집으로 가는데, 선녀는 뭔지 모를 불안감이 엄습해 오고 있음을 느꼈다. 잠시 후, 멀리서 경찰들이 차도를 막고 음주 측정을 하고 있다. 박형영이 순간 핸들을 꺾어 달아나기 시작했다.

"박형영 씨, 왜 이래? 이러면 안 돼. 술 마셨어?"

"네. 소주 3잔 정도요."

"그러면 솔직히 이야기하고 벌금은 내가 처리해볼게. 차부터 세워."

"저 음주 운전으로 면허 취소됐어요. 회사에 알려지면 바로 잘리겠죠."

"그래도 이건 아니야. 자수하면 정상참작이 될 거야."

"안 돼요. 저 이 회사 잘리면 우리 홀어머니는 누가 돌봐드려요."

─박형영은 고등학교 친구들과 동창회를 하고 있었다. 아르바이트하는 자신이 부끄러워 망설임 끝에 참석했다. 식사와 함께 술도 제법 마셨는데 핸드폰이 울렸다. 어머니께서 유방암 수술을 받았는데, 갑자기 통증이 심하다고 하셨다. 박형영은 친구 차를 빌려 병원 응급실로 어머니를 모셨지만, 경찰차가 순찰하다 뒤따라와 응급실 앞에서 음주 측정을 당했고 면허 정지가 됐다. ─

박형영은 선녀의 설득에도 기회를 놓치고, 뒤따라오는 경찰차를 따돌리려다 길가 가로수를 정면으로 박았다.

　박형영이 휠체어를 타고 중환자실 앞에서 잠이 든다.

　꿈속에서 폭우가 쏟아지는 산길을 걷고 있다. '사랑을 삽니다' 찻집 앞이다.

　찻집 처마 밑에 웅크리고 앉아 담배를 피우고 있었다. 봄의 새싹처럼, 5월의 실록처럼, 6월의 장미처럼 길을 지나가는 그녀들의 몸에서 젊고 아름다운 생명력이 느껴졌다.

　이럴 때면 강렬히 원한다. 다시 태어나 20대에 아르바이트 인생이 아니라 열정적인 사랑을 나누고 싶다는 갈망을, 욕망을. 그 젊음에 과하게 몰입하며 산 밑 저수지를 바라보는데 물이 위로 찰랑찰랑하며 위태롭다. 계곡물도 범람하여 맨드라미처럼 붉은 혀를 날름거린다.

　오늘은 백중날이라 찻집 안에도 손님들이 꽉 차고 밖에 마당에도 천막을 치고 평상 위에 앉아 음식을 먹고 있다.

　백중(百中)날. 음력 칠월 십오일.

　부처님을 모신 사찰에는 영단(靈壇)이 있다. 영단에는 고인의 위패와 사진을 모실 수 있다.

　고해중생이 천명을 다했거나 아니면 비명횡사를 하였거나 불문하고, 고인을 추모하며 왕생극락을 기원하는 뜻에서 유족 및 친지들이 사찰의 영단에 영혼을 모시는 곳이다.

해마다 모든 영혼들을 합동으로 극락왕생을 위한 제(祭)를 지내는 날이 음력 7월 15일 백중날이다.

이날은 영혼의 왕생극락을 기원하는 날이므로 불교 신도는 목욕재계(沐浴齋戒)를 하고 부처님 전에 나아가 기원을 드리고, 영단에 모신 인연 있는 영혼들을 준비해간 공양물을 차려 놓으며 촛불을 밝히고 향을 사르며 지성껏 왕생극락을 기원한다.

이날은 법당 안에서 애도하는 호곡(號哭) 소리가 들려온다.

이날은 천당과 지옥의 문이 모두 열린다. 영단에 있는 영혼들은 법당 안에서, 영단에 없는 영혼들은 법당 밖에서 차려진 음식을 공양한다.

박형영은 찻집에 들어서는 순간 내가 지금 누굴 만나러 이곳에 왔는지? 눈은 밖에서 본 젊은 아가씨들을 찾고, 현실은 중년의 상사를 만나러 왔다는 사실을 잠시 잊었다. 노란 국화꽃처럼 다소곳하게 앉아있는 상사(선녀)가 보인다.

'사랑을 삽니다' 찻집에 선녀가 앉아있다. 문 닫기 전에 아슬아슬하게 찾아왔다.

박형영이 선녀의 손을 잡고 밖으로 뛰어나왔다. 무조건 높은 산 위로 뛰어올라갔다.

중환자실의 선녀는 수술은 잘 끝났지만, 정신이 돌아오지 않는다. 계속 혼수상태인 채 중환자실에 있다. 의사 선생님께서 수술은 잘됐으니 조금만 지켜보자 하신다.

오랜 혼수상태에서 깨어난 선녀가 컴퓨터를 켜자 죽은 이들이 사는 마을에 주인이 돌아온다.

선녀는 몽롱한 상태로 천둥 번개가 치고, 폭우가 쏟아져 물안개가 자욱한 길을 걷고 있다. 길 끝에 파란 간판이 반짝인다.

어렴풋이 손님들의 대화를 듣고 노트를 꺼내 메모를 하다가 남자와 눈이 마주쳤다. 작은 찰나였다. 그녀는 잠에서 깨어난다.

선녀는 매일같이 그 찻집에 앉아 원고를 쓴다. 그들은 선녀가 보이지 않는 것 같다. 천둥 번개가 치고 비바람이 거세게 불던 어느날. 그들이 드디어 선녀를 알아본다.

"당신은 누구신가요? 오늘 우리의 만남은 무엇을 의미하는 것일까요?"

선녀는 사뭇 긴장한 마음으로 그를 살펴보았다. 그는 어둠 속에서 커튼을 손에 쥐고 서 있다.

"일기일회(一期一會)라고. 지금 이 순간은 생애 단 한 번의 시간이며, 지금 이 만남은 생애 단 한 번의 인연이다. 법정 스님이 말씀하셨어요. 모든 것은 생에 단 한 번. 지금 이 순간을 놓치지 말라."

"영화. 트로이에서 아킬레스가 브이 세이스에게 이렇게 말하죠. '비밀을 하나 말해주지. 너의 신전에선 가르쳐주지 않는 비밀을 말이야. 신은 인간을 질투해. 왜냐면, 인간은 죽거든. 인간은 죽을 운명이라서 모든 게 아름다운 거야. 당신은 지금 이 순간이 가장 아름다워 이 순간은 다시 오지 않는다고.'"

그가 어둠을 거두어 가자 밝음이 그녀에게 돌아왔다. 오랜만에 하늘이 푸른빛으로 돌아왔다.

구름 한 점 없는 맑은 색이다. 마치 고요한 바다 같다. 그 바다는 나무배를 띄워 놓고 노를 저어 나아가고 싶을 정도로 고요하다. 바람의 파도가 녹색 잎들을 흔들며 '쏴쏴' 하며 산등성이 너머에서 발밑까지 실록의 바닷물로 물들인다.

"당신은 아직 때가 안 됐으니 돌아가세요. 삶이 빛날 수 있는 것은 죽음의 그림자가 침묵 속에서 받쳐주기 때문이에요. 그 어떤 것도 영원이란 없죠. 멀어지면서 가까워지는 원처럼 순간만이 존재해요."

"인생은 산마루의 구름처럼 잠시 머물다 흘러가는 것, 잊지 마세요. '희로애락(喜怒哀樂)'은 아주 오래전부터 주어져 있던 한때의 지나가는 감정입니다."

"어느 산이나 정상에 오르기 전에 깔딱 고개가 있죠. 바위나 계단을 오르면서 하나에서 열을 세고 비워 버리고, 다시 또 하나에서 열을 세고 비우세요."

"마치 꽃잎이 빗물을 비워내듯이. 견디기 어려운 만큼의 소유는 집착입니다. 소유에 집착해 저 자신을 비울 수 없다면, 꽃잎은 찢겨 그 형체를 잃고 말듯이. 자신의 삶 또한 즐길 수 없을 것입니다."

그가 내게 Floppy Disk를 한 장 손에 쥐여 주었다. 침묵이 자연을 지배했다. 들리는 소리는 풀덤불에서 지저귀는 참새 떼의 요란한 토론 소리뿐이었다.

선녀는 중환자실에서 깨어나고, 잠든 박형영은 휠체어 위에서 깨어났다. 선녀의 손을 꼭 잡은 채. 마스크를 쓰고 선녀의 손을 잡고 눈을 응시하는 박형영의 모습에 깜짝 놀란 선녀가 손을 뿌리치자 박형영이 마스크를 벗고 웃었다. 수염 속에 가려져 있던 선녀를 응시하던 찻집의 주인 남자의 눈과 매우 똑같았다.

퇴원한 선녀는 컴퓨터에 꽂혀 있던 남자의 사진을 꺼내 보다 엷은 미소를 지었다. 머리를 깎고 수염을 자른 그 남자를 자세히 살펴보니 박형영 씨하고 똑 닮았다. 영락없는 박형영이다.

지금 생각해보니 박형영 씨가 입사하면서부터 이상한 꿈을 꾸었고, 광고 문구도 얻은 것 같다. 왠지 가슴 속에 커다란 울림이 일고, 설렘이 찾아왔다. 머릿속에 커다란 종이 울렸다.

Floppy Disk를 컴퓨터에 넣자 화면에 활자가 살아났다.

핑크, 블루(The Memory) 진홍이 파란이 둘의 사랑 이야기다.

초코케이크 위에 내려앉은 빨간 딸기의 차가움과 키스 오브 파이어 같이 달콤함도 있는 여자. 진홍(핑크).

묘지 위에 핀 보라색 빛 도는 파란 도라지. 혹은 페퍼민트 같은 남자. 파란(블루).

출근하는 선녀의 발걸음이 가볍고, 마음에는 설렘이 가득했고,

머릿속에 풍금 소리가 휘몰아쳤다.

칠월칠석부터 내린 비가 백중날까지 거세게 내렸다. 제우스가 아테나에게 맡긴 벼락을 인간들에게 선보이듯, 빗줄기가 거세지고 천둥이 세상을 가르듯이 치고 번개가 그 천둥이 가른 사이로 노란 용암을 뿜어내듯이 치면서 비가 내리는 것이 아니라 쏟아져 내리는 밤.

진홍은 울 것 같은 얼굴로 파란을 응시하고 있었다. 한순간 파란이 눈과 마주쳤다. 넋 나간 얼굴이었다. 미지의 환경에서 느끼는 불안감이 엄습했다. 심장은 불안감을 떨쳐버리지 못한 채, 살얼음 위를 걷듯 조마조마했다. 칼바위 위에서 바람이 칼날 같은 입김을 내뿜었다. 산다는 것이 다 그런지도 모른다.

날이 밝아오자 둘은 마주 보며 샤워를 했다. 지금 이 상황은 지극히 평범하지 않은 일이 벌어질 것을 예고했다.

"삶은 늘 그렇듯 계속된다."

머리가 희고 수염이 흰 노인이 소원을 빌어보라고 말한 것은 순전히 흰소리였을 가능성이 컸다. 아마도 더덕 주에 취했을 가능성이 크다.

구름 사이를 뚫고 초승달이 살포시 얼굴을 내밀었다. 진홍의 커다란 두 눈에는 언뜻 알 수 없는 우울감이 감돌고 있었다. 파란은 갑자기 초조해지기 시작했다.

파란은 기타를 집어 들었다. 'It's Now or never'를 연주했다. 벽난로 불이 활활 타며 타닥타닥 드럼 소리처럼 소리를 내고 있다. 진홍을 바라보면서 느끼는 평온한 감정은 때때로 정체불명의 불안 감으로 얼룩지고 있다.

진홍은 세상이 무너질 듯 슬픈 표정으로 파란이 품에 안겼다. 가슴이 아리도록 두 눈을 꼭 감고 껴안았다. 파란은 이제야 행복이라는 것이 값비싼 대가를 치른 뒤에 찾아오는 것임을 알게 되었다.

죽어 있는 나무에서 강인한 생명력으로 살아나는, 부풀어 오른 꽃망울과 꽃들. 녹색의 잎들을 보면, 봄은 그런 계절인가 보다.

"우리 나무가 되자. 봄에는 꽃을 피우고, 여름에는 실록의 향기를, 가을에는 단풍 지고 난 후 파란 가을 하늘을 걸어 놓고, 겨울에는 탐스러운 눈송이로 눈꽃을 피우는 나무가 되자."

진홍이 눈물 젖은 웃음을 지었다.

"나는 나비로, 꽃으로, 바람으로, 그 무엇이든 자유로이 훨훨 날아다니며 살고 싶어."

행복했던 짧은 시간의 한순간. 우리가 한 행동이 어떤 결과를 낳게 될지 모를 때가 많다. 기회를 스스로 놓쳐버린 것 같아 마음이 쓰리고 아팠다. 다른 한편 '딱 여기까지가 좋아'라고 생각했다.

자유는 구속만큼이나 큰 대가를 요구한다. 쉼표바위에서 한 결정, 실은 그때부터 삶은 벌써 우리를 서로 다른 방향으로 서서히 밀어내고 있었다. 우리는 마음의 상처를 입었다. 새로운 사랑을 시작했고, 그 상처는 치유될 것이라 믿었다.

"삶은 늘 그렇듯 계속된다."

우리는 사랑을 어떤 물리적인 실체가 있어야 이어지는 것으로 생각하고, 만약 그것이 없다면 너무도 쉽게 '사랑이 끝났다'고 이야기한다. 눈에 보이는 실체를 잃었다고 해서 사랑이 끝난 것은 아니다.

가슴에 기억과 추억으로, 그 사랑의 빛이 남아있다면, 그 빛이 흐려지지 않는 한 사랑은 '계속' 이어지고 있다.

'네 손을 잡고 있는데, 너를 느끼지 못하겠어. 네가 잘못되면, 나도 죽어.'

진홍은 내심 생각한다. '내일이 온다면.' 하루살이의 비애처럼 엷은 우수에 물든다. 파란이 예전에 써준 낡은 편지를 마지막으로 읽어보고, 다시 접어 주머니에 넣는다. 눈물이 '뚝뚝'.

진홍에게

추억이라는 것은 가슴 안에 존재하지만, 그것이 밖으로 나와버리면. 그때는 추억이 아닌 그냥 평범한 기억이 되는 것 같아. 그래서 가슴 안에 있던 추억이 강렬하면 강렬할수록. 그것을 밖으로 꺼내기가 어려운 것 같아.

—단풍의 빛깔이 비를 맞으면 더욱더 진한 색으로 바래듯이. 내 마음도 눈물을 흘리면 더욱더 진한 그리움으로 추억이 짙어진다. 비 내리는 이 거리를 다시 걷고 있네. 빗줄기 속에 단풍이 짙어지

고, 눈물 빛으로 추억이 더욱더 짙어진다. ―

　　내가 지금 이 편지를 쓰는 것은 추억 속에 진홍이 모습이, 경아의 모습이, 조금은 흐려질 수 있을 것이라는 각오를 하고 쓰고 있어. 머릿속에 선명하게 남아있는 진홍의 추억들, 경아의 추억들, 유진 선생님의 추억들. 이 추억들을 간직하고 있을 때는 그 색이 아주 선명하지만 일단 밖으로 나와 글을 쓰거나, 말을 하면 그 빛이 흐려질까?

　　우리가 시험 준비를 잘해서 열심히 암기한 답안을 잘 쓰고 나오면 집에 가면서 다 잊히지만, 문제가 애매해서 답을 제대로 작성하지 못한 문제는 머릿속에 계속 남아있듯이 너무 진한 그리움으로 남아있어.

지금 이 순간이 지난날의 그 순간이 아니고, 지금의 진홍이가 지난날의 진홍이가 아닌 것처럼. 오늘의 나 또한 지난날의 모습은 비슷하지만, 실재는 아니다. 한탄강 물이 항상 그곳에 있어서 언제나 같은 물이지만 순간순간 다른 물인 것처럼. 오늘의 나는 새로운 나다.

나는 지난날의 내가 아닌 오늘의 나이고, 진홍이 또한 어제의 진홍이 아닌데. 세월은 그 시절 그대로 지금 이 자리에 다시 불러와 오늘 이 자리에 같이한다. 진홍이하고 나. 우리 사이에는 굳이 타임머신이 필요하지 않다.

"여러 날을 고민하면서 긴장 속에서 설렘과 떨림을 즐겼어. 설렘과 떨림을 더 느끼고 싶어 하루하루 미루다가 의미를 붙여 전화했어."라고 말하면. 진홍이 너는 이렇게 말하겠지. "뭘 그렇게까지. 편하게 생각하면 되는데. 우리 언제 볼 수 있어?" 그러면 나는 자존심을 세우며 말할 거야. "얼굴을 보면 더없이 기쁘고 많이 좋겠지. 그런데 지금 이대로가 좋아. 목소리 듣는 것만으로도 만족해."

'손가락 너머의 저 달처럼, 이 여행은 우리의 삶을 새로운 곳으로 이끌 거야. 헤매는 듯 보여도 목적지에 도달했을 때, 뜻하지 않은 선물이 우리를 기다리고 있을 거야.'

파란은 생각한다. 내 사랑은 참된 진심이 없어, 죽은 사랑이야. 따뜻한 가슴이 없어. 무능해서 진홍이도 구하지 못하잖아.

두 사람에게는 이제 1분 1초도 절박했다.

산정호수 물이 마치 용이 승천하듯이 용트림을 하며 회오리쳐 하늘 위로 솟구쳐 오르고, 산 밑 저수지 둑이 터져 물이 쏟아지고, 계곡물이 범람하여 순식간에 '사랑을 삽니다' 찻집을 휩쓸고 지나갔다.

아침 햇살이 비치기 시작했다. 하늘에서 다시 찬란한 해가 모습을 드러냈다. 햇볕에 반짝이는 은빛 날개들이 쏴쏴 파도친다. 비 그치고 무지개가 떴다.

쉼표바위.

파란은 (?)자살바위라 하는, (,)쉼표 바위 앞 묘지 위에, 보라색

빛 도는 파란 도라지꽃과 분홍색 빛 도는 하얀 도라지꽃이 바람에 살랑인다. 꽃잎은 이슬을 튕기며 꽈리를 씹고 있다.

송골매가 바위에 앉아 먼 하늘을 뚫어져라 응시한다.

둘은 땅속뿌리를 뻗어 영원을 이야기하며 두 손을 꼭 잡고 있다. 서로서로 사랑하는 그 가슴에 강물이 흐르고 따스한 햇볕이 비추고 있다.

진홍이, 파란이. 이 둘은 이제 드디어 '해'를 바라보았다.

우리는 지금껏 이곳을 오고 싶어서 밤의 끝자락과 낮의 끝자락에 꿈속처럼 몽롱하게 머물러 있었다.

그것이 우리가 속한 세상이다. 진짜 어둠을 볼 수 있는 눈, 진짜 밝은 태양을 볼 수 있는 눈. 그 눈은 심안의 세상이다.

오늘만큼은 시간 밖에서 살고 싶다. 가슴의 통증, 이 아픔의 끝은 어느 날의 죽음이 아니라 녹슨 심장이다.

산등성이에 올라 두 팔을 벌리고, 두 눈을 감고, 뒷발을 조금만 들어 올리면 한없이 가벼워진 우리 영혼은 쪽빛 저녁노을 속으로 분홍색 바람을 타고 한없이, 한없이 날아오를 것만 같다. 노란 나비로, 빨간 나비로, 호랑나비로.

아침에 눈을 뜨면 맑은 한 줄기 햇살과, 맑은 바람과, 맑은 새들의 청량한 노랫소리가 우리를 반기겠지요.

'천국으로 돌아가는 길이겠죠?'

천국으로 가는 길은 육교나, 지하도, 건널목을 이용하세요. 우측 통행입니다.

P.S. (너에게 가는 길)

며칠째 비가 내리고 있다.

단아한 초가집 한 채가 눈에 들어왔다.

마당에는 오랜 세월의 흔적을 담은 항아리들이 놓여있고, 간판이랄 것까지는 아니고 문패 정도 크기의 찻집 명은 전구가 깜빡깜빡한다. 물안개가 자욱하다.

이미 밤이 깊어 사방은 어둡고 고요했다.

초가집의 단아한 모양으로 단아한 여인이 차를 다리고 있다.

문학 소년이 패싸움에 휘말리며 권투를 시작한다. 아마추어 국가 대표선수였던 그는 경찰에 특채되었다.

어느 날 근무 중 불법 도박장 현장제보를 받고 급습한다. 다리에 칼침을 맞고 아킬레스건이 끊겨 은퇴하고 시골로 내려와 찻집을 인수해 개업한다.

어릴 적 꿈이었던 시와 소설을 쓰며 지낸다. 낮에는 손님이 없어 글을 쓰고, 밤에 손님이 오면 상담한다.

손님은 소풍 온 사람들이거나 여행 온 사람들이다. 사랑을 사서 분홍색 편지지에 사연을 적어, 남겨두고 온 사람들에게 우편으로 보낸다.

'진짜와 가짜, 실재와 허상, 사실과 거짓, 실체와 환상, 삶과 죽음, 아름다움과 추함, 자연과 인위, 욕망과 절제, 소유와 무소유, 출세와 은둔 등등.'

쉼표바위에 앉아있는 송골매의 눈은 보이는 것 너머까지 통찰하는 진홍이, 파란이의 안목을 가졌다.

'가난하게 태어나 힘들게 사는 사람,
부유하게 태어나 부유하게 사는 사람,
가난하게 태어나 부유하게 사는 사람,
부유하게 태어나 가난하게 사는 사람.'

모든 것은 마음이 춤을 추는 것이다. 춤추는 광대의 마음은 어린이다.

이슬처럼 영롱한 맑은 눈 속으로 빠지듯이 빨려들었다.

색동저고리와 예쁜 꽃신을 신고,
봄날의 따스한 햇볕을 한 올 한 올 엮고,
분홍색 골무를 끼고, 한 땀 한 땀 따서,
나비로 꽃으로 바람에 실려
창호지 문으로 봄 햇살이 한가득 비쳐 들어오듯이
그대 마음에 가닿고 싶다.

빨간 장미꽃 송이에 이슬이 맺힌 듯이,
서리가 얼어 상고대가 꽃을 피운 듯이,
모래에 물이 스며들 듯이.
창호지에 달빛이 스며들 듯이,
새벽녘 계곡물에 낙수 치는 소리에 귀 기울이듯이,
하얀 나비가 빨간 장미꽃 송이에 내려앉아
물들어, 분홍색 나비로 펄럭이듯이.

이슬처럼 영롱한 맑은 눈 속으로 빠지듯이 빨려들었다.

구름 한 점 없이 파란 가을 하늘에 여우비가 지나가고,
물방울이 흩뿌려지면 황금빛 햇살에 무지개가 뜨고,
이슬을 머금은 꽃잎처럼,
빗방울을 머금은 솔잎처럼,
햇살에 반짝이는 기름을 바른 밤색 도토리처럼,

달빛에 반짝이는 다이아몬드처럼,

빨간 단풍잎에 내 하얀 눈물이 몇 방울 떨어지자

분홍색으로 변하는 단풍잎처럼.

이슬처럼 영롱한 맑은 눈 속으로 빠지듯이 빨려들었다.

　나는 사랑에 빠졌지만, 그녀는 별 관심이 없었다. 희망의 끈을
놓지 않고 그림자처럼 따라오는 나를, 그녀는(투석기) 마침내 생기로
빛나는 강렬한 눈빛으로 쳐다보며 손을 잡아주었다. 서로서로가
기쁨의 사랑 나눔이다.